Klaas Huizing

Das Buch Ruth

ROMAN

Albrecht Knaus

Umwelthinweis:
Dieses Buch und sein Schutzumschlag wurden auf chlorfrei gebleichtem Papier gedruckt.
Die vor Verschmutzung schützende Einschrumpffolie ist aus umweltschonender und recyclingfähiger PE-Folie.

Der Albrecht Knaus Verlag ist ein Unternehmen der Verlagsgruppe Bertelsmann.

1. Auflage

Gesetzt aus 10,9/13,9 pt. Adobe Caslon
Satz: Filmsatz Schröter GmbH, München
Umschlaggestaltung: Groothuis & Consorten, Hamburg
Printed in Germany · Presse-Druck, Augsburg
ISBN 3-8135-0168-x
www.knaus-verlag.de

Für Henning Deters

Inhalt

Krummes Holz – aufrechter Gang

Diese tadellose Haltung! Wenn sie saß, dann saß sie vor dem Schambein, immer die Schultern perfekt nach hinten gedrückt, als wolle sie der ganzen Welt stolz die Kette mit dem neuen Anhänger präsentieren. Wenn sie ging, hätte jeder, der sie schreiten sah, auf eine mindestens zehnjährige Ballettausbildung getippt.

Sie saß und schritt so, weil sie ihren Vater bewunderte. Nicht dass ihr Vater jemals an ihrer Haltung herumgemäkelt hätte. «Sitz bitte gerade! Setz dich ordentlich an den Tisch!» Ihr Vater kämpfte mit der eigenen Haltung. Er wäre gerne selbst auf die Barrikaden geklettert, als der Mai die Ausläufer der Studentenrevolte auch in die Kleinstadt wehte, ließ aber zur eigenen Sicherheit das Fenster nur gekippt. Er galt in Nordhorn als modern. Das war durchaus kein Lob. Die Mehrheit seiner Gemeinde hielt sich an den älteren Kollegen. Solange das Kaufhaus Heemann die neue Frühjahrskollektion von Delmod im Schaufenster präsentierte, das Café Frentjen die Grafschafter Sahnetorte pro Saison nur um einen Groschen verteuerte und die Lieferzeit des neuen Volvo im Autohaus Paertmann nur drei Monate betrug, stießen seine Predigten über die Sinnkrise auf taube Ohren. «Gönnen Sie sich auch mal etwas, Herr Pastor», flüsterte eine ältere Gottesdienstbesucherin beim Ausgang.

Ihr Vater gönnte sich Bücher. Warteten die anderen auf das neue Auto oder das neue Kostüm, dann wartete ihr Vater auf den neuen Gollwitzer. Verkündete ihr Vater: «Der neue Golly ist da», dann durfte niemand ihn stören. Ihre Mutter nicht. Ihre jüngere Schwester nicht. Aber auch Ruth nicht. Ihr Vater hatte bei Gollwitzer studiert und sogar mit einer Promotion geliebäugelt. Aber er hatte auch mit ihrer Mutter geliebäugelt, und dann war sie, Ruth, geboren worden, und ihre Mutter zog es in die Grafschaft zurück. Ruths Einschulung war der oft als Druckmittel benutzte Stichtag. Deshalb blieb die Promotion unvollendet. «Und führen, wohin du nicht willst», hatte ihr Vater geseufzt.

«Der neue Golly ist da.»

Weil sie das Zimmer nicht verließ und bockig auf dem Stuhl sitzen blieb, zeigte ihr Vater ihr das Autorenphoto auf der Innenseite des Umschlags. Sie fand, Gollwitzer sähe aus wie Onkel Heinrich.

«Aber du müsstest ihn reden hören! Dann bekämst du eine richtige Gänsehaut vor Begeisterung!», schwärmte ihr Vater.

Ruth fand, Gollwitzer sehe trotzdem aus wie Onkel Heinrich. Aber der Titel sei lustig. Krummes Holz – aufrechter Gang. Aber nein, eigentlich sei der auch nicht lustig. Vielmehr «doppelt gemoppelt». In einem Aufsatz gäbe es dafür einen Ausdrucksfehler.

Dann hatten sich die häufig verschatteten Augen ihres Vaters aufgehellt. Zum ersten Mal hatte sie von Kant gehört und von Bloch. Krummes Holz nannte Kant die Menschen. Bloch liebte das Bild vom aufrechten Gang. «Kant plus Bloch ergibt Gollwitzer.» Soviel verstand sie von dem, was ihr Vater sagte, der so lange mit dem Knopf der Anzugjacke spielte, bis er ihn verdutzt in der Hand hielt.

Krummes Holz – aufrechter Gang, flötete Ruth, drückte ihre Schultern nach hinten, funkelte ihren Vater an, winkte spielerisch und stolzierte am Schreibtisch vorbei. Die weit auseinander stehenden Augen ihres Vaters glänzten. Dieser Blick verschattete sich wieder im Laufe des Tages. (Krankenbesuche, drohte sein Terminkalender.) Ruth aber justierte ihre Haltung.

Sie überlegte, ob sie das Buch von Gollwitzer mit in die Gefängniszelle nehmen sollte, wenn es zu einer Verurteilung käme.

Erstes Stoßgebet

Gib, dass diese schreckliche Situation nur ein Alptraum ist: der an Schläuche und Monitore angeschlossene Georg, dieser alberne grüne Kittel, meine zittrigen Hände, die Sintflut in meinem Kopf!

Warum habe ausgerechnet **ich** die Nerven verloren? Warum habe ausgerechnet **ich** die Kontrolle verloren! Mein Gott, warum muss unsere Geschichte so erbärmlich enden?

Ich habe doch nichts falsch gemacht!

Wenn überhaupt, dann war es ein Fehler, nach Komplimenten und Anerkennung süchtig gewesen zu sein. (Aber wer ist das nicht!)

«Wie kerzengerade du dich bewegst. Wie eine große Dame.» (Mutter)

«Du schreitest anmutig wie eine richtige Prinzessin.» (Großmutter)

«So wie du will ich später auch aussehen.» (Schwester)

Lächeln. (Vater)

«Im T-Shirt bist du eine einzige Anfechtung.» (Schulfreund)

«Du überwindest die Gesetze der Schwerkraft.» (Georg)

Ich habe mich schulmädchennaiv von Komplimenten blenden lassen. Lachhaft. Unverbesserlich.

Zu Weihnachten schenkte mir Georg, wir waren damals seit einem halben Jahr zusammen, ein Medaillon mit seinem Bild. (Ich argwöhne heute, dass er es billig in einem Trödelladen aufgetrieben hatte. Er behauptete, es sei ein Erbstück seiner Mutter, aber die eingravierten Initialen ergaben keinen Sinn. Ich habe ihn übrigens nie darauf angesprochen.) Eifersüchtig wachte er darüber, dass ich das Medaillon immer trug.

«Mein Platz ist dort. Exakt dort.»

Saß ich, wenn wir miteinander schliefen, auf seinem Schoß, dann schien ich, wenn ich mein Kreuz durchdrückte, mit ihm zu prahlen. Das gefiel ihm natürlich, wenn sein Bild in dem kleinen Tabernakel zwischen meinen Brüsten auf und ab tanzte. Lässig verschränkte er die Arme unter seinem Kopf, als läge er wie bei einem Picknick auf einer blumengeschmückten Wiese und betete den Himmel über sich und Gottvater in der Mitten an.

Wenn wir fertig waren, richtete er sich auf, streichelte zuerst meine linke, dann meine rechte Brust (säuselte den immer gleichen Spruch: «Ich sage ja, du überwindest die Schwerkraft!»), küsste schließlich sein Medaillon oder tat so, als würde er wie ein verruchter Westernidiot einen Silberdollar testen. Und ich habe immer brav mein glucksendes Ich-bin-so-unendlich-glücklich-Lachen abgespult, als wollte ich ihn aus Dankbarkeit besonders hoch benoten. Wenn er mich dann zufrieden musterte («Warte noch! Bleib so!»), habe ich den Blick immer als *Kompliment* gedeutet, aber wahrscheinlich prahlte er mit mir in Gedanken vor seinen Freunden: «Schaut her, wen ich mir leisten kann, schaut her, wie überglücklich sie sich die Haare aus dem Gesicht streicht, schaut her, wie sie die Muskeln anspannt, um mich in sich zu halten, halten, halten.»

Weil niemand der Ärzte oder Krankenschwestern in der Nähe ist, ziehe ich den grünen Kittel aus, knöpfe meine Bluse auf, beuge mich über den noch immer bewusstlosen Georg und lasse das Medaillon zunächst über seinem Kopf kreisen und dann auf seinem Mund landen.

Das Gold beschlägt von seinem schwergehenden Atem. ATEM. ATEMPAUSE. ATEM.

Himmel über Nordhorn

Der Vater nannte ihn Zappel-Georg, weil er immer unruhig auf dem Stuhl hin- und herrutschte und prompt bei der Frage 14 des Heidelberger Katechismus umgekippt war. Alle Konfirmanden nahmen die Unterbrechung dankbar grölend an und applaudierten phonstark, als Georg mit schiefem Grinsen über der Tischkante auftauchte, seinen Stuhl hinstellte, sich setzte und die Frage und die Antwort des Heidelbergers vor sich hin nölte, als wäre nichts geschehen. Da ihr Vater den Sinn des Auswendiglernens grundsätzlich anzweifelte, wartete er immer darauf, bis ein Konfirmand halbwegs anständig die Antwort herunterbeten konnte, und verschonte dann den Rest. Wenn zwei patzten, rief er stets einen sicheren Kandidaten auf, um endlich über den geplanten Jugendkeller, die nächste Jugendfreizeit oder einfach, wie er gern sagte, «freiweg von der Leber» reden zu können. Georg gehörte zu den sicheren Kandidaten, obwohl er aus dem Blankeviertel kam. Das war die Siedlung der Textilarbeiter von Nino, Rawe oder Povel. Wer Blanke als Wohnort angeben musste, wurde schnell abgestempelt. Dort trug man höchstens billige WRANGLER. Keine LEVIS. Blitze-Blanke, hieß es oft spöttisch. Oder: übelriechende Blanke-Schönheit. Jetzt wandert er in die Blanke aus, feixte man, blieb jemand kleben. Georg blieb nie kleben. (Wohin auch hätte er auswandern sollen!)

«Welches Bier bunkert ihr eigentlich im Keller?»

Ruth schaute sich leicht erschrocken um. Georg stand hinter ihr. Den Heidelberger Katechismus noch in der Rechten. Sein Mecki-Schnitt. Sein schiefes Grinsen.

«Was trinkt dein Alter, oder trinkt er nur Buttermilch? Lass dir nicht alles aus der Nase ziehen.»

«Wir trinken Rohlink, glaube ich.» Ein Nerv zuckte nervös unter ihrem linken Auge, als sie aufgesetzt schnippisch antwortete: «Was soll überhaupt die blöde Frage?»

«Ist keine blöde Frage. Ich sammle Linda-Bilderpunkte. Jeder Bierverschluss von DAB macht einen halben Bilderpunkt. Oder kocht deine Alte vielleicht Müller-Reis? Das macht einen Punkt. ‹Meine Familie und Ich› gibt zwei. Lünebest-Joghurt einen.» Es klang wie auswendig gelernt. Aber seine vogelhellen Augen verrieten das Interesse.

«Ich glaube nicht, dass meine Mutter diese Zeitschrift liest. Ich kann ja mal fragen. Vielleicht bin ich ein Trottel, aber was sind eigentlich Linda-Bilderpunkte?» Ruth zog eher aus Unsicherheit eine Schnute.

Georg versuchte routiniert zu wirken, schaute aber unsicher an ihr vorbei aus dem Fenster. Seine Linke knibbelte verlegen am ausgefransten Buchrücken. Mädchen waren nicht länger blöd. Mädchen hatten aufregend lange Beine. Und schöne Haare. Und zum ersten Mal dachte Georg an die Gesetze der Schwerkraft. Der stimmbruchverwirrte Tonfall wurde mit jedem Wort nach unten korrigiert.

«Also, wenn ich dreihundert Punkte zusammenbringe, schicke ich die Punkte nach Köln und bekomme dann eine Photoserie. Ich spare für die Serie *Tiere in Afrika*.»

Afrika klang dank der kellertiefen Stimme exotisch und unheimlich. Und wie um den Bann zu brechen, wiederholte Ruth im aufgeregt hellen Wisperton: «Afrika?»

Ja. Afrika. Draußen hänselten die Mädchen die Jungs. Fritz. Bernd-Heinz. Hermann. Gerdas lang gezogenes «Ätsch». Gekicher. Erneutes Gekicher. Und Ruth und Georg redeten über Afrika.

Lamas. Spucken. Nilpferde. Tonnen. Zebras. Schlafanzüge. Löwen. Friseur. Georgs Stimme hatte sich gefangen. Und auch Ruth redete, nachdem sie sich dreimal die Haare hinter die Ohren gestrichen hatte, als würde sie mit einer Freundin Geheimnisse austauschen. Die Herbstsonne linste kurz herein. Blendete den aufgewirbelten Staub. Geruch nach trocknenden Wollsachen. «Ätsch», Gerdas Lieblingsvokabel drang einfach nicht bis zu ihnen durch. Hummeln. Dann ein unerwarteter Vorstoß.

«Wetten, dass du es nicht schaffst, fünfzig Punkte zu sammeln?» Georg hielt seine sommersprossige Hand zum Einschlagen hin. Ruth schlug sofort ein, ohne ihn anzuschauen. Als wisse sie bereits, wo sie die ersten Punkte finden könne, verließ sie eilig den Raum, drehte sich aber noch einmal um: «Gib mir Zeit bis Nikolaus.»

Sie betrat strumpfleise die Küche. Draußen hörte sie ihren Vater auf der kieselbestreuten Einfahrt das Auto waschen. Den Mittelklasse-Volvo. Immer noch zu protzig, fanden einige Gemeindemitglieder. Ein Pastor hatte demütig VW zu fahren. Oder Opel. Gerade noch demütig war ein Ford. Ein Volvo war definitiv nicht demütig.

Sie untersuchte den Inhalt des Kühlschranks. Milch.

Obst. Butter. Käse. Wurst. Eine Mettwurst. Saft. Kein Lünebest-Joghurt.

Sie hörte aus dem Nebenzimmer das Rattern der Nähmaschine. Ruth weigerte sich schon länger, Blusen und Röcke anzuziehen, die ihre Mutter genäht hatte. Auch ihre Schwester freute sich immer seltener über Mutters Talent.

Sie öffnete die Tür des Vorratsschrankes. Aldi-Konserven. Überall Aldi-Konserven. Aldi-Nudeln. Aldi-Reis. Kein Reis der Marke Müller's Mühle. Nirgends. Sie hatte sich bis vor wenigen Monaten noch gefürchtet, in den Keller zu gehen. Hasste den erdnassen Geruch frischer Kartoffeln. Überall drohten Spinnen. Hinter der Kartoffelkiste fand sie vier Flaschen Bier. Rohlink. Kein DAB.

Andächtig polierte ihr Vater die Chromeinfassungen der Scheinwerfer. (Während irgendwo in Deutschland Autobomben hochgingen.)

«Du sollst dir Schuhe anziehen, bevor du nach draußen gehst», sagte der Vater leicht vorwurfsvoll.

«Ich wollte dich nur fragen, ob ich dir vielleicht ein paar Flaschen Bier von EDEKA mitbringen kann?» Der Satz sollte wie selbstverständlich klingen, aber sie war mit ihrer Stimme unzufrieden.

Ihr Vater ließ sich mit der Antwort Zeit. «Mathe? Englisch? Oder Latein?»

«Versteh ich nicht.»

«Ob du in Mathe, Englisch oder in Latein einen Fünfer gebaut hast?»

«Ich habe nicht gepatzt, ich schwöre.»

«Du sollst nicht …»

«Ist schon gut. Also ja oder nein!»

«Dann ja. Nimm bitte die leeren Flaschen aus dem Keller mit und kaufe drei neue.»

«Mach ich.»

«Ingrid soll dir Geld geben.»

Aber da war Ruth schon wieder im Haus verschwunden. Ihre Mutter war nicht mehr im Nähzimmer. Ruth fand sie im Garten. (Noch immer auf Strümpfen.) Ihre Mutter liebte es, Blumensträuße zu arrangieren. Fette Henne mit Dahlien. Die Sträuße standen überall im ganzen Haus in selbstgetöpferten Vasen herum. Und sonntags prunkte ein großer Strauß auf dem Altartisch.

«Mama, ich gehe einkaufen, benötigst du noch etwas? Reis vielleicht?»

Diesmal klangen die Sätze sehr viel selbstverständlicher.

«Du sollst doch nicht auf Socken in den Garten gehen!»

«Ich verschwinde gleich wieder.»

«Haben wir denn keinen Reis mehr?»

«Ich glaube, dass EDEKA Reis im Angebot hat. Und ich würde gerne mal wieder Joghurt essen.»

«Seit wann isst du gerne Joghurt? Das ist mir aber neu. Ich dachte, der ist dir zu sauer.»

«Nur dein selbstgemachter Joghurt. Und der Joghurt aus Holland. Aber Joghurt mit Früchten finde ich total lecker.»

«Das Fräulein hat aber plötzlich einen teuren Geschmack.»

«Gesund ist Joghurt schließlich auch. Und ich verzichte Sonntag auf den Wackelpudding.» Wackelpudding. Bei dem Wort ‹Götterspeise› stöhnte Ruths Mutter immer kurz auf.

«Ausnahmsweise. Zwanzig Mark liegen auf dem Küchentisch unter dem Deckchen. Du weißt schon.»

«Danke. Und dein Blumenstrauß ist wirklich sehr schön.» Vor Erstaunen hätte ihre Mutter sich fast in den Finger geschnitten.

Und während ihr Vater allabendlich mit sich rang, ob es nicht vielleicht doch möglich sei, sich einen Bart stehen zu lassen («Er ist feuerrot, Arend!»), zuerst verwegen einen revolutionären Wallebart favorisierte («Das sieht sehr ungepflegt aus, Arend! Du bist doch nicht Dschingis Khan.»), diesen dann nächteweise stutzte und dabei mit einem ehefraulichen Vorbehalt in die Nacht verabschiedet wurde («Mit einem Backenbart erinnerst du bestimmt an einen Hamster, Arend!»), bis er schließlich bei einem ordinären Schnurrbart angelangt war («Der stickelt womöglich beim Küssen, Arni!»), schließlich immerhin die verhasste Nassrasur durch eine Elektrorasur ersetzte («Aber den Rasierer hätte ich dir doch zum Geburtstag schenken wollen, Arend!»), während ihr Vater in langen dialektischen Schleifen das Für und Wider einer Freizeithose auf einer Kirchenratssitzung erwog («Die werden dich als Revoluzzer abstempeln, Arend, bitte!»), während ihr Vater vollmondübernächtigt den unwiderruflichen Entschluss fasste, das weiße Hemd durch ein Sporthemd zu ersetzen, wurde sein eigener Haushalt von einer schleichenden Revolution heimgesucht.

Seit zwei Wochen trank er klaglos zwei Flaschen DAB-Bier die Woche. «Schmeckt nicht so bitter wie Rohlink», segnete er die Neuerung ab. Sonntags standen wie selbstverständlich leergeschrappte Joghurt-Becher der Firma Lünebest auf dem verwaisten Küchentisch. Da Ruth Reis auf Vorrat gekauft hatte, blieb auch der Aldi-Reis im Schrank. (Überhaupt: Die Einkäufe bei Aldi nahmen spürbar ab. Unauffällig langsam wurde der Großkonzern bestreikt.) Zum Geburtstag bekam ihre Mutter die letzten Ausgaben der Zeitschrift *Meine Familie und Ich*. Und prompt hielt die internationale Küche Einzug im Hause Jordan. Der Hawaii-Toast. («Die Ananasoffenbarung.») Der französische Käseauflauf. («Ist das Gouda?») Dänische rote Grütze mit Vanillesoße. («Da könnten wir mal Urlaub machen.») Und es gab sogar TriTop. (Ein Punkt.) Golden Toast. (Ebenfalls ein Punkt.) Hertha Wurst. (Zwei Punkte.) Blend-a-dent. (Ein Punkt.) Und für die kleine Handwäsche zwischendurch Rei in der Tube. (Zwei Punkte.)

Und entwickelte Ruth sich nicht prächtig? Machte sie nicht, wie zunächst die Nachbarin erfuhr und dann auch Tante Anni, unaufgefordert Besorgungen? Schleppte klaglos leere Flaschen. Entsorgte sogar den Müll. Und ihr Vater schmückte sie mit einem neuen Titel: Die Briefmarkensammlerin, weil sie jeden Abend eine halbe Stunde über ihr Album gebeugt in ihrem ungeheizten Zimmer saß. Glücklich. Fraglos glücklich. Aber pubertätsbockig gewährte sie ihrer drei Jahre jüngeren Schwester («Bitte, bitte!») keinen Einblick.

«Du hast also dein kleines Geheimnis?» Ruth sah nur

den schmalen Mund ihrer Mutter, die sich die Haare frottierte. Völlig überrascht. Stellte sich dumm.

«Ich habe kein Geheimnis.» Aber anstatt zu gehen, blieb sie mit schlechtem Gewissen stehen.

«Natürlich hast du ein Geheimnis.»

Sie war so vorsichtig gewesen, immer erst nach Einbruch der Dunkelheit zum Mülleimer gegangen und hatte dort die Punkte ausgeschnitten. Sie versuchte es mit einem Bluff.

«Ach, du meinst den verlorenen Strumpf!»

«Interessant, aber nein, den meine ich nicht.»

«Jetzt weiß ich es, du meinst die Sache mit dem Fahrrad.»

«O nein, die meine ich auch nicht. Ich meine die geheimnisvolle Briefmarkensammlung.»

«Ich kann es dir erklären», resignierte Ruth und setzte sich geständnisbereit auf den plüschigen Badezimmerhocker. «Ich sammle solche Punkte. Linda-Bilderpunkte, wenn du es genau wissen willst.»

«Was du nicht sagst.» Ihre Mutter schüttelte ihre nassen Haare, hüpfte kurz auf einem Bein, weil sie Wasser in den Ohren hatte, und lächelte Ruth siegessicher an. «Du hättest meine Zeitschriften verschonen sollen. Aber gut. Was gibt es für die Punkte?»

«Wenn ich dreihundert Punkte sammle, bekomme ich eine Photoserie. *Tiere in Afrika.*»

«Und sammelst du sie allein oder mit einer Freundin?» Die samtweiche Stimme der Mutter. Nach drei Sekunden glühte Ruth. Einfach so. Puterrot. Zum Lügen war es jetzt zu spät.

«Also ein Junge?»
Ruth nickte nur.
«Wer?»
«Georg.»
«Der Zappel-Georg?»
«Ja.»
«Papa sagt, der soll ein toller Hecht sein.»
Ruth zuckte nur unsicher mit den Schultern.
«Kommt der nicht aus der Blanke?»

Völkerball. Auf der Konfirmandenfreizeit spielten sie während der Pausen Völkerball. Die Wiese nahe der Vechte war herbstklamm. Glitschige Partien, die plötzlich in stumpfe übergingen. Nach der ersten Runde zeigte das mit Jacken ausgeflaggte Spielfeld große braune Flecken. Rutschspuren und Abdrücke von Gummisohlen. Die gerippten Absätze von Luises Gummistiefeln. Das Salamanderzeichen der neuen Boots von Friedhelm. (Seine Mutter würde später «ihre liebe Mühe» haben, die Schuhe wieder «halbwegs» sauber zu bekommen.) Ruth führte ihre neuen Halbschuhe spazieren. Georg trug verschlissene Turnschuhe, einen verfilzten und fusseligen Winterpulli und eine ausgebeulte Trainingshose, die Einsatz verriet und sich farblich kaum noch von der Wiese abhob.

Ene mene minkmann. Fritz wählte Bernd-Heinz. Und Georg wählte Hermann. Und Fritz wählte Geert. Und Georg wählte Gerold. Und Fritz wählte Hansi. Und Georg wählte Hermann. Und Fritz wählte Jörg. Und Georg wählte Wulf. Und Fritz wählte Gerda. Und Georg wählte Luise. Und Fritz wählte Henny. Und Georg wählte Fenna. Und Fritz wählte Johanne. Und Georg wählte Hendrike. Und Fritz wählte Katharina. Und Georg wählte Ruth.

Georgs Mannschaft verlor. «Das liegt nur daran, dass du deine neuen Schuhe nicht schmutzig machen wolltest», knurrte Georg und bedachte sie mit einem grimmigen Blick, als er an ihr vorbeistapfte. «Du hast uns total blamiert.» Wer Ruth kurze Zeit später in die Augen schaute, hätte glauben können, sie habe zu lange in gechlortem Wasser getaucht.

«Jetzt kämpfen die Jungs gegen die Mädchen», verkündete ihr Vater. Er legte Gerda den blauen Gummiball, der so schrecklich kniff, wenn man von ihm getroffen wurde, wie eine Opfergabe in die Hände. Gerda war ein Fangtalent. Sogar gemein angeschnittene Bälle meisterte sie spielend.

Ruths Vater blies in die Trillerpfeife. Gerda fing den linkischen Wurf von Fritz und zielte sofort auf dessen Beine. Aus einer Mischung von Überraschung und Demütigung kreischte Fritz laut auf. («Wie ein Mädchen», würde Bernd-Heinz später abfällig sagen.) Von außerhalb des Spielfeldes warf Fritz mehrmals blindwütig nach Gerda, die die Bälle entweder schulterzuckend passieren ließ oder lässig aus der Luft pflückte und dann Hansi abschmetterte.

Ruth hielt sich antriebslahm und nahezu stocksteif in der Mitte des Feldes auf. Man beachtete sie zunächst nicht weiter, bis nur Gerda und sie übrig blieben.

«Beweg dich», zischte Luise.

«Dös nicht rum», giftete Johanne. (Trillerte nicht sogar ihr Vater aus Versehen, weil er sich ein klein wenig schämte?)

Und Ruth begann zu traben. Ihre neuen Schuhe drückten. Sie spürte Steinchen im Schuh. Die Jungs grölten. Feixten. Spielten Katz und Maus. Versuchten sie einzukesseln. Ruth hetzte von einer Ecke zur anderen. Kreuz und quer. Versuchte tapfer davonzurennen. Ihre Lungenflügel schmerzten. Sie täuschte eine Laufrichtung an und machte sich dann in die entgegengesetzte Richtung davon. Aber sie verrechnete sich. Glaubte, die seitlich hinter ihr stehende Gerda würde den Ball auffangen, sie umtanzen und Georg abwerfen. Gerda jedoch ließ den Ball passieren, der in Georgs Armen sicher landete. («Das hat sie mit Absicht getan», durchfuhr es Ruth.) Sie bremste noch, als Georg bereits zum Wurf ausholte. Ihr Karpfenmund schnappte nach Luft. Sie taumelte einen Schritt zurück. Georg schaute ihr nicht in die Augen, sondern zielte mit verkniffenem Mund auf ihre Beine. Sie glaubte bereits den Schmerz zu spüren, als sie scheinbar absichtslos einen Spreizschritt «vollführte» (wie ihr Vater der Mutter später stolz erzählte), den sie bei einem Schlittschuhläufer im Fernsehen bewundert hatte. Der Ball sauste durch ihre Beine. Gerda fischte sich den Aufsetzer und warf den völlig überraschten Georg ab. Gekränkt in ihrer Ehre, standen die Jungs schweigend am Spielfeldrand. Hängende Schultern. Zwei richteten ihre Schuhbänder. Einer (war es Friedhelm?) schlug Georg tröstend auf die Schulter. Die Mädchen lagen sich in den Armen, knufften sich und jubelten und grienten. «Ätsch», riefen sie. «Ätsch». Und diese Ätsch-Rufe klangen wie Ohrfeigen.

Als sie in den Gruppenraum gingen, sagte Georg zu Ruth so leise, dass sie es kaum hören konnte: «Deine Schuhe mit dem Reißverschluss sind toll.» Verlegen senkte sie den Kopf und schaute auf ihre schmutzstarrenden Schuhe. Sie nickte nur. Sie wollte noch von den Linda-Bilderpunkten erzählen. Wie viele sie schon gesammelt habe. Dass er noch vor Nikolaus mit mehr als fünfzig Punkten rechnen könne. Aber sie brachte keinen Ton mehr über ihre Lippen, fiepte nur wie ein gerissenes Kassettenband.

Am Abend saß sie lange auf einer silbertrüben Nebelbank und hatte nur einen sehnlichen Wunsch.

Das Waldbad in Uelsen. Der Name erinnerte an Waldfriedhöfe und Novembertage, deshalb hatte ihre Mutter «ein ungutes Gefühl», wie sie sagte, wenn Ruth mit ihrer Freundin Hendrike, die alle Henny nannten, sich aufs Fahrrad schwang, um nach Uelsen zu radeln. Sagte sie: «Nehmt den Weg durch den Klosterbusch und dann über Lage, dort fahren weniger Kieslaster», hatte sich das Quengeln gelohnt.

Ihre Mutter hatte die Freibadsaison bereits abgehakt, aber eine langmütige Herbstsonne zauberte noch einmal das Stichwort Waldbad auf die Tagesordnung. Unschlüssig saß Ruth vor ihrer Milch, auf der sich eine ekelhafte Elefantenhaut bildete. Die Mutter hatte ihr zwei Linda-Punkte angeboten. Siebenunddreißig Punkte. Plus zwei Punkte. Das machte neununddreißig Punkte. Aber sie hatte Henny versprochen, mit ihr nach Uelsen zu radeln.

«Ich fahre auch durch den Klosterbusch und über Lage», schlug Ruth vor.

«Drei Linda-Punkte», konterte ihre Mutter. Schon vor Wochen hatte sie das Belohnungssystem reformiert. Für einen Mathe-Einser gab es zwei Punkte, für einen Latein-Einser sogar drei. Inzwischen murrte ihre Schwester Britta über den mittäglichen Reis. Ihr Vater warf halb ernst ein, sogar die Israeliten hätten sich am Manna satt gegessen.

«Wenn ich um fünf Uhr zurück bin, also noch bevor es zu dämmern beginnt, kriege ich dann noch einen Punkt?» Die Haut auf der Milch wurde immer lederner.

«Heute Abend gibt es Bratwurst mit Kartoffeln und Soße. Und du bist um vier Uhr zurück. Und du fährst über Lage. Und du trinkst jetzt augenblicklich deine Milch. Nappos sind für diese Woche gestrichen.»

Mit dem kleinen Finger häutete Ruth die Milch, stürzte sie hinunter, gab ihrer Mutter einen Kuss und hetzte hinaus. (Aus Nappos machte sie sich schon längst nichts mehr. Luftschokolade ja, aber Nappos?)

Weil aber Henny herumtrödelte, zuerst ihren Bikini und dann den Schwimmbeutel nicht finden konnte, weil dauernd die Kette ihres Rixe-Fahrrades heraussprang, weil sie einen Mückenstich ausgiebig wie eine tiefe Wunde behandelte und pflegte, erreichten sie erst gegen ein Uhr das Waldbad.

«Da steht doch das Fahrrad von Jörgi», bemerkte Henny außer Atem, als sie die Fahrräder einstellten und abschlossen. «Mit dem hab ich noch eine Rechnung offen. Der wollte mich neulich für blöd verkaufen. Vielleicht sollte ich einmal kurz den Luftdruck seines Vorderreifens testen. Soll ich?»

«Ach, lass doch. Der ist viel zu schlapp, um den wieder aufzupumpen», wehrte Ruth kichernd ab und zog Henny mit sich.

Der Chlorgeruch umfing Ruth und Henny wie eine Verheißung. Das Geräusch eines Bauchklatschers. Das Volleyballfeld flimmerte verlassen. Die Liegewiese ein bunter Flickenteppich aus Handtüchern. Der Geruch von feuchten Badeanzügen, Schweiß und nassem Beton in der Mädchen-Sammelkabine. Beide pellten sich die verschwitzten Kleider vom Leib und musterten sich verstohlen aus den Augenwinkeln.

«Oh, Scheiße. Mir ist die Tritop-Flasche ausgelaufen. Unsere Bikinis sind ganz nass und klebrig.»

«Oh, Scheiße. Und wir haben unsere Clogs vergessen.»

Wie bei einer Schwebebalkenkür stelzten und staksten Ruth und Henny über die Wiese, um die Bienen nicht aufzuschrecken. Schräg gehaltene Köpfe. Neben Gesine, die nur eine kurze Stippvisite in ihrer Klasse abgegeben hatte und dann auf die Mittelschule verbannt worden war, zeigte der Flickenteppich ein Loch. Großes Hallo. Sie breiteten ihre Handtücher aus. Ließen sich theatralisch fallen. Cremten sich gegenseitig den Rücken ein. Fünf Wespen verloren das Interesse an Gesines Nogger-Eis und wandten sich den Bikinis von Ruth und Henny zu. Sofort begann Henny hysterisch mit den Armen zu fuchteln, Ruth nahm den Rhythmus auf, gleichzeitig sprangen sie hoch, kreischten, drehten eine Pirouette, dann noch eine, rannten zum Becken und tauchten nahezu synchron ein. (Der Bademeister mit dem kriegsverkrüppelten Fuß pfiff, weil es verboten war, vom Beckenrand ins Becken zu springen.)

Henny hielt sich unter Wasser die Nase zu. WAM. WAM. WAM. WAM. Angezogene Beine über ihnen. Vierfach. Als Ruth aufstieg, erkannte sie die Verlierer von neulich. Das Gesicht von Friedhelm, seltsam vergrößert wie in einem Spiegelkabinett. Jörgs Augen waren nur Schlitze, als sei ihm beim letzten missglückten Zielwurf das Gesicht stehen geblieben. Geerts Schlangenlocken standen ab wie vom Haupt der Medusa. Während Ruth noch nach Luft schnappte, tauchte er neben ihr auf und fing an zu spritzen. Dann spürte Ruth, wie jemand ihre Beine nach unten zog. Der vierte Mann. Sie trat. Ruderte. Wo war Henny? Spürte, wie ihr jemand den Haken am Rückenteil des Bikinis öffnete. Grölende Siegerstimmen, als sie auftauchte. Die eine Hand schützend vor die Brust haltend, mit der anderen wild spritzend, bis der Bademeister das Spiel abpfiff. Henny schwamm zu ihr. Ruth hielt sich verkrampft am Beckenrand fest. Direkt vor ihrem Gesicht der verstümmelte Fuß des Bademeisters.

Unendlich lange fummelte Henny an ihrem Bikini, bis sie endlich «geschafft» keuchte. Erschöpft und wütend und verstört kletterte Ruth aus dem Becken und eilte gebückt zu ihrem Handtuch. Sie ignorierte die albernen Verrenkungen der noch immer feixenden Jungen. Sie hatte nicht einmal Lust auf ein Eis. An diesem Nachmittag ging sie nicht wieder schwimmen. Sie wickelte sich in ihr Handtuch ein und ließ sich trösten. Gesine war eine gute Trösterin.

Am Ausgang stand Georg plötzlich hinter ihnen.
«Darf ich deinen Schwimmbeutel tragen?»
«Du Judas», zischte Ruth und stieß ihn zur Seite.

Ihre Schwester war eine Klette. Ein klebriges Bonbonpapier. Ein leibhaftiger Pritt-Stift. Ruth durfte ihr nicht zu nahe kommen, sonst blieb man an ihr kleben. Die Kunst bestand darin, ihr auszuweichen, ohne dass es auffiel. Ruth reduzierte den Blickkontakt auf ein Minimum. Sie mied jede Berührung, setzte in ihrer Gegenwart ein ausdrucksloses Gesicht auf, als begegne sie einer fremden Person im Wartezimmer ihres Zahnarztes. Ruth trainierte einen gleichgültigen und gelangweilten Tonfall, wenn sie beim Abendbrot mit ihr reden musste, denn gab sie sich arrogant überlegen («Ich habe das Thema bereits in Physik durchgenommen, dafür bist du noch zu blöd»), ergriffen ihre Mutter und ihr Vater energisch für Britta Partei. Quengelte Britta, dass sie Henny und Ruth begleiten wolle, kopierte Ruth die ängstlich-sorgenvolle Stimme der Mutter: «Du kannst nicht mit nach Uelsen ins Waldbad. Das ist wegen der Kieslaster zu gefährlich. Und ich kann nicht die ganze Zeit auf dich aufpassen.»

Das stimmte. Obwohl Ruth sorgfältig und pedantisch die Linda-Bilderpunkte ausgeschnitten und in das Briefmarkenalbum einsortiert hatte, war ihr Britta schon nach wenigen Tagen als Erste auf die Schliche gekommen.

«Was fummelst du denn da am Mülleimer?»

Ruth fuhr erschrocken herum. «Verzieh dich gefälligst», giftete sie.

«Wenn du es mir nicht sofort sagst, petze ich.»

Sie war nicht vorsichtig genug gewesen. Sie biss sich kurz auf die Unterlippe. «Du kannst meine Sonnenbrille haben, wenn du die Klappe hältst. Ich sammle Punkte für eine Fotoserie.»

«Müssen wir deshalb dauernd Reis essen?»

«Schlaues Kind. Was ist, willst du die Brille? Ja oder nein!»

Als sie nach der Katastrophe im Waldbad Britta in die Arme lief und die fragte: «Hast du geheult?», raunzte sie zurück, es liege daran, dass sie bekanntlich keine Sonnenbrille mehr trage. Insgeheim dankte sie Gott dafür, dass sie nur eine Schwester und keinen Bruder hatte.

Offiziell hieß er Waldemar, aber wenn ihr Vater nicht in der Nähe war, rief sie ihn Golly. Golly der Treue. Jeden Tag, wenn Ruth von der Schule nach Hause schlenderte, erwartete Golly sie bereits an der Einfahrt. Bei Regen, bei Schnee, auch bei Hitze, die er hechelnd verabscheute. Golly der Metaphysiker. Er konnte den Unterschied von Gut und Böse riechen und knurrte auch, wenn ein auf den ersten Blick unverdächtiger, weil schlipsverstellter Besucher ganz offensichtlich den Aromafilm des Bösen verströmte. (So knurrte er stets den Kirchenältesten Kerkhoff an, der, wie es später die Runde machte, seine Frau regelmäßig verprügelte.) Golly der Überhund. Sage und schreibe achtundzwanzig Schritte konnte er auf den Hinterläufen gehen, wenn Ruth «Golly, aufrecht!» rief.

Bereits beim ersten Streicheln des Welpen aus dem Wurf des Nachbardackels, dessen Gekläff gelegentlich als Entschuldigung für eine mäßige Predigt ihres Vaters herhalten musste, hatte Ruth sich in den Kopf gesetzt, dass dieser Hund ihr gehören werde.

«Vater braucht Ruhe, wenn er seine Predigten schreibt.»

«Dann spiele ich mit dem Hund ganz leise.»

«Hunde haaren!»

«Kurzhaardackel haaren kaum. Und ich staubsauge täglich. Versprochen.»

«Er ist noch nicht stubenrein.»

«Ich stelle mir nachts einen Wecker, bis er trocken ist.»

«Und wer geht mit ihm Gassi?»

«Ich!»

Vier Wochen lang gehörten diese ritualisierten Dialoge zum Mittagessen, dann wurde ihr Vater schwach. «Wir können es ja mal eine Woche versuchen.»

«Ausprobieren heißt das. Sag nicht immer versuchen. Das ist Plattdeutsch», verbesserte ihn die Mutter spürbar gereizt.

Seitdem gehörte Waldemar zur Familie. Er bellte fast nie, wenn ihr Vater an den Samstagnachmittagen über der sonntäglichen Predigt saß. Er haarte nur, wenn Ruth morgens in der Schule war. Er wurde nach genau vier Wochen stubenrein. Und klaglos ging Ruth mittags mit ihm Gassi. Seine erste Duftmarke setzte er stets an der Weitsprunganlage des Stadtringgymnasiums, dann entschied er zumeist eigenmächtig, ob er an der Vechte entlang zum Stadtpark oder in die entgegengesetzte Richtung zum Bolzplatz in «Frentjens Kuhle» losflitzte. Auf der großen Wiese des Stadtparks oder in Frentjens Kuhle balgten beide herum, und Golly brachte Ruth genau viermal den alten Schlagball zurück, den ihr der Turnlehrer geschenkt hatte. Dann setzte er seinen Haufen.

Ruth mied seit zwei Wochen Frentjens Kuhle, weil dort häufig Georg mit Freunden bolzte. In der ersten Konfirmandenstunde nach dem Waldbadbesuch hatte Georg zunächst so getan, als sei nichts gewesen, und plump herumgeschäkert. Noch immer beleidigt, hatte Ruth stur geradeaus geschaut. Er war nur Luft für sie. Luft. Luft. Sie behandelte Georg wie Britta. Es hatte sie aufgestachelt, als Georg, offensichtlich unsicher, den 23. Sonntag des Heidelberger Katechismus nicht auf die Reihe brachte. (Ein Judas konnte offensichtlich nicht den Heidelberger auswendig lernen. So viel war sicher.)

«Könntest du uns einmal die Rolle des Judas im Neuen Testament erklären?» Ihr Vater hatte verdattert aufgeschaut, zunächst abgewehrt: «Rede nicht so kariert», aber Ruth hatte auf ihrer Frage insistiert: «Und kommt dieser Judas eigentlich in den Himmel?»

Aus der komplizierten, mit vielen Fremdwörtern gespickten Antwort ihres Vaters war sie nicht richtig schlau geworden. Immer, wenn ihr Vater bei einer Antwort kniff, bombardierte er sie mit Fremdwörtern. Sie hatte nicht zu fragen gewagt: «Ja oder nein?», hatte sich auch nicht getraut, einen Blick auf Georg zu werfen.

Heute ließ Golly sich nicht überreden und bestand auf Frentjens Kuhle. Unterwegs verrichtete er Schwerstarbeit, weil er jede Ecke neu markieren musste, um sein vernachlässigtes Terrain zurückzuerobern. Schon von weitem erkannte Ruth Georgs Stimme.

«Der Ball war nicht im Kasten.»

«Doch, doch. Der war drin. Innenpfosten und dann drin. Ich habe nämlich den Ball angeschnitten.»

«Quatsch mit Soße. Der landete am Pfosten. Es bleibt beim 9:7. Basta.»

Ruth pfiff, lockte, drohte sogar, aber Golly der Treue pochte auf sein Recht. Ruth folgte ihm missmutig. So musste sich ein Tiger im Zirkus fühlen, dem nichts anderes übrig blieb, als durch den Reifen zu springen. Sie heftete ihren Blick auf ihre Schuhe und lief, als würde sie für die Bundesjugendspiele trainieren, in einem großen Bogen am Rande von Frentjens Kuhle entlang Richtung Turnerheim. Eins, zwei, drei, vier, fünf, sechs, sieben, zählte Ruth die Schritte. Ihr Ohr rauschte wie ein Kurzwellenempfänger. Ab und zu gellte ein Schrei herüber: «Gib ab!» «Schieß!» «Aus!» «Foul!» «Tor!» «Elfmeter!» Sie wollte ihre Englischvokabeln aufzählen, aber ihr fiel nur «stupid» ein. Der lindgrüne Faltenrock der Lehrerin. Das speckige Jackett des Mathepaukers. Das Homann-gestärkte Beffchen ihres Vaters. Der honiggelbe Schal von Henny. Der pickelige Pullover von Georg. Georg. Georg.

Erst als Golly laut aufjaulte, schaltete Ruth wieder um und war ganz Ohr. Und obwohl Dritte ein ohrenbetäubendes Gekläffe vernahmen, hörte Ruth nur das klagende, röchelnde und ängstliche Weinen ihres Hundes, der chancenlos gegen einen Schäferhund in der Unterlage war, verzweifelt versuchte auf die Beine zu kommen, sich drehte und wand und mit den Hinterläufen schlug. Ruth zerrte mit aller Kraft am Halsband des anderen Hundes (sie würde ihn auch später immer nur «den anderen Hund» nennen), war aber ebenso chancenlos wie ihr Golly. Auf einen Pfiff hin ließ der andere Hund plötzlich von Golly ab und trottete in einer stolzen Haltung, als bewerbe er sich für einen Preis bei einer Hundeshow, davon. Ruth erinnerte später nur eine grüne Hose und einen Spazierstock, weil der Mann (aber warum eigentlich notwendig ein Mann?) von einem Gebüsch (ein Fliederbusch vielleicht?) verdeckt blieb. Auf bohrendes Nachfragen hin glaubte sie allenfalls ein boshaftes (wirklich boshaftes?) Lachen gehört zu haben.

Golly der Treue, der Metaphysiker, der Überhund, lag mit halb offenen Augen am Boden und rührte sich nicht. Und Ruth, kniend, ihn in den Arm nehmend, streichelnd, fand ihre Stimme nicht mehr. War stumm vor Entsetzen.

«Wir legen ihn auf meine Jacke, los! Packt an! In der Händelstraße wohnt ein Tierarzt. Schnell.»

Noch immer verstört, erreichte Ruth als Letzte die Praxis. Fragen beantwortete sie nur mit einem Nicken oder Kopfschütteln. Sie sagte auch nicht «Danke», als der Arzt ihr den noch leicht betäubten Hund auf den Schoß setzte. «Das wird schon wieder. Ich habe die Wunde nähen müssen, aber übermorgen ist der Hund wieder ganz der Alte.»

Erst beim Abendbrot fand Ruth ihre Stimme wieder und erzählte stockend, was passiert war.

«Aha, der Georg also hat dir geholfen. Ist wirklich ein toller Hecht», sagte der Vater.

«Und tolle Hechte kommen bestimmt in den Himmel», dachte Ruth.

Ihrem Vater schwebte ein fröhlicher und bunter Jugendgottesdienst vor, aber jede Kirchenratssitzung hatte die Wirkung eines stark bleichenden Waschmittels: Von der Rockband blieben fünf Klampfen der Jugendgruppe und eine E-Gitarre übrig (die schwächste Stufe des Verstärkers war vereinbart worden), aus dem flotten Theaterstück wurde eine bedächtige Sprechmotette, die politisch brisanten Bittgebete konzentrierten sich am Ende nahezu ausschließlich auf die Innere Mission, und in seiner Predigt demonstrierte ihr Vater Selbstdisziplin, kürzte Sartre und Camus heraus und behielt Gollwitzer übrig. Gott sei Dank war die Predigt noch lang genug, um Georg, der nach der Motette neben Ruth Platz genommen hatte, zuzuflüstern, sie habe bereits zweiundsechzig Punkte zusammen. «Zweiundsechzig Punkte. Zweiundsechzig Punkte», wiederholte Georg, als handelte es sich um eine magische Zahl. «Dann bis morgen um drei bei Olga.» Ihr Vater sprach «Amen». Ruth sagte: «Gebongt.»

Mit leichtem Magenflattern stand Ruth im Bad. Die Tür hatte sie offen gelassen, um die Musik von David Cassidy aus ihrem Zimmer besser hören zu können. Mit mütterlichem Nachdruck wurde sie zweimal aufgefordert, die «sentimentalen Heuler und Schreier» leiser zu stellen. (In solchen Augenblicken nahm die Stimme ihrer Mutter wieder die Färbung des Grafschafter Platt an, das Arend bei Hausbesuchen oft verwendete, meistens aber wie eine alte Gartenhose in der Garage ließ. Obwohl beide mit ihren eigenen Eltern Plattdeutsch sprachen, hatte Ruth niemals gehört, dass sie die Sprache ihrer Kindheit untereinander benutzten.

Strickjacke oder Pullover? Oder doch lieber eine Bluse? Rock oder Hose? Und wenn Hose, dann Cordhose oder Jeans? Boots oder Halbschuhe? Mutters Parfüm? Mutters Lippenstift? Pferdeschwanz oder Wallemähne? Die möglichen Kombinationen verlangten einen dreistündigen Badezimmeraufenthalt, nur unterbrochen vom Plattenwechsel und den Hänseleien ihrer Schwester. Sie wählte: Pullover + Strickjacke + Jeans + Boots + Pferdeschwanz + Tosca. (Den Lippenstift ihrer Mutter wischte sie mehrfach wieder ab.)

Das Eiscafé hieß *Venezia*, aber jeder sagte: «Wir gehen zu Olga.» Olga war Olga. Jeder nannte sie Olga. Sie war groß, sehr schlank, hellhäutig, mit blonden, stets toupierten Haaren, pflegte ihren starken Akzent, war gleichermaßen launisch wie herzlich. Und obwohl sie nicht madonnenhaft wirkte, obwohl sie physiognomisch kein Pendant zu den dunkelhaarigen männlichen Stars der italienischen Fußballnationalmannschaft bildete, und obwohl ihr Name nicht typisch italienisch klang, bediente Olga bis zu den Erzählungen der ersten Italienurlauber in Nordhorn das Bild einer feurigen Italienerin. (Sie wurde übrigens auch nie gefragt, woher sie stamme.) Ihr Eiscafé war ein kleiner Rundbau, der wie die Baumeisterhütten der großen Kathedralen im Schatten des mächtigen Gymnasiums lag. Nur geschulte Nasen konnten aus dem Schülermief die Sirupdüfte der Eisbecher herausfiltern. Da aber nur wenige Eisbecher verlangt wurden, roch es meistens wie im Biosaal.

Georg saß mit dem Rücken zur Tür, deshalb stand Ruth zunächst unsicher am Eingang, hatte ziemlichen

Bammel, tastete sich durch die Tischreihen hindurch («Ach, hallo!») und legte ihren Turnbeutel wie eine Trophäe auf den Stuhl.

«Hallo, da bist du ja», sagte Georg, dessen Stimme noch immer Achterbahn fuhr. «Darf ich dir ein Eis spendieren?»

Ruth nannte spontan Vanille, Schokolade und Banane, als habe sie die Auswahl schon lange getroffen, und fischte dabei die Brottüten mit den Linda-Punkten heraus.

«Achtundvierzig Bierverschlüsse. Das macht vierundzwanzig Punkte. Soll ich sie dir vorzählen?»

«Nein, nein. Ich glaube dir. Ich glaube dir. Ich glaube dir. Dein Alter trinkt aber ganz schön viel!»

«Wir hatten Geburtstage», verteidigte Ruth sich und ihren Vater und versuchte nicht rot zu werden. «Also kann ich weitermachen?», fragte sie schnippisch. «Zehn Punkte von Tritop. Acht Punkte ‹Meine Familie und Ich› und zwanzig Punkte Müller's Mühle.»

«Super. Super. Super.» Georg nickte wie der Wackeldackel im Ford ihres Onkels.

«Und wie viel Punkte hast du an Bierverschlüssen gesammelt?», fragte Ruth spitz.

«Ich? Genug. Auf jeden Fall reicht es! Also, wie machen wir das jetzt? Sollen wir die Bilder teilen, die wir bekommen?»

«Du kannst die Bilder behalten, wenn du sie mir mal zeigst. Abgemacht?»

«Abgemacht. Abgemacht. Abgemacht.»

Mit der ersten Eiskugel schmolz Georgs Unsicherheit,

Ruth merkte es daran, dass er nicht mehr jedes Wort nickend dreimal wiederholte.

Ihre Mutter hatte immer eine gewisse Distanz in ihrem Blick, aber hinter dieser Distanz verbarg sich eine kontrollierte Aufmerksamkeit. In der Familie war sie es, nicht ihr immer seine Empfindsamkeit wie einen Einkaufswagen vor sich herschiebender Ehemann, der jede Unregelmäßigkeit auffiel. Sie entdeckte als Erste, dass der Hund wieder «Schlitten fuhr» und dringend entwurmt werden musste. Sie entdeckte als Erste, dass Brittas letzte Mathearbeit «unbefriedigend», wie sie es nannte, ausgefallen war. Sie entdeckte auch als Erste, wenn ein Reifen am Auto kein Profil mehr zeigte. («Ich bin dir zu ewigem Dank verpflichtet», säuselte ihr Mann. «Gebt dem Reifenhändler, was des Reifenhändlers ist.») Sie entdeckte als Erste den Pilzbefall der Eibe. (Sie äußerte übrigens als Zweite, nach Golly, den Verdacht, dass mit dem Ältesten und Frauenprügler Kerkhoff irgendetwas nicht stimme.) Und natürlich registrierte sie als Erste, dass Ruth während der letzten Tage auffällig häufig zur Tür rannte, wenn es klingelte, und spürbar enttäuscht «Für Papa!» rief.

Ruth rechnete. Wenn das Paket mit den gesammelten Punkten vier Tage bis Köln brauchte, wenn man noch das Wochenende dazu addierte, drei Tage ansetzte, um das Paket zu bearbeiten, dann vier Tage zurück bis Nordhorn, wenn dann Georg noch zwei Tage alleine die Bilder anschauen würde (dieser Schuft), dann ergab das fünfzehn Tage. Günstigstenfalls zehn Tage. Aber schon vom neunten Tag an rannte Ruth beim ersten Klingelzeichen zur Tür, traf dort dreimal auf den Küster, zweimal auf den Organisten, auf den Ältesten Kerkhoff (war Ruth die Dritte, die Argwohn schöpfte?), auf die Vorsitzende des Frauenvereins, den Vorsitzenden des Männervereins, die stellvertretende Vorsitzende des Seniorenclubs und zwei Zeitschriftenverkäufer, erntete viele anerkennende Kommentare («Du bist aber groß geworden!» «Du bist ja schon erwachsen!» «Du gleichst immer mehr deinem Vater!»), aber Georg erschien nicht.

Nach dem fünfzehnten Tag ließ Ruth gelegentlich ihrer Mutter den Vortritt. Am siebzehnten Tag, freitagnachmittags, so gegen 16 Uhr, einer Zeit, die gewöhnlich für den Organisten Deters reserviert war, einen Mann, der noch hinter der großen Orgel sitzend massig wirkte, öffnete Ruths Mutter die Tür und rief: «Es ist für dich, Ruth!» nach oben.

Und Ruth war nicht vorbereitet. Sie knallte ihre Pantoffel in die Ecke, roch zweifelnd an ihren Achseln, nestelte an ihrem Pullover («Ruth, wo bleibst du denn?»), knibbelte eine halbe Ewigkeit an ihrem Kettenverschluss, zog ihren Pferdeschwanz zurecht, hörte ihre Mutter die Treppe hochkommen («Ruth, schläfst du?»), zog ihre Socken aus, weil ihr Vater ihr immer gesagt hatte, sie habe wunderschöne Füße, machte die Tür auf, schaute über das Geländer nach unten und sagte betont gelangweilt: «Ach, du bist es! Komm hoch!» Georg zwängte sich auf der schmalen Treppe an ihrer Mutter vorbei, ohne sie anzuschauen.

«Pflanz dich auf meinen Schreibtischstuhl. Ich hole

mir noch einen Stuhl von meiner Schwester.» Georg nahm Platz, als würde er gleich ins Direktorenzimmer gerufen.

«Du bleibst, wo du bist!», zischte Ruth ihre Schwester an, als sie den Stuhl aus dem Zimmer holte.

«Und? Hast du sie?», fragte Ruth und setzte sich neben Georg.

«Ich glaubte schon, die hätten mich vergessen, aber vorhin sind die Bilder mit der Post eingetrudelt.»

«Ich finde, das ging superschnell. Zeig mal her.»

Zitterten Georgs Hände, als er vorsichtig den noch ungeöffneten Umschlag aufriss? Zersprangen kleine nervöse Bläschen in Ruths Bauch? Knarzte eine Bohle im Flur, als Ruths Schwester sich heranpirschte?

Vorsichtig breitete Georg die Bilder auf dem Schreibtisch aus. Und obwohl die Bilder nach Chemie rochen, war an diesem Nachmittag Afrika in Ruths Zimmer zu Besuch und heizte den Raum auf. Ihre Mutter brachte zwei Gläser mit Tritop. Zufällig suchte ihre Schwester in Ruths Zimmer ihren Geha-Füller.

«Die Antilope», antwortete Ruth nach kurzer Überlegung. «Mir gefällt die Antilope am besten.»

«Mir dieses gewaltige Nashorn.»

Ruth fuhr vorsichtig über das mattglänzende Bild des Nashorns.

«Übrigens, das mit dem Judas, das tut mir Leid.»

Zweites Stoßgebet

Ich ertrage die besorgten und fragenden Blicke der Ärzte nicht! Die haben keinen Grund! Die sollen aufhören! Ich bin unschuldig! Mein Gott, **ich** *habe doch immer wieder alles verziehen!* **Ich** *war zu großzügig!*

Hätte ich nur damals mein Judas-Urteil nicht einkassiert! Warum wurde ich sofort wieder schwach?

Oft habe ich darüber in den schlaflosen Nächten gegrübelt, wenn Ärger viel Magensäure die Speiseröhre hochjagte und mich sauer werden ließ. (Seit mehr als zehn Jahren schlucke ich täglich Tabletten, um nicht innerlich zu verbrennen! Jeweils zu Anfang eines Monats schickt mir mein Internist das Rezept. Meine Krankenversicherung hat mich prompt als chronisch krank eingestuft. Und natürlich schlucke ich klaglos die Tabletten. So wie ich alles **klaglos** runtergeschluckt habe.)

Verzieh ich Georg damals, weil er mir spontan half, als Golly schwer verletzt am Boden lag? Tat er nicht großzügig den Blutfleck auf seiner Jacke als Bagatelle ab? Trug er nicht ganz vorsichtig den Hund zu mir nach Hause und redete dabei beruhigend auf ihn ein? (So wie er später manchmal unsere Tochter auf dem Arm trug? Oder täuscht hier meine Erinnerung?) Vielleicht wäre meine Wut ohne diese Rot-Kreuz-Aktion weniger schnell verraucht! Vielleicht wäre ich dann einem anderen Mann in die Arme gelaufen! Vielleicht hätte ich meine Freundin weniger stark vernachlässigt! (Und warum hat Golly, der sich doch in Menschen niemals täuschte, nicht öfter geknurrt, wenn Georg klingelte? **Warum hat seine Nase versagt?** Aus Dankbarkeit? Lebensretter knurrt man nicht an? Altes Hundegesetz?)

Manchmal erinnere ich mich sehnsüchtig an jene Stunde zurück, als wir in meinem Zimmer saßen und mit den Fingern über die Bilder fuhren, als berührten wir Afrika. Aber dann schieben sich doch wieder andere Szenen in den Vordergrund: Georgs verzerrte Gesichtszüge, als er mit dem Gummiball nach mir warf oder als er mir in dem kachelblauen Wasser den Bikini öffnete.

Das Gemälde von Giotto: «Der Verrat des Judas»! Jene Szene, in der Judas im Begriff ist, durch einen Kuss Jesus zu verraten! *Diese Verschlagenheit im Blick! Diese Gier! Diese Obszönität! Diese negative Aura, die von seinem Gesicht ausströmt*! Genau so blickte Georg mich manchmal an. Ja. Genau so. Er verfügte über ein ganzes Reservoir sprechender Blicke. Sein Blick kann fragend sein und mitfühlend und offen und entwaffnend. Aber jetzt treten die verzerrten Gesichtszüge wieder schärfer hervor, als wären diese hochkomplizierten Apparate auf der Intensivstation Lügendetektoren, die Georgs wahres Gesicht einstellen und sichtbar machen.

Ganz tief beuge ich mich über ihn. «Georg», hauche ich, «Georg.» Dann drehe ich mich um. Flüstere: «Das ist er. Schaut her! Was fragt ihr noch! Schaut ihm ins Gesicht! Dieses Gesicht lügt nicht. Nehmt ihn gefangen. **Ihn.** Wo sind die Handschellen? Wo ist der Staatsanwalt? Ich klage an! **Ich. Klage. Mauer. Ihn. Ein. Ein. Ein.**»

O Tannenbaum

Zweieinhalb Jahre später ging Georg als Austauschschüler für ein Jahr nach Amerika («Sauber, Alter», beglückwünschten ihn alle), deshalb stieg Henny wieder in Ruths Gunst, die sich wochenlang furchtbar Leid tat. Beim Abendbrot verfiel Ruth zunächst in ein demonstratives Schweigen. Dann wählte sie den milden Terror der halb ausgesprochenen Vorwürfe:

«Durfte ja nicht!»

«Zu teuer.»

«Auto ist ja wichtiger.»

«Für ein Stipendium betteln zu spießig.»

(Vor allem dieses letzte Wort ließ die Lippen ihres Vaters schmal werden.)

«Könnt selbst kein Englisch.»

Prompt schlug ihr Vater vor, künftig beim Abendbrot englische Konversation zu üben.

«Please, give me the bread.»

Aber bereits die Vokabeln für Gewürzgurke und Silberzwiebel klemmten, und ihr Vater musste auf Tomaten ausweichen. Alle wussten, dass er Tomaten hasste. Bis auf Britta schwiegen dann alle.

Ablenken. Aufbauen. Ignorieren.

Zwei Wochen später schwenkte ihr Vater ausgelassen (etwas pubertär, wie ihre Mutter fand) zwei Eintrittskarten für ein Musical in Dortmund: *My Fair Lady.* Zog man die Nörgeleien ihrer Schwester ab, die Parkplatzprobleme an der Halle, die aufgesetzte gute Seelsorgerlaune ihres Vaters, den Colafleck auf seinen beigefarbenen Jeans, überhaupt seine peinliche Anwesenheit, subtrahierte man Ruths falsche Bluse und ihre Oma-Frisur, hätte unter dem Strich eigentlich ein gelungener Abend übrig bleiben müssen. Ihre Mutter empfand es deshalb auch «als höchst ungerecht», dass sie am nächsten Morgen miesepetrig zur Schule ging. Aber der Stoff von *My Fair Lady* hatte ihr schlechte Träume beschert. Vielleicht würde Georg in Amerika eine andere Freundin finden. Oder gleich ein ganzes Dutzend ausprobieren. Vielleicht würde er sogar Arm in Arm mit einer anderen am Flughafen ankommen und sie nur müde mit «Hallo, das ist Cindy» begrüßen.

Exklusiv für Henny führte sie ein taschentuchintensives Rührstück auf. Sie sagte: «Ach, weißt du, ich kenne doch diese Amis. Die krempeln den Georg total um.»

Henny sagte: «Um Georg musst du dir keine Sorgen machen. Echt nicht!»

Ruth sagte: «Ach ja? Und wenn er doch plötzlich eine andere toll findet?»

Henny sagte: «Ich wusste gar nicht, dass die Sache so ernst ist. Geht ihr denn so richtig miteinander?»

Ruth, beleidigt: «Na hör mal! Was denkst du denn!»

Henny, besänftigend: «Nun spiel mal nicht gleich die beleidigte Patentante. Natürlich weiß ich doch, dass du mit ihm gehst.»

Ruth schniefte. Henny bohrte. «Habt ihr eigentlich schon mal, na du weißt schon, hast du schon mal mit ihm, du weißt schon …?»

Ruth zog umständlich ihr Tempo aus der Tasche. Eine alte Eintrittskarte fiel heraus. «Ich kann nachts nicht mehr durchschlafen. Schrecke häufig schweißgebadet hoch. Sehe ihn dann mit anderen Mädchen Händchen halten. Dann reiße ich die Fenster auf und stehe dort so lange, bis mir eiskalt ist. Du kannst dir nicht vorstellen, wie ich mich fühle. Echt beschissen.»

Henny legte den Arm um Ruth: «Heul dich mal so richtig aus. Das hilft bestimmt.»

Und Ruth heulte. Ein Drittel der Tränen vergoss sie dafür, dass sie sich bei ihren Eltern nicht durchgesetzt hatte, um nach Amerika zu fliegen. Ein zweites Drittel der Tränen, damit Henny sie bedauerte. Ein letztes Drittel, weil sie sich ärgerte, dass sie noch nicht mit Georg geschlafen hatte. (Und ein bisschen, weil sie ihn nicht gefragt hatte, ob er ihr sein Mofa lieh.)

«Wie ist das eigentlich so, ich meine, ich habe noch nicht soviel Erfahrung. Knutschen ja. Mit Zungenschlag, klar. Und so ein bisschen fummeln im Kino und so, aber so richtig …»

Ruth heulte eine zweite Runde. Und jetzt vergoss sie die Tränen zu 100% wegen des dritten Grundes der ersten Runde.

«Du tust mir ja so was von Leid», flüsterte Henny ihr ins Ohr. «Und jetzt musst du darauf ewig lange verzichten. Das ist bestimmt die Hölle. Wie kann ich dich nur aufheitern! Wie wär's, sollen wir zu Olga aufbrechen?»

«Aber dort haben wir uns doch zum ersten Mal getroffen! Dort erinnert mich alles an Georg. Er trank immer Bananenmilchshake, immer.»

Ruth legte den Kopf an Hennys Schulter und schluchzte noch einige Male laut. Sie blieben im jalousieschattigen Zimmer sitzen, bis Golly unruhig wurde und Gassi gehen wollte.

So überstand Ruth die elfte Klasse mit Hennys Hilfe. Das Leben tuckerte wie im Leerlauf vor sich hin. Sie batikten zusammen. Sie lauschten Neil Young. Hörten stundenlang Radio Luxemburg. Sie lernten gemeinsam Mathe und Chemie. Sie feierten beide ihren siebzehnten Geburtstag, und sie gingen nach einer angemessenen Trauerfrist wieder regelmäßig zu Olga. Im Sommer radelten sie häufig ins Uelsener Waldbad. (Ruth strickte so lange an ihrer Ich-bin-beleidigt-Masche, bis ihr Vater «aus Wiedergutmachungsgründen», wie er nuschelte, Henny einlud, mit ihnen die Osterferien in Bibione zu verbringen.) Ruth las Henny die Briefe vor, die sie Georg schrieb («bis auf zwei Zeilen», schränkte sie geheimnisvoll ein). Beide kommentierten aufgeregt die vier (hässlich bunten) Karten von Georg, intensiver als jedes Rilke-Gedicht im Deutschunterricht: «Hiermit scheint er etwas andeuten zu wollen.» «Das sieht ihm ähnlich! Typisch!» «Ist das überhaupt seine Schrift?» «Stimmt. Seine Schrift hat sich seit der letzten Karte deutlich verändert. Irgendwie anders.» Und sie warteten sehnsüchtig auf das Ende der Saison.

Hochfrequenzgänsehaut. Herzkammerflimmern. Wiedererkennungslächeln.

Georg war zurück.

Er habe sich erst einmal so richtig ausgeschlafen. Die Zeitumstellung. Jetlag. Deshalb. Olga habe ja nun leider

Urlaub, aber man könne sich im Bahnhofsrestaurant treffen. Ganz locker habe er sich auch mit Bernd-Heinz verabredet, um mit ihm eine Runde zu kickern. In Amerika habe er keinen Kicker gefunden. Er sei jetzt richtig süchtig nach einem Spielchen.

«Dann kann ich dich ja anfeuern.» Es sollte unbeschwert klingen, aber Ruths Stimme wirkte kalt, und sie schickte ein Gickern hinterher, schrill und hohl, das den Eindruck noch verschlimmerte. Gefühle wie angelaufenes Silber.

Sie drückte die schwere Schwingtür des Bahnhofrestaurants auf, blieb stehen und blinzelte in den dunklen Raum. In einer Ecke, neben dem Spielautomaten, entdeckte sie Georg. Er beugte sich tief über den Kicker und ölte die Stangen mit Spucke. Von weitem sah es so aus, als würde er wie in einem Ritual jede Stange kurz küssen und um den Sieg beten. Besonders innig widmete er sich seiner Sturmreihe. (Früher hatte er häufig ein verwaschenes Trikot vom BVB «geschleppt», wie ihre Mutter abfällig kommentierte.)

Er trug Jeans. Unauffällig. Jesus-Latschen. Nicht aufregend. Ein buntes Hemd. Offensichtlich neu. Ebenso neu wie seine langen Haare. Locken. Er hat Locken, registrierte Ruth überrascht. Lange dunkle Locken.

«Rein oder raus!» Ruth erschrak und besänftigte die Kellnerin mit dem Zauberwort «Cola». Sie ekelte sich vor dieser Kellnerin, die zu diesem Raum gehörte: verschossene Vorhänge, aufgeschlitzte und mit Klebeband geflickte Bänke, klebrige Tische, Geruch nach altem Fett. Gut, dass es Olga gab.

«Hallo Ruth. Hast dich nicht verändert!», empfing Georg sie, nahm sie in die Arme und küßte sie auf die linke Wange, flüchtiger als seine Angreiferreihe.

War das ein Kompliment? Oder sollte es bedeuten: Du hast dich nicht entwickelt! Bist stehen geblieben auf dem Nordhorner Niveau. Provinzschnepfe. Landei. Dabei hatte sie sich verändert. Sie hatte die Fingernägel wachsen lassen und ihre Augenbrauen gezupft. Ihrem Pferdeschwanz sah man an, dass sie monatelang mit einer Dauerwelle kokettiert hatte. Und der blaue Lidschatten war auch neu. Und ihre Klamotten erreichten Bravo-Level.

«Tolle Matte.»

Georg konzentrierte sich auf seinen Angriff. Er war schon immer der beste Schlenzer gewesen. Jetzt stoppte er eine schwache Abwehr von Bernd-Heinz. Er positionierte den Ball wie beim Elfmeter, wischte sich die Hand an der Hose trocken, täuschte rechts an, schob dann den Ball nach links und kickte mit einer kurzen Drehung an dem Verteidiger vorbei ins linke Eck.

«Ist wie Schwimmen. Verlernt man nicht», sagte Georg spürbar erleichtert.

«Toll», kommentierte Ruth vor Aufregung vokabelsparsam.

Georg wiederholte die Zeremonie sechsmal, dann gab sich Bernd-Heinz 8:2 rülpsend geschlagen.

Sie setzten sich auf eine dieser vernarbten Bänke, tranken ihre wässrige Cola mit Schuss («Schüsschen», fluchte Bernd-Heinz), und endlich, nach mehrfacher Aufforderung, fing Georg an zu erzählen.

Über diesen riesigen Vater seiner Gastfamilie, der habe

Plattdeutsch verstehen können, weil seine Eltern aus Holland stammten. «Wenn ich ein Wort nicht wusste, sagte ich es ihm auf Plattdeutsch, dann spuckte er sofort die richtige Vokabel aus. Und an den Wochenenden, wenn er in der Klinik keinen Dienst hatte, ging er mit uns Fliegenfischen. Erst fand ich es ziemlich fade, aber dann hat es mir immer mehr Spaß gemacht. War echt okay.»

Über die Mutter, die alle Speedy nannten und die ihm Gitarre, Banjo und Bassgitarre beigebracht habe. «Irre, die konnte tausend Musikinstrumente spielen. Irre.»

Über den Sohn, der habe bereits den Führerschein gehabt und ihn überallhin kutschiert. «Ich brauchte nur mit den Fingern zu schnippen. Zum Baseball-Spiel. Auf ein Konzert. Zu Chi Coltrane. Mannomann. Ich kann euch sagen. Wir sind auch einmal in Chicago gewesen. Kann man sich gar nicht vorstellen. Vierzigmal Nordhorn oder so.»

Über die achtzehnjährige Schwester erzählte Georg wenig, blieb wortkarg, wie Ruth fand, die Georg wachsam und still zuhörte.

«Aber wenn du jetzt Gitarre spielst, dann können wir doch mal zusammen klampfen», schlug Bernd-Heinz vor.

«Hab ich auch schon dran gedacht. Und wie ist es mit dir, Ruth?»

«Ich spiele doch nur Geige! Und so ein bisschen Klavier. Vielleicht, ich meine, eventuell …» Sie verhaspelte sich wie früher beim Gummitwist.

«Geige und Keyboards, super», unterbrach Georg sie. «Wir könnten neben Rock auch Country oder Folk spielen! Habe ich drüben auch gemacht. Was haltet ihr davon?»

Weil Georgs Stimme lebhaft wurde bei den letzten Sätzen, nickte Ruth ebenso lebhaft. Und auch der bedächtige Bernd-Heinz war Feuer und Flamme. «Dann brauchen wir noch einen Namen. Englisch oder so. Und ein Schlagzeuger wäre auch nicht schlecht. Und einen Raum zum Proben.»

«Wie wärs mit dem Jugendkeller? Ich frag mal», schlug Ruth vor.

«Abgemacht. Und ich bin fürs Erste der Leader, der alles in die Hand nimmt», entschied Georg. Ruth nickte wieder lebhaft.

Bernd-Heinz las im Rest seiner Cola und sagte: «O. K. Und ich mache die Kasse.»

Seit drei Jahren schwächelte Ruth auf der Geige. Mit dreizehn wollte sie noch Violinistin werden. Und ihre Eltern glaubten daran. Hatte nicht ihre Lehrerin («die teuerste!») bereits nach zwei Wochen von einem Naturtalent geschwärmt? Ihr Vater erinnerte sich daraufhin an einen hochmusikalischen Onkel. Ihrer Mutter fiel ihre Cousine ein, die die Bratsche «beherrsche». War Ruth nach Auskunft der Lehrerin nicht nach zwei Jahren bereits «technisch tadellos»? Durfte sie nicht als jüngstes Mitglied des Schulorchesters an der Aufführung von Mozarts *Zauberflöte* mitwirken? Es läßt sich bezeugen, notfalls nachlesen. Die *Grafschafter Nachrichten* erwähnten namentlich Ruth Jordan, die, wie der Kritiker schrieb, «für ihr Alter nicht nur handwerklich sehr sauber, sondern auch mit sehr viel

Gefühl» gespielt habe. In der Tat. *Ouvertüre-Adagio:* fehlerfrei. *Der Vogelsänger:* tadellos. *Zum Ziele führt dich diese Bahn:* perfekt. *Bei Männern, welche Liebe fühlen:* ausdrucksintensiv. *Das klinget so herrlich:* ein minimaler Griffehler. Besonders gelungen: *Ein Mädchen oder Weibchen.*

Aber dann blühten die Blumen plötzlich besonders aufdringlich. Gollys Gassi-Drang wurde ungewöhnlich mächtig. Fahrradfahren machte irgendwie wieder Spaß. Das ‹Jugend-Schwimmer-Abzeichen› gehörte zum guten Ruf. Die Hornhaut auf den Fingerkuppen war schon immer ekelig. Und sahen die kurzen Fingernägel nicht aus, als würde man knibbeln? Ein kleiner Wettkampf zwischen Henny und Ruth um die braunsten Beine forderte schließlich den ganzen Einsatz.

Die hefeteigblasse Lehrerin wurde mit jeder Nuance, die Ruth brauner wurde, ungnädiger. «Du musst fleißiger üben», schrieb sie Ruth über ihre Noten. Ruth spielte entweder zu «tranig» oder «sägte wie ein Holzfäller». Es gab nur dieses Entweder-oder. Bei jeder sich bietenden Gelegenheit reckte Ruth den Hals wie eine aufgeregte Gans und schaute dann sehnsüchtig nach draußen.

«Träum nicht.»

Seufzen.

«Noch einmal von hier. Und jetzt konzentriere dich! Was ist nur mit dir los!»

Mit Ruth war nichts mehr los. Auch wenn sie eine Stelle siebenmal wiederholte, wurde es nicht besser, meistens kontinuierlich schlechter.

«Du sollst keine Variationen erfinden, sondern die Noten spielen, die da auf dem Papier stehen.»

Von der Lehrerin alarmiert, tagte der Elternrat. Der Sommer gewann. Ruth spielte künftig nur noch im Schulorchester. Ihre Privatstunden, so hatte ihr Vater verkündet, sollten für einen Winter ruhen. Dieser Winter dauerte bereits drei Jahre lang. Da Ruth für alle überraschend wieder regelmäßig probte, gab ihre Mutter sichtbar erleichtert Entwarnung: «Die Pubertät ist offensichtlich überstanden, Arend!»

An diesem Wochenende fiel dieser Satz in Nordhorn mehrfach.

Heimlich besuchte Ruth, etwas unsicher, ihre Lehrerin, die ihr ohne jede Gewissenspirouette nicht nur Noten für Country und Folk besorgte, sondern auch mit ihr mehrfach übte, dabei aufgedreht pfiff und haltungsmäßig eine Todsünde nach der anderen beging. (Ruth konnte sich zunächst nicht entscheiden, ob sie das Verhalten ihrer Lehrerin nicht peinlich finden sollte.)

Bernd-Heinz kaufte sich in Georgies Platten-Boutique Scheiben von Al Di Meola, Paco DeLucia, John McLaughlin und Jan Akkerman. Das Cover der LP von Jan Akkerman überzeugte ihn endgültig, sich endlich auch die Haare wachsen zu lassen.

Georg trug Zeitungen aus und kaufte sich von dem verdienten Geld eine gebrauchte Bass-Gitarre. (Eigentlich hatte er vorgehabt, das Geld für «einen Bock» zurückzulegen.) Geert, der fraglos beste Drummer der Schule, sagte nur: «Ich bin dabei. Wann geht's denn los?»

«Nächsten Dienstag», entschied Georg, der Leader.

Sie fragte ihren Vater zwischen Tür und Angel, ob sie mit Freunden im Jugendkeller Musik machen dürfe.

«Der Vorschlag kommt wie gerufen», ergriff ihr Vater die Chance, um einen bereits mehrfach während der Kirchenratssitzungen angesprochenen Punkt elegant abzuhaken. «Ihr müsstet allerdings den Keller vorher zunächst ein wenig entrümpeln und herrichten. Macht nicht viel Arbeit.»

Ruth, Bernd-Heinz, Georg und Geert trugen am nächsten Freitag ohne jede sichtbare Spur von Verdrossenheit nach draußen: einen colafleckigen Flokati, einen ruinierten Lautsprecher, zwei beinamputierte Stühle, einen verrosteten Teewagen, ein altersschwaches Tablett mit zersprungenem Geschirr, die Kulissen einer eingegangenen Laienspielschar, Wollreste des Häkelclubs, halb fertige Nistkästen des Jugendvereins, acht Kartons mit dem Bruttosozialprodukt der letzten Konfergruppen, darunter bemalte Tapetenrollen und Bilderwände zu den Themen Drogen, Generationsprobleme, Dritte Welt (war das nicht ihr Thema gewesen?), Sexualität, Israel, Sinnkrise. Ruth brachen zwei Fingernägel ab, als sie die Reißzwecken aus den Holzwänden herauspulte.

Das Podest der ehemaligen Bühne bot genügend Platz für Geerts Schlagzeug, den Verstärker und die drei Standmikrophone, die Georg besorgt hatte. Bernd-Heinz schmückte die Rückwand mit ausrangierten Postern aus Georgies Plattenladen: Dire Straits, Cat Stevens, ELO, Camel, Mike Oldfield.

Etwas verlegen standen sie auf dem Podest, drehten sich zur Wand, um das imaginäre Publikum in den Rücken zu nehmen. Geert löste sich als Erster, setzte sich und gab ein kleines Solo zum Besten. Nichts erinnerte mehr an seine Schwerfälligkeit im Sportunterricht. Bernd-Heinz improvisierte einige Takte Al Di Meola. Als er die Augen schloss, wirkte sein schmales Gesicht noch länger als sonst. Georg deutete einige schelmische Country-Akkorde an. Ruth stimmte umständlich ihre Geige. Georg hob leicht die Augenbrauen.

«Okay. Also Ruth, du sagtest, du hättest uns super Noten besorgt.»

«Mhm. Warte.» Sie legte ihre Geige auf den Stuhl und fingerte Noten aus einem Ordner. «Hier. Verteil mal.»

«Was ist das denn für ein Scheiß», motzte Bernd-Heinz nach einem ersten flüchtigen Blick.

«Richtung Country und Folk. Hast du nicht bis vor einem Jahr noch für Bob Dylan und The Dubliners geschwärmt?», raunzte Ruth zurück.

Georg hob beruhigend die Hände.

«Also okay, Leute. Wir springen jetzt einfach ins Wasser und machen einen ersten Versuch. Auf drei. Eins! Zwei! Drei!»

Immer, wenn Bernd-Heinz oder Ruth aussteigen wollten, reichte ein kurzer Blick von Georg, der wusste, wie wichtig es war, das erste Lied durchzuhalten. Zwar endeten nicht alle gleichzeitig, aber die Melodie war erkennbar gewesen.

«Das lief doch schon ganz okay. Wir könnten alle noch etwas mehr Gas geben. Und Geert, gib du uns den Rhythmus lauter vor.»

«Geht klar.»

Bernd-Heinz leckte nur seine schmalen Lippen. Ruth strich sich die Haare glatt. (Auch sie war in Georgies Plattenladen gewesen und hatte sich eine LP von Chi Coltrane besorgt. Mannomann! Sie hatte sich nach dem Cover-Bild geschminkt, eine etwas haarige Angelegenheit, weil sie eine halbe Stunde die Augenbrauen zupfen musste und anschließend aussah, als hätte sie zwei frisch vernarbte Wunden über den Augen.)

«Und du, Ruth, musst dich etwas mehr trauen. Mehr reinhängen. Mehr in die Vollen gehen.»

«Mach ich ja!»

«War keine Kritik, Ruth.»

Georg beherrschte die Gruppe.

Aufmuntern. Anfeuern. Abweichler abstrafen.

Bis Ruth nahezu draufgängerisch spielte. Bis Geert alle auf Rhythmus trimmte. Bis Bernd-Heinz ganz selbstbewusst kurze Soli einspeiste und sich für die Seele des Sounds hielt. Bis Georg darauf verzichten konnte, die anderen mit der Klampfe zu disziplinieren.

«Und wann spielen wir Stücke von Akkerman?», nörgelte Bernd-Heinz.

«Nächstes Mal», entschied Georg.

«Wie sollen wir unsere Band eigentlich nennen?», fragte Bernd-Heinz, als alle ihre Instrumente einpackten. «Du bist doch fit in Englisch, Georg.»

«Ich habe an *Thunderbirds* gedacht, aber der Name passt nicht zu unserer Richtung.»

«Stimmt auffällig. Wer hat einen anderen Vorschlag?» Bernd-Heinz schaute in die Runde.

«Nur so grundsätzlich. Wir könnten doch einen plattdeutschen Namen wählen?»

Georg fing den Blick von Geert auf und lenkte ihn weiter: «Nicht übel. Was meinst du, Ruth?»

Ruth strich sich die Haare aus dem Gesicht und ließ sich Zeit. «Meine Geigenlehrerin sagte im Orchester immer, wenn wir wild durcheinanderspielten: Dat is 'n betken döörmekaar. Wäre doch lustig. Döörmekaar.»

«Döörmekaar», wiederholte Georg, «das hat was. Optimal, oder?»

In Nordhorn ging selten die Post ab. Eigentlich nie. Aber wenn die Plakatkleber an den Litfaßsäulen, den Wartehäuschen der Bentheimer Eisenbahn und an den Scheiben einiger (weniger) Geschäfte das (etwas langweilige) gelbliche Plakat:

OPEN AIR IN SCHÜTTORF

anbrachten, kam Bewegung in die teigige Szene. «Jan Akkerman himself kommt!» «Wenn der auftritt, dann gehste in die Knie!» «Habt ihr schon bei Georgie Karten gekauft?» «Wird sicher rappelvoll!» «Die Vorgruppe sagt mir rein gar nichts.» «Hoffentlich hält das Wetter.»

Georg besorgte für alle Band-Mitglieder Karten bei Georgie. Georgie, ein aufgequollener 68er mit norddeutschem Che Guevara-Charisma, empfing neuerdings seine Kunden mit dem Duft von Räucherstäbchen.

«Ich habe jetzt auch eine eigene Band gegründet. Vielleicht bewegt sich mal was in dem Nest hier.»

«Wer macht mit?», fragte Georgie und drehte sich

eine Zigarette. (Javaanse Jongens. Er war umgestiegen. Rauchte nicht mehr Drum. Also war Javaanse Jongens jetzt angesagt.)

«Bernd-Heinz, natürlich Geert und die Ruth Jordan.»

«Ach, das Fräulein Pastor. Sieh an. Sieh an. Und was psalmodiert ihr so?» Georgie wirkte abgebrüht und überlegen. Er wirkte immer abgebrüht und überlegen.

«Von Akkerman trauen wir uns bisher nur leichte Stücke zu, weil Ruth noch Probleme mit den Keyboards hat. Und mir fehlen noch ein paar Kröten zu einem neuen Bass. Bisher habe ich nur eine alte Krücke. Deshalb spielen wir auch Country und Folk, sogar mit eigenen Texten, ein paar in Plattdeutsch», antwortete Georg betont sachlich.

«Aha. Hört sich gut an. Ist übrigens eine neue Scheibe von Jan Akkerman draußen. Mal reinhören?»

Das Open-Air-Gelände war eine frisch geheute Weide zwischen Nordhorn und Schüttorf. Ruths Mutter hatte sich angeboten, die vier nach der Probe dorthin zu chauffieren. Zwei Kilometer vor dem Gelände kollabierte der Verkehr. Sie stiegen aus. Ruths Mutter konnte es sich, trotz eines giftigen Blicks von Ruth, nicht verkneifen, peinliche Besorgnisadressen hinterherzuschicken: «Nicht so nah an die Lautsprecher. Denkt an eure Ohren! Trinkt nicht so viel. Kommt nicht zu spät nach Hause.»

Sie reihten sich in den Strom der Fußgänger ein. Eine gehetzte Prozession, weil jeder möglichst nah ans Allerheiligste vorrücken wollte. Ruths Akne blühte vor Ärger und Aufregung kurz auf. Gleich nach dem Eingang seilten sich Bernd-Heinz und Geert ab. Georg organisierte zwei Bier. «Ich habe ein super Plätzchen für unsere Schlafsäcke gefunden.»

Liederjaan hieß die Vorgruppe.

«Achte mal darauf, wie die sich bewegen. In der Hüfte und so. Vielleicht können wir was von denen abgucken.»

Georg beobachtete die Gruppe mit der Distanz eines Zoologen. Kein Fuß wippte. Er stimmte in keinen Refrain ein. Er lernte still. Ruth fühlte sich in seiner Gegenwart wie auf einem klassischen Konzert und war froh, als Henny sie aufspürte.

«Ich misch mich auch mal kurz», sagte Georg. Die Freundschaft zwischen Ruth und Henny hatte sich seit Georgs Rückkehr deutlich abgekühlt. Henny hatte schnippisch und neidisch reagiert, als Ruth ihr etwas zu ausführlich von der Band vorschwärmte. Henny setzte sich. Beide rauchten eine Zigarette. Sie versuchten es mit einem Gespräch, aber die Musik war zu laut. Noch vor der Umbaupause brüllte Henny: «Ich zieh weiter. Wir sehen uns bestimmt noch.»

Ruth langweilte sich, traute sich aber nicht aufzustehen und wartete.

«Gut unterhalten?» Endlich war Georg zurück.

«Du bist auch nicht gerade umwerfend gesprächig!»

«Hör ich da etwa Kritik? Ich habe mich wirklich nicht zum Spaß übers Gelände geschoben, sondern mit tausend Leuten gequatscht wegen unserer Gruppe. Damit das nicht so ein Larifari bleibt. Aber noch mal was anderes: Was machen wir, wenn hier Feierabend ist? Sollen wir im Vechtesee schwimmen gehen?»

Ruth war von dem Vorschlag so überrascht, dass sie knapp «Okay» sagte.

Auf der Bühne wurde inzwischen fieberhaft gearbeitet. Alle warteten auf Jan Akkerman. Erste Pfiffe. «Anfangen», skandierten immer mehr. Georg und Ruth hatten sich nach vorne durchgemogelt.

«Anfangen. Anfangen.»

Dann endlich Nebelbänke, die ein goldener Lichtkegel wegschmolz. Ein erster Riff, der beinahe im Jubel unterging. Jan Akkerman erschien. *Angel watch.* (Georgs Lieblingsstück.) Jan Akkerman hatte die typische Nonchalance eines Holländers und verzichtete auf jede Form von Allüren und Stargetue. So wie er sich bewegte, so bewegten sich hier alle. Ein bisschen introvertiert. Ein bisschen unterkühlt. Ein bisschen sehnsüchtig. Ein bisschen vorsichtig. Er gehörte in diese Breitengrade. Hier fand er sein ideales Publikum. (Kaum vorstellbar, dass er im Süden Erfolge feierte.) Georg stimmte sich auf dessen Gesten ein, zog Ruth an sich heran, und seine rechte Hand tastete sich ein bisschen unterkühlt, ein bisschen sehnsüchtig und vor allem ein bisschen vorsichtig unter Ruths T-Shirt nach oben. Und ebenso unterkühlt, sehnsüchtig und vorsichtig legte Ruth die Arme um Georg.

Henning, Schlag zukünftiger Architekt, seine Gesten verrieten ihn, obwohl seine körperliche Hülle noch dem jungen Cat Stevens glich, nahm Ruth und Georg in seinem Fiat (war es ein Fiat 127, karmesinrot, mit einer Beule am linken Kotflügel?) mit nach Nordhorn und setzte beide am Stadtring ab. Wortlos gingen Ruth und Georg nebeneinander her.

Georg bewegte sich gehetzt, seine Augen starr auf ein Ziel gerichtet, den Mund einen Spaltbreit offen, um sofort etwas sagen zu können, wenn es nötig wäre. Er wirkte wie jemand, der sich fest vorgenommen hatte, sein Ziel zu erreichen, und der sich von niemandem würde aufhalten lassen. Ruth versuchte seinen Schritten zu folgen, trippelte mehrfach wie vor dem Absprungbalken der Sprunggrube, aber auch ihr merkte man die Entschlossenheit an, ihr Blick verriet gleichermaßen Angst und Konzentration, als habe sie bereits zweimal den Balken verpasst und übergetreten.

Sie rochen bereits den See.

«Da wären wir.»

Georg fand keinen richtigen Anfang. Er zog nervös an einer Zigarette. «Möchtest du auch eine?» Ruth schüttelte nur den Kopf und schnippte zwei Kieselsteine über das Wasser.

«Ich habe einmal einen Siebener bei Tageslicht geschafft, da lebte mein Vater noch.» Georgs Stimme klang mürbe und ging Ruth tief unter die Haut. Warum redete er in dieser Situation plötzlich von seinem Vater?

Georg stupste sie kurz an: «Los, lass uns schwimmen gehen!»

Ruth gehörte zu den Mädchen in der Klasse, die sich spät entwickelten, die in der Hitliste lange im guten Mittelfeld lagen, allenfalls fiel sie durch ihren Gang auf, aber während der letzten Monate war ihr Pubertätsspeck teils weggeschmolzen, teils an die richtigen Stellen gewandert, und jetzt entdeckten auch die anderen, dass sie schön war, ihre jäh klassisch gewordenen Gesichtszüge riefen nicht mehr, wie die runden Gesichter ihrer Freundinnen, Erinnerungen an die bäuerliche Umgebung wach.

Weil Ruth den Umschwung in der Gunst gespürt hatte, war sie sicherer geworden, und dieses neue Selbstwertgefühl half ihr auch, diesen einen Handgriff zu meistern, vor dem sie Angst hatte: Als wäre sie in der Mädchenumkleidekabine, öffnete sie den Haken ihres BHs und rannte als Erste los, verfolgt von Georg, der auffällig lange zur Seite geschaut hatte. Als sie bis zur Taille im Wasser stand, erreichte er sie und schubste sie um, fischte im dunklen Wasser nach ihr und zog die prustende Ruth wieder hoch. Sie tauften sich gegenseitig mehrfach, tollten herum, bespritzten sich, küssten sich flüchtig und lachten, als wollten sie ihre Stimmbänder schonen und nicht auffallen.

«Ich kann nicht mehr!», stöhnte Ruth. «Ich glaube, du musst mich tragen.»

Und Georg nahm sie auf seine starken Arme und trug sie ans Ufer.

«Nicht in die Brennnesseln», rief Ruth leicht hysterisch und strampelte mit den Beinen.

Georg bettete sie vorsichtig auf seinen Schlafsack und legte sich an ihre Seite. Seine Finger glitten langsam über ihren Bauch.

«Du hast eine Gänsehaut.»

«Dann tu etwas dagegen.»

Georg fuhr mit der Zunge über ihre Schulter.

«Das kitzelt, Georg», flüsterte Ruth und knuffte ihn.

Georg lachte leise und fuhr weiter mit der Zunge über ihren Oberarm.

«Was hast du vor, Georg», fragte Ruth und rutschte etwas nach unten.

«Ich soll doch deine Gänsehaut vertreiben», sagte Georg und ließ seine Zunge jetzt schneller nach unten wandern, bis er endlich den Ansatz ihrer linken Brust erreichte und etwas überhastet an der Brustwarze saugte. Ruth streichelte Georgs nasses Haar, stöhnte leise und kniff die Augen zu. Dieses schon beinahe vergessene Gefühl in ihrer Brust, das ihre Eltern als Wachstumsschmerz definiert hatten.

Als Georg etwas den Kopf hob, schlängelte sie sich wieder nach unten. «Du bist so weit entfernt, Georg. Ich möchte dich in den Armen halten. Ganz fest.»

«Ganz fest?»

«Ja, ganz fest, und dich nie wieder loslassen. Hörst du?»

Ruth schlang die Arme um ihn.

«Du musst mir versprechen, mich immer zu lieben, Georg! Versprich mir das!»

Als Antwort drang Georg ganz behutsam in sie ein. Ihre Fingernägel verkrallten sich in seinen Rücken. Als sie ihn ganz tief in sich spürte, durchfuhr sie ein kurzer, giftiger Schmerz, wie damals, als der Arzt die Wände ihrer vereiterten Nebenhöhlen durchgestoßen und anschließend ausgespült hatte. Georgs Atem ging immer schneller. Der Schmerz wurde langsam von einem Kribbeln abgelöst. Ruth rührte sich kaum, bis Georg sich auf den Rücken drehte und sie plötzlich oben lag. Ruth setzte sich aufrecht, drückte ihr Kreuz durch und bewegte sich auf Georg auf und ab. Sie öffnete ihre Augen und glaubte zu sehen, wie Georg sie anstrahlte. Weil das Kribbeln stärker wurde, schloss sie erneut die Augen, um sich besser zu konzentrieren.

«Georg, Georg», stammelte sie.

Orgasmus musste dieses Gefühl sein, das sie wie ein Stromschlag durchlief, als habe sie sich den Musikantenknochen angestoßen. (Bereits vor Jahren hatte sie häufiger dieses zwiespältige Gefühl ausgekostet und absichtsvoll ihren Unterarm vorsichtig gegen die Schreibtischkante geschlagen.)

Das erste Geräusch, das sie danach wahrnahmen, war das Luftschnappen eines Karpfens im Vechtesee.

«Ich liebe dich, Georg. Ich liebe dich», flüsterte Ruth und kuschelte sich an ihn.

Und er sagte: «Ich auch.» Aber diesen verräterischen Versprecher überhörte Ruth, weil sie über Georg lachte, der plötzlich ihren nassen Arm ins Mondlicht hielt und rief: «Schau mal, auf deinem Arm sind tausend Diamanten. Ich wusste es doch. Ich bin auf eine Diamantenmine gestoßen. Ich bin reich, reich, reich.»

Und Ruth konservierte alle Bilder und Gefühle dieser Nacht.

Sie probten und stritten nicht.

Sie machten ihrem Namen keine Ehre. Döörmekaar? Nein. Zwar urteilte ihre Mutter, Ruth sei «völlig durch den Wind», aber ihrem Geigen- und Klavierspiel tat es gut. Georg durfte sie sogar milde kritisieren, ohne dass sie eine Schnute zog und eingeschnappt blieb. Sie interpretierte ihre Passagen wenn nötig scharfkantig, schwarzweiß, oder benutzte mit Hingabe einen Weichzeichner.

«Du spielst so, wie David Hamilton in *Bilitis* filmt», schwärmte Geert, der sein Zimmer mit den Plakaten dieses Films zugekleistert hatte. Er pries die Fotos als große Kunst. «Gleich nach van Gogh.»

Vielleicht war es die englische Schullektüre, die sie zu einem ersten Konzert animierte. Sie lasen im Englischunterricht *The snow goose* von Paul Gallico. Den Vorschlag hatte Bernd-Heinz gemacht, der durch die Vertonung der Gruppe Camel auf den Text gestoßen war. «Wir müssen auch irgendwie etwas machen. Uns irgendwie engagieren.» Wenn Bernd-Heinz unbewusst die Unterlippe vorstreckte, war er ganz bei der Sache. «Tiere oder so.»

«Bin ganz deiner Meinung. Lass uns mal die Möglichkeiten checken.» Das letzte Wort zog Georg in die Länge, als wollte er seine Fantasie ausdehnen. «Was haltet ihr davon, wenn wir was mit dem Waldsterben auf die Beine stellen. Das steht doch jetzt dauernd in der Zeitung.» Georg warf einen prüfenden Blick in die Runde.

«Ock nich mis.» Vor Aufregung fiel Bernd-Heinz ins Plattdeutsche zurück.

«Aber wir müssen die Leute richtig packen. Wo sie auch gefühlsmäßig voll dabei sind», ergänzte Geert *Bilitis*- und Gallico-getränkt. «Dann geht das Konzert ab wie eine Rakete.»

Ruth sagte noch nichts. Sie brauchte immer eine gewisse Zeit, um sich mit neuen Vorschlägen anzufreunden. Sie brauchte auch den Druck, von anderen aufgefordert zu werden. Sie brauchte es auch, dass Georg ganz ruhig ihren Namen aussprach. Das wirkte wie eine Inspiration.

«Was meinst du, Ruth?»

Auch diesmal funktionierte es wieder. «Wir könnten doch was zum Weihnachtsbaum machen. So wie ‹Brot statt Böller›, nur eben ‹Wald statt Weihnachtsbaum›.»

«Super, Ruth. Super. Echt super.» So wie Geert super aussprach, klang es wie das Zugabestampfen auf dem Open-Air.

«Dieser Weihnachtsbaumzirkus war mir schon immer verdächtig», stimmte Bernd-Heinz zu.

«Keine Ahnung, ob das klappt», warf Georg ein, aber als er sah, dass Ruth auf dem Stuhl vor Aufregung hin- und herrutschte, als sei gleich Bescherung, warf er seine Vorbehalte einfach über Bord: «Aber wir werden denen ordentlich einheizen. Und dann klappt das. Darauf könnt ihr wetten. Und Bernd-Heinz, vielleicht könntest du dir auch mal einen Text ausklamüsern, der so richtig reinhaut?»

«Geht klar!» Bernd-Heinz sonnte sich bereits vorab in dem Lob, das er einheimsen würde.

«Und Ruth singt solo», entschied Georg, der Leader. «Du kannst das.»

Wenn ihre Mutter mit einem Vorschlag nicht einverstanden war, dann hatte man zunächst den Eindruck, sie schmatze laut, als würde sie selbstvergessen an einem Pfefferminz sückeln, aber etwas stimmte nicht an dem Geräusch, es zischte zu spitz, man ahnte den Ärger, noch bevor man ihn in ihrem Gesicht lesen konnte: die leicht hochgezogene linke Augenbraue, die angesaugten Wangen, der spitze Mund. Dieses Zischen war der Dialekt ihrer Erziehung. Zuerst glaubte Ruth, ihre Mutter sei verärgert, weil sie es gewagt hatte, sie um eine Unterschrift für ein Rezept zu bitten, aber die Gründe waren, wie sie fand, sehr viel banaler.

«Ohne Weihnachtsbaum kommt überhaupt keine richtige Stimmung auf. Du hast dich doch auch sonst immer wie eine Schneekönigin gefreut, wenn wir zwei den Weihnachtsbaum schmückten.»

«Damals war ich auch noch ein Kind!»

«Ach, ja? Heute wohl nicht mehr?»

«Und außerdem: Gegen Kerzen hat doch niemand etwas einzuwenden. Schmücken ist nicht verboten.»

«Reizend, aber ohne Grünzeug ist die Stimmung gedrückter als auf einer Beerdigung.»

«Ich habe die rettende Idee: Wir könnten mit Buchsbaum schmücken», warf ihre Schwester Britta ein.

Aber jetzt meldete ihr Vater Bedenken an: «Ganz grundsätzlich finde ich eure Aktion ja großartig. Wir haben der Schöpfung in der Tat zu wenig Respekt gezollt. Das rächt sich. Aber der Buchsbaum ist nun mal für den Palmsonntag reserviert. Ich habe mir das auch nicht ausgedacht. Wir könnten natürlich eine ganze Batterie von Weihnachtssternen aus der Gärtnerei besorgen und mit Kerzen bestücken.»

«Und was wird der Mensink von der Gärtnerei sagen? Der gehört doch zu unserer Gemeinde. Der wird das nicht lustig finden, wenn die Tochter des Pastors ihm das Weihnachtsgeschäft kaputt macht.» Und wieder schmatzte ihre Mutter.

«Ich rede mit ihm. Dann verkauft er eben mehr Weihnachtssterne, wenn der Weihnachtsbaumverkauf ausfällt.»

«Wir können von mir aus Weihnachten auch ganz ausfallen lassen.»

Ruth, Georg, Bernd-Heinz und Geert hatten lange überlegt, ob ihr Konzert in der umgebauten Scheune des Jugendzentrums oder in der Aula des Gymnasiums stattfinden sollte. Angesagt war das Jugendzentrum, aber dort würden keine Mittelstufler auftauchen, weil das Zentrum bei den Eltern einen zwiespältigen Ruf genoss, und ohne Mittelstufler und Eltern würde, so befürchteten alle, die Scheune halb leer bleiben. Also entschieden sie sich für die Aula. Erst als sie die Plakate in den Fenstern ausgehängt sahen, wurde ihnen etwas mulmig, und sie verlängerten die Proben.

«Wir dürfen keinen Murks bauen.»

Bernd-Heinz zimmerte einen phantasievollen Weihnachtsbaum aus Dachlatten. Sie schmückten ihn mit viel Lametta und roten Kerzen und platzierten ihn am Eingang. (Eintritt zu nehmen, hatte der Direx ihnen untersagt, und auch die halbstündige Diskussion, das Geld vollzählig der Stiftung «Rettet den deutschen Wald» zu spenden, fruchtete nicht, obwohl der Direx die Sorge der Schüler, wie er sagte, «voll und ganz teile».)

Bereits um halb acht platzte die Aula aus allen Nähten. Erste zaghafte Sprechchöre wurden angestimmt. Lauter werdendes Skandieren, als die Bandmitglieder unbeholfen ihre Plätze suchten. Gejohle. Gekreische. Ohrenbetäubendes Pfeifen. Deshalb eröffnete Geert mit einem Solo fünf Minuten vor dem offiziellen Beginn das erste Konzert von «Döörmekaar». Bernd-Heinz angelte in seiner Jeans nervös nach dem Plektron, setzte aber pünktlich ein und sirrte fehlerlos über die Saiten. Georg trug eine Sonnenbrille und wirkte wie ein ruhender Pol. Aber erst als Ruth fiedelte und sang, hörte für Minuten auch das Rascheln auf. Alle reckten ihre Hälse, um sie zu sehen. Diese unglaubliche Präsenz. Eine beinahe schmerzhafte Intensität. Solch eine mitreißende und fesselnde Stimme hatte man bisher in Nordhorn nicht gehört.

Sie begannen mit einigen Country- und Folk-Stücken, es folgte (ein kleiner Stilbruch nach hitzigen Diskussionen) ein Song von Jan Akkerman (*Skydancer*, mit Ruth an den Keyboards und Georg am Bass), dann, aufgeputscht von der kreischenden Masse, trauten sie sich, ihre eigenen Lieder zu spielen.

Ruths Stimme war gefühlvoll und getragen und klagend und üppig und vor allem aufrüttelnd wie ein starker, bitterer Espresso bei Olga. Sie verkörperte das kollektive Gewissen, das sich plötzlich aufgeschreckt und hellwach in ihrer Stimme zu Wort meldete. Diese Stimme löste bei den Zuhörern verdrängte und jahrhundertealte Gefühle aus. Jeder glaubte den Schmerz der Bäume zu spüren, wenn die Schnitter im Advent zwischen den kahlhäuptigen Tannen die wenigen unversehrten auswählten: du, und du, und du auch. Sie alle waren Barbaren gewesen. Grafschafter Barbaren. Alle, wirklich alle schworen sich, nie wieder

Raubbau an der Natur zu begehen! Nie, nie wieder. *Nooit weer*. So lautete der Schlusssong. Sie mussten den neuen Ohrwurm, diese Hymne an die Natur, dreimal als Zugabe wiederholen.

Zugabe, Ruth. Weiter, Jungs.

Ruths Vater glühte vor Stolz.

Ihre Mutter kaufte am nächsten Tag zehn Weihnachtssterne.

Es sollte eine Überraschung werden. Zwar hatten Ruth und Georg sich für den zweiten Weihnachtstag bei Ruths Eltern verabredet, aber Golly musste auch am Heiligabend Gassi gehen, und da bot es sich doch wirklich an, mit dem Geschenk bei Georg in der Blanke vorbeizuschauen! War es nicht sogar Golly, der den Weg einschlug? Führten an diesem Heiligabend nicht alle Wege in die Blanke?

Natürlich hatte Ruth eine etwas enthusiastischere Begrüßung erwartet, als Georg öffnete. Wenigstens einen Kuss und kein unterkühltes «Hallo». Und warum reagierte er gar nicht festlich gestimmt, als seine Mutter sie bat, ins Wohnzimmer zu kommen?

«Ich habe eine Grafschafter Torte gebacken. Die schmeckt dir bestimmt.»

Ruth musste sich beinahe an Georg vorbeimogeln, um seine Mutter zu begrüßen, die sie in den Arm nahm und ins Wohnzimmer führte. Erst als Ruth den geschmückten Weihnachtsbaum in der Ecke des Wohnzimmers prunken sah, wusste sie, warum Georg sie so kühl empfangen hatte. Wie versteinert stand sie vor dem Baum.

«Du stutzt so, Ruth, gefällt dir der Baum nicht?», fragte seine Mutter.

«Doch, doch», murmelte Ruth. Sie schluckte ihren Ärger hinunter wie bitteren Hustensaft.

«Lecker. Der Kuchen schmeckt wirklich lecker.»

Ihr Geschenk trug Ruth mit verwüsteten Gefühlen nach Hause.

Drittes Stoßgebet

Herrgott, hätte ich nur energischer reagiert! ***Herrgott****, warum bin ich nicht auf dem Absatz umgekehrt und türenschlagend hinausgerannt?*

Draußen jault wieder ein Krankenwagen wie ein verlassener Hund. **(Mein armer Golly!)** Ich sitze hier auf diesem plastikharten Besucherstuhl im Krankenzimmer und habe Georg den Rücken zugekehrt, so wie ich damals den Sessel wählte, der keinen Blickkontakt mit dem Weihnachtsbaum zuließ, ich saß da, *rotwangig und verärgert und hilflos*, fühlte mich wie früher während der verhassten Friseurbesuche, wenn die miesepetrige Angestellte den Stuhl hochpumpte, mir die steife Papierkrause umlegte und den nylonknisternden blauen Umhang zuknotete (ein Ritual, das mich an den sonntäglichen Hofstaat meines Vaters mit Talar und Beffchen erinnerte, der auch immer behauptete, meine Mutter würde ihn zuschnüren wie ein Postpaket), diese schreckliche, nach schwerem Parfüm duftende Person, die meinen geliebten Pony nach vorn kämmte, bis er mir wie eine Gardine im Gesicht hing, als wolle sie den Beweis liefern, dass es nun wirklich an der Zeit sei, meine Haare zu *stutzen*. («Mal richtig *stutzen*», sagte dann meine Mutter unerbittlich.) **STUTZEN**.

Ich habe an jenem Abend nur sehr kurz **gestutzt**. Vielleicht war diese Verkrampfung nur die Folge meiner sprachlichen Allergie. Vielleicht hätte ich behutsamer reagiert, wenn das Wort **stutzen** eine andere Atmosphäre verströmt hätte. Wenn ich **stutzen** höre, dann denke ich nur: Augen zu und durch, warten, bis der Sessel endlich wieder nach unten fährt, nur *raus*, nur nicht hochschauen, kein Blick in die spiegelnden Schaufenster, vielleicht ist die Frisur am nächsten Morgen schon nicht mehr ganz so schrecklich, vielleicht erkenne ich mich dann wieder wie auf einem verwackelten Polaroid.

Ich habe an jenem Abend mein Gesicht verloren, als hätte man mir den Pony wegrasiert.

War meine Schwäche die Folge dieser Wort-Allergie? Nieste deshalb meine Seele, bis mir Tränen in die Augen traten? In nur drei Jahren, von jenem ersten Judas-Urteil bis zu meinem lamettageblendeten Versagen, nahm meine Urteilsschwäche dramatisch zu! Hätte mir blöde Kuh das nicht zu denken geben müssen?

Wie konnte Georg mir und der ganzen Gruppe so eiskalt in den Rücken fallen! Diese Ungeheuerlichkeit, im Adventskonzert aus voller Brust gegen die Weihnachtsbaumbarbarei anzusingen und am Heiligabend vor dem Baum *niederzuknien*, um die Geschenke auszupacken! Warum hat er nicht wenigstens am nächsten Tag mit mir telefoniert, um mir diesen **Verrat** zu erklären? Hat er sich nie davor gefürchtet, ich könnte ihn in der Gegenwart der anderen zur Rede stellen?

Noch immer jault der Krankenwagen.

Mein Gott, wenn ich konsequenter gehandelt hätte, wäre alles ganz anders verlaufen.

Leise beginne ich zu singen:

«O Tannenbaum, O Tannenbaum,
wie grün sind deine Blätter,
du blühst nicht nur zur Sommerzeit,
nein auch im Winter, wenn es schneit,
O Tannenbaum, O Tannenbaum,
wie grün sind deine Triebe Triebe Triebe Triebe.»

Endstation Münster

Es sollte eine Überraschung werden. Zwar hatten Ruth und Georg sich für den zweiten Weihnachtstag bei Ruths Eltern verabredet, aber Golly musste auch am Heiligabend Gassi gehen, und da bot es sich doch wirklich an, mit dem Geschenk bei Georg in der Blanke vorbeizuschauen! War es nicht sogar Golly, der den Weg einschlug? Führten an diesem Heiligabend nicht alle Wege in die Blanke?

Natürlich hatte Ruth eine etwas enthusiastischere Begrüßung erwartet, als Georg öffnete. Wenigstens einen Kuss und kein unterkühltes «Hallo». Und warum reagierte er gar nicht festlich gestimmt, als seine Mutter sie bat, ins Wohnzimmer zu kommen?

«Ich habe eine Grafschafter Torte gebacken. Die schmeckt dir bestimmt.»

Ruth musste sich beinahe an Georg vorbeimogeln, um seine Mutter zu begrüßen, die sie in den Arm nahm und ins Wohnzimmer führte. Erst als Ruth den geschmückten Weihnachtsbaum in der Ecke des Wohnzimmers prunken sah, wusste sie, warum Georg sie so kühl empfangen hatte. Wie versteinert stand sie vor dem Baum.

«Du stutzt so, Ruth, gefällt dir der Baum nicht?», fragte seine Mutter.

«Ich hasse Weihnachtsbäume. Fragen Sie Georg, der kann Ihnen das erklären. Ich muss leider sofort zurück.

Meine Eltern warten auf mich. Ich wollte nur frohe Weihnachten wünschen.»

Ihre Stimme. Zittrig. Fiebrig. Tot.

«Ruth, Telefon für dich! Georg!»

Mit gemischten Gefühlen schlich Ruth am nächsten Morgen ins Wohnzimmer.

«Hallo?»

«Ich glaube, ich bin dir eine Erklärung schuldig.» Seine Stimme klang belegt. Ruth hörte ihren Atem. Sie hörte das Rauschen in der Muschel. Sie spürte ihre warme Hand, die sich um den Hörer krampfte.

«Also, die Sache mit dem Baum. Du musst das irgendwie verstehen. Meine Mutter freut sich immer so, wenn ich ihr an Heiligabend einen Weihnachtsbaum mitbringe.»

«Das würde meine Mutter auch freuen.»

«Du darfst das nicht vergleichen. Unsere Weihnachtsfeste sind schrecklich kompliziert, seitdem mein Vater tot ist. Dann fühlt sich meine Mutter immer besonders beschissen. Es läuft am besten, wenn alles so bleibt, wie es früher auch war. Wir machen alles genauso wie früher, nur in geringerer Besetzung.»

Ruth schwieg zunächst, hielt sich ganz still, ließ ihn schmoren, sagte dann: «Aber du hättest doch den Lattenweihnachtsbaum von Bernd-Heinz nehmen können.»

«Aber kapierst du denn nicht? Ein aus Latten gebastelter Baum ist eben kein Weihnachtsbaum.»

«Das kapiere ich durchaus.»

«Du willst mich nicht verstehen, Ruth. Während der

Weihnachtsfeiertage ist meine Mutter total gefühlsduselig. Ostern wäre nicht so tragisch. Wir könnten statt Eiern irgendeinen Firlefanz nehmen. Aber der Weihnachtsbaum bedeutet ihr so viel! Heiligabend wünscht sich meine Mutter heile Welt.»

«Heile Welt wünschen sich andere auch.»

«Nun sei doch bitte nicht so bockig! Der Boykott gilt für alle, nur eben nicht für Härtefälle, nur nicht für Witwen. Die haben ein Recht auf heile Welt.»

Ruth schwieg wieder. Sie spürte ihren Ärger langsam wie eine Blähung entweichen.

«Und außerdem: ich habe einen Baum auf den letzten Drücker gekauft. Die hätten den sonst weggeworfen.»

«Ach, und dann hast du dich seiner erbarmt, was? Das ist nun wirklich lachhaft.» Ein letzter Versuch, sich aufzubäumen.

«Versteh mich doch, Ruth. Es geht hier wirklich nicht um mich. Sei mir nicht länger böse. Sieh das doch auch einmal aus meiner Perspektive. Bitte!»

Eins. Zwei. Drei. Vier, zählte Ruth leise.

«Sehen wir uns noch?»

Eine längere Pause.

«Du kannst zum Kaffee kommen. Aber lass bloß nicht durchblicken, dass du deiner Mutter einen Baum gekauft hast.»

«Du kannst dich auf mich verlassen.»

Sie legte auf.

Sie musste das verstehen. Musste.

Draußen fiel der Schnee in leichten Flocken, als würde sich der Himmel schuppen.

Am Tag vor Heiligabend waren im Haus der Jordans leidenschaftliche Diskussionen entbrannt, in welcher Form die zehn Weihnachtssterne aufgestellt werden sollten. Ruths Vater plädierte zunächst für die Kreuz-Form, gab sich aber Ruths Argumenten geschlagen.

«Papa, so geht das nicht! Das Kreuz steht für den Tod, nicht für die Fröhlichkeit einer Geburt», so Ruth mit Nachdruck und theologischem Feingefühl.

«Aber Weihnachten zu feiern macht doch nur Sinn, wenn man schon auf Karfreitag und Ostern vorausblickt», wandte ihr Vater ein.

«Na prima. Dann wäre es doch besser gewesen, wenn Herodes mit dem Kindermord Erfolg gehabt hätte. Das Ergebnis bliebe das gleiche.»

Ihr Vater öffnete den Mund, zog eine Augenbraue hoch, stockte und arrangierte als Antwort die Weihnachtssterne zum Kreis.

Prompt erhob Ruths Mutter einen Einwand: «Aber Arend, das erinnert verdächtig an den Meditationskreis des Frauenvereins. Das passt wirklich nicht. Ich will nicht meditieren, ich will Weihnachten feiern. Basta.»

Ihr Versuch, aus den zehn Weihnachtssternen einen Weihnachtsbaum zu bilden, misslang ebenso kläglich.

«Sieht aus wie ein Pfeil.»

«Wie ein Verkehrsschild.»

Als Georg am ersten Weihnachtstag zum Kaffee kam, führte ihn Ruths Vater mit leuchtenden Augen, die er vom Heiligabend herübergerettet hatte (obwohl die Geschenke nicht ganz seine Erwartungen erfüllten, warum «um alles in der Welt» – seine Lieblingsformulierung –

schenkte ihm, dem Büchermenschen, keiner aus seiner Familie etwas zum Lesen? Warum hatte jeder den Ehrgeiz, ein Geschenk zu finden, das in gar keiner Weise an Bücher erinnerte?), ins Wohnzimmer. «Nun sag schon, Georg. Wie findest du das?»

«Ehrlich gesagt, weiß ich nicht so genau, was das darstellen soll.»

Ruth beobachtete Georg aus der Distanz. Obwohl Georg größer als ihr Vater war, wirkte er wie ein kleiner Junge, verschüchtert, steif, geduckt, die Arme schlapp herunterhängend. Die Reste ihres Ärgers lösten sich in diesem Augenblick auf.

«Schau präzise hin!»

«Sieht irgendwie aus wie ein A.»

«Prima.» Dass ihr Vater «prima» sagte. Prima Primaner. «Es ist das Alpha, der erste Buchstabe des griechischen Alphabets. A und O, Anfang und Ende. Klar? Weihnachten ist der Anfang, also A. Und Gertrud meint, das A sehe auch noch aus wie ein Baum.»

«Super», sagte Georg und nickte mit dem ganzen Körper. Ruth erlöste Georg mit dem Satz: «Du musst dein Geschenk auspacken.»

Sichtbar erleichtert setzte er sich zu Ruth auf die Couch. Er war froh, nicht wieder raten zu müssen, weil die Verpackung den Inhalt verriet. Etwas überhastet zog er die Schleife auf.

«Langsam, Georg.» Für den Satz: «Das Papier ist so schön, das kann Ruth noch einmal verwenden (sagte sie sogar: Das Papier kann ich noch einmal aufbügeln?)», erntete ihre Mutter einen wenig friedvollen Blick.

«Hey, toll, eine LP von Jan Akkerman. Die habe ich mir schon länger gewünscht. Danke, Ruth. Toll. Aber warte, ich habe auch was für dich.»

Vier Jordans dachten «Schmuck», als Georg das kleine Päckchen auf den Tisch legte, nur Britta konkretisierte: «Ein Freundschaftsring.»

Vorsichtig löste Ruth den Tesafilmstreifen, wickelte das Päckchen aus und hielt es sich ganz nah vor die Augen, als sie es öffnete.

«Ich werd verrückt, ein Medaillon. Du bist ja wahnsinnig. Du bist wirklich total übergeschnappt!»

Während sie das Medaillon mit einer Hand öffnete, schirmte sie mit der anderen neugierige Blicke ab.

«Ein süßes Bild. Das kenne ich gar nicht. Wo hast du das machen lassen? Irre. Das ist ja ein irres Geschenk.»

«Zeig mal!», bettelte Britta, aber Ruth klappte das Medaillon zu und bat Georg, es ihr umzulegen. Nur mühsam unterdrückte ihre Mutter ein Angebot, dem umständlich hantierenden Georg zu helfen. Ruth stand auf, drückte das Kreuz durch und stolzierte durch den Raum. «Das ist das schönste Weihnachtsfest, das ich bisher erlebt habe.»

Mustern. Abmustern. Ausmustern.

Ruth gewöhnte sich daran, dass Georg sich für Minuten erschöpft zur Seite drehte, wenn sie miteinander geschlafen hatten.

Sie beobachtete ein Segelflugzeug, das am wolkenlosen Märzhimmel exakte Kurven flog. Integral- und Differenzialrechnung. Mathe machte ihr auch kurz vor dem Abitur keine Angst.

Sie musterte Georg. Die braunen Unterschenkel waren nahezu kahl, die Oberschenkel dagegen stark behaart. Die Schulterblätter wirkten wie angelegte Flügel. Süße kleine Ohrläppchen. Schlanke Hände mit langen Fingernägeln. Frauenhände. Auf der linken Pobacke ein Muttermal.

«Ich halte das nicht aus. Ich drehe durch, wenn die mich zusammen mit anderen wie Ölsardinen eindosen und in ein U-Boot stecken. So viele schwitzende Menschen auf ein paar Quadratmetern machen mich kirre. Man kann dort nicht einmal aus dem Fenster springen. Ha. Ha. Ha. Ich scheiß auf den Verein. Ich scheiß drauf.»

«Ich habe dir immer gesagt, du sollst verweigern.»

Jetzt schnitt das Segelflugzeug ein Trapez aus dem blauen Stoff aus. Ihre Mutter könnte einen Wickelrock daraus schneidern. Dann trüge sie den Himmel dicht am Körper.

Ruth musterte Georg wieder in aller Ruhe, als wäre sie eine Diakonisse, die Wache am Bett eines fremden nackten Mannes hielt, vielleicht war er ein Drogendealer aus Holland, ein Zuhälter aus Hamburg, ein Rocksänger aus Düsseldorf oder ein Aushilfsmaurer aus Rheine. Dieser Mann zog die Zehen an, als hätten seine Eltern ihn gezwungen, zu kleine Schuhe zu tragen. Der Nagel an der kleinen Zehe war angewachsen. Ein Zucken durchlief seinen Körper wie ein Stromschlag. Sie tastete nach seinem Fleisch. Es war warm. Ein feiner Schweißfilm hatte sich entwickelt.

Zum ersten Mal war Georg ihr wirklich fremd. Sie erschrak über ihr Spiel. Wie wenig sie von ihm wusste.

«Angenommen, mein Gewissen würde die Prüfung bestehen, dann würden die mich wahrscheinlich in ein Altenheim stecken. Da gehe ich noch lieber in die Klapsmühle. Sanis, okay, Motorradfahrer aufsammeln, das kriege ich hin, aber bei meinem Glück müsste ich sicherlich acht Stunden Bettpfannen schrubben. Ich bin nicht dreizehn Jahre zur Schule gedackelt, um mich zwei Jahre wegschließen zu lassen. Echt nicht. Die ticken nicht ganz sauber. Ich hätte schwören können, dass die mich wegen meines Hohlkreuzes ausmustern. Aber denkste. Die haben mich natürlich nicht ausgemustert. Die haben nicht mal richtig hingeschaut. Die Ärsche schauen gar nicht richtig hin!»

Das Segelflugzeug war nirgends mehr zu entdecken. Aber sie erinnerte sich an alle geflogenen Kurven. Der Himmel war eine beinahe perfekte Mathearbeit. Vierzehn Punkte. Mindestens.

Ruth beugte sich über Georgs Kopf. Er wirkte wie ein kleiner glücklicher Junge. Seine Ohren waren rot, als wäre er nach einem anstrengenden Spiel endlich in den Schlaf gefallen. Seine Nasenspitze war feucht wie bei einem jungen Hund. Mit der Zunge angelte er nach einem imaginären Kuchenkrümel. Seine Wimpern wirkten wie angeklebt.

«Und wenn du Theologie studieren würdest?»

«Ich soll jetzt auch noch Pastor werden? Nee, danke.»

«Na hör mal! So übel ist mein Alter doch auch wieder nicht. Wir könnten dann zusammen studieren.»

«Das könnten wir auch, wenn ich mich für Jura einschreiben würde.»

«Aber dann müsstest du zum Kriegsdienst und Ölsardine werden.»

«Und wenn ich Pastor werde, dann muss ich das nicht?»

«Nein, das musst du dann nicht.»

«Sicher?»

«Ganz sicher. Theologen sind befreit. Gewissen und so. Aber du kannst gerne meinen Alten fragen. Der hat sich übrigens auch schon gewundert, warum du nicht verweigert hast. Bundeswehr würde doch gar nicht zu dir passen. Du seist doch eigentlich auch gegen den Wahnsinn mit der Nachrüstung.»

«Klar. Natürlich. Eigentlich schon. Aber Altenheim bringe ich nicht. Wenn das mit der Theologie allerdings so ist, wie du sagst, dann kann ich mir das mal überlegen. Vielleicht wäre das doch was für mich.»

«Eben. Und wir könnten Griechisch und Hebräisch zusammen büffeln.»

«O Gott! Ich habe Latein immer gehasst! Aber vielleicht sind Griechisch und Hebräisch noch die kleinsten Übel.»

Die Flügel auf Georgs Rücken bewegten sich. Gleich würde er mit ihnen schlagen und nicht mehr zum Schulschiff zurückkehren. Er würde abmustern.

Ganz sicher.

Müdigkeit. Ein Augenblick der Stille, der Dauer suchte. Die Töne hingen noch im Raum wie trocknende Wäschestücke, strahlende Laken, verwaschene T-Shirts, knallbunte Socken, grasfleckige Hosen.

Bernd-Heinz war für die hässlichen Grasflecken verantwortlich, weil er wenig Zeit zum Üben gehabt hatte. Seine Riffs wirkten wie Fouls. Er spürte leichte Vorwürfe in der Luft, obwohl niemand etwas sagte, so wie früher, wenn er vom Bolzen nach Hause kam und seine Mutter wortlos die blutenden Knie mit beißendem Jod verarztete, oft empfing sie ihn mit dieser kleinen braunen Flasche, die nie leer wurde, seine Mutter, die nur sagte: «Die Hose!»

«Ich habe den totalen Bammel vor Mathe und Franze. Ich komm einfach nicht zum Spielen. Tut mir echt Leid. Sorry, Leute. Ich packe es einfach nicht.»

Durch das häufige gemeinsame Üben waren ihre Gesten aufeinander abgestimmt, und deshalb nickten alle wie auf ein Kommando ganz verständnisvoll. Auch der ungeduldige und oft ungnädige Geert.

Geert spielte seit Wochen einfach nur laut, mit abgehacktem Rhythmus, manchmal schien es, als wollte er die Trommeln verprügeln. Sein dezentes und gefühlvolles und abgetöntes Spiel vermissten alle.

«Bei mir läuft es auch nicht besonders. Wenn die Dr. Reiher mir in Mathe einen Vierer reinwürgt, bin ich geliefert. Dann ist der Numerus clausus im Arsch. Wenn ich mindestens drei Jahre auf einen Studienplatz warten muss, bin ich Rentner, bevor ich das Examen habe. Mein Alter will in sechs bis sieben Jahren seine Kanzlei aufgeben. Der legt mir seit Wochen Feuer unterm Hintern und hat sogar gedroht, mir meine Drums wegzuschließen. Nur zu meinem Vorteil natürlich.»

Nicht einmal Geerts Stimme fand beim letzten Satz den zynischen Ton. Wieder nickten die drei anderen gleichzeitig. Auch Georg.

Georg spielte den Bass verwaschen, unentschieden, kraftlos, als seien ihm die Fingernägel abgebrochen und er unfähig, die dicken Stahlsaiten zu zupfen. Die Töne zitterten nach, als fänden seine Fingerkuppen keinen Halt. Es half auch nichts, dass er immer häufiger die Sonnenbrille absetzte, er fand einfach nicht die passenden Läufe zu den Akkordwechseln. (Und sein Banjospiel! Eine Katastrophe!)

«Ich warte seit Wochen auf eine Erleuchtung. Mir fehlt die entscheidende Eingebung. Meiner Mutter ist es eher scheißegal, was ich studiere, die ist schlicht stolz auf mich. Aber glaubt bloß nicht, dass das einfacher ist. Ich weiß nur, was ich nicht will. Ich will nicht eingezogen werden, aber Altenheim, das will ich auf gar keinen Fall. Dann gehe ich noch lieber an die Schippe. Oder in den Bau. Oder zur RAF.»

«Du hast wenigstens die freie Auswahl. Ich gehe zu den Sanis beim Bund. Mein Vater hat das für mich gedeichselt», sagte Bernd-Heinz etwas kleinlaut.

«Montag habe ich meine dritte Verhandlung. Zweimal haben die Säcke mich schon durchrasseln lassen. Diesmal muss es klappen. Mein Alter hat endlich Geld für einen Rechtsanwaltkollegen locker gemacht. Wenn es hinhaut, dann gehe ich zur Drogenberatung nach Schüttorf. Hält man aus, glaube ich.»

«Ich drück dir die Daumen, Geert», sagte Georg nach einer Pause.

Nur Ruths Geigenspiel war makellos. Sie hatte keine Angst vor dem Abitur. Ihr drohten weder Bundeswehr noch Ersatzdienst. Sie wusste, was sie wollte. Sie war verliebt. Sie war zufrieden. Sie war glücklich. Und ihr Spiel spiegelte ihren Gemütszustand. Kein Missgriff. Einfach makellos. Makellos wie lichtdurchflutete Bettlaken auf einer Wäscheleine in einer postkartengrünen Wiese. (Allenfalls etwas sülzig und kitschig.)

«Ich studiere das Gleiche wie mein Vater.»

«Aus freien Stücken?» Bernd-Heinz schaute zweifelnd hoch.

«Mir gefällt der Job. Nicht so öde, viel Abwechslung, mit Menschen arbeiten, lesen, studieren. Ist ganz gut, glaube ich. Und wenn Georg das auch studieren würde, dann könnte er sich Kriegsdienst und Ersatzdienst sparen.»

«Hey, Alter. Die Erleuchtung, auf die du so lange gewartet hast, sitzt doch neben dir. Ruth ist das Engelchen. Die Lösung ist ganz nah», sülzte Geert.

«Nerv mich nicht!», sagte Georg unwirsch. «Ich weiß es einfach noch nicht. Lange kann ich es mir allerdings nicht mehr überlegen. Egal. Kommt, lasst uns weiterspielen. In zehn Tagen haben wir das Konzert zur Wiedereröffnung des Dritte Welt Ladens.» Georg stand auf.

«Und wenn wir das Konzert sausen lassen?», fragte Bernd-Heinz vorsichtig.

«Unsinn. Lasst euch nicht so hängen. Los. Auf geht's», beharrte Georg.

Als sie jetzt wieder spielten, wurden die knallbunten Socken und die grasfleckigen Hosen abgehängt. Nur das verwaschene T-Shirt flatterte weiter im Wind.

Das Gehirn von Ruths Vater funktionierte wie ein Buchhalter. Er wusste immer, in welchem Buch eine Antwort auf eine wichtige Frage zu lesen stand. Genauer: Er wusste, in welchem Buch Gollwitzers die Antwort zu lesen stand.

Ruth hatte ihrem Vater gesteckt, dass Georg mit der Theologie liebäugele, aber noch einen kleinen Stupser brauche. Andernfalls drohe ihm die Bundeswehr.

«Aber das passt doch gar nicht zu Georg!»

«Eben.»

Wie gut, dass Gollwitzer auch zu diesem Thema etwas zu sagen wusste. Wie gut, dass niemand wusste, dass das Evangelium von Ruths Vater Gollwitzer hieß.

«Hallo, Georg. Da ich dich gerade sehe, ich hörte, du musst zur Bundeswehr?»

Die Anwesenheit von Ruths Vater bewirkte bei Georg immer eine Versteifung seiner Stimmbänder. Als würden lange Sätze ihn schmerzen.

«Sieht so aus.»

«Und der Ersatzdienst kommt nicht in Frage?»

«Ersatzdienst bring ich nicht.»

«Aber die Stationierung der Raketen ist doch ein Wahnsinn!»

«Eigentlich schon.»

«Ich will dich nicht überfahren, aber du kannst doch nicht gegen das Waldsterben zu Felde ziehen und bei den Pershings wegschauen. Du unterstützt den Wahnsinn, wenn du zur Bundeswehr gehst.»

«Ich bin da in einer Zwickmühle», nuschelte Georg.

«Zufällig habe ich ein Buch von Gollwitzer, das ich dir gerne ausleihe. Warte mal. Vielleicht siehst du dann klarer. Macht nicht viel Mühe. Ist leicht und gut lesbar.»

Georg stand verlegen im Flur. In zwanzig Minuten würde er mit Ruth schlafen. Auch das kam ihm jetzt wie ein Wahnsinn vor.

«Hier. Bitte. Wirf mal einen Blick hinein. Ach ja, wenn du übrigens wie Ruth Theologie studierst, dann hast du auch das Problem mit der Bundeswehr nicht mehr. Verstehe mich bitte nicht falsch. Das ist natürlich kein echter Grund. Aber ich traue dir zu, dass du Theologie studierst und ein guter Pastor wirst. Wir brauchen in der Kirche solche engagierten Leute wie dich. Besser du wirst Theologe als die anderen Trantüten.»

«Bedränge ihn nicht so», bat Ruth.

«Unsinn. Georg weiß selber ganz genau, was er tun muss. Oder?»

«Doch, doch!», antwortete Georg schlaff. «Ich schau mal rein. Vielleicht bringt es etwas.»

«Da bin ich mir ganz sicher, Georg», sagte Ruths Vater und nickte aufmunternd.

Er schaute ihnen nach, als sie die Treppe nach oben gingen. Ruth drehte sich kurz um und lächelte ihrem Vater zu, der mit seiner Mission sichtlich zufrieden war.

«Das kriege ich hin», dachte Ruth, nachdem sie den Zettel der Matheklausur kurz überflogen hatte. Mathe hatte ihr nie Spaß gemacht, Algebra langweilte sie, bereitete ihr aber keine Schwierigkeiten, und in Geo verbrachte sie die Stunden damit, die Figuren zu verzieren, bis der erste Tadel im Klassenbuch ihre Kreativität bremste. «Kurven berechnen ist puppig», hatte sie neulich bei einer der Proben geprotzt und dank Geerts Blick den Sinn des geflügelten Wortes «Wenn Blicke töten könnten» endlich verstanden.

Sie drehte sich um. Hinter ihr saß Geert. Er wirkte schon jetzt völlig aufgelöst, als habe seine Freundin endgültig Schluss gemacht. (Drei Wochen später machte sie dann wirklich Schluss. Ruth hatte sie immer für eine dumme Kuh gehalten.) In seinem Blick lag eine eindeutige Bitte.

Und Ruth erhörte ihn.

Sie setzte sich aufrecht hin, konzentrierte sich, arbeitete schnell, präzise und in zweifacher Ausfertigung. Zwei Nachmittage lang hatten Geert und Ruth die Schreibweisen ihrer Zahlen einander angeglichen. Das war schwierig, weil Geert jede Zahl in einem Schwung ausführte, auch die Fünf, indem er unten links begann und ohne abzusetzen oben rechts endete. Seine Fünf glich einem großen S.

Nach neunzig Minuten hatte Ruth bereits die Hälfte der Aufgaben gelöst und eine nicht ganz fehlerfreie Abschrift erstellt. Geert sagte später, es sei alles sehr schnell gegangen. Er sah, wie Ruth sich während des Aufstehens umdrehte, sah die Aufgaben auf seinem Tisch liegen und den Rücken von Ruth, die sich am Pult zum Austreten in die Liste eintrug. Wie gesagt, es sei alles so irre schnell gegangen. Auf den Zetteln standen Zahlen, die auch seine Mutter als seine eigenen Zahlen identifiziert hätte. Sogar die Fünf fand er ganz passabel.

Als Ruth drei Minuten später an ihren Platz zurückeilte, schaute sie Geert nicht an. Georg hatte ihr ein O.K. signalisiert. Sie brauchte mehr als zehn Minuten, um die

Konzentration wiederzufinden. Wie ein Geschenk des Himmels hatte Ruth es gestern empfunden, als Georg ihr sagte, er habe sich endgültig entschieden.

«Theologie ist vielleicht doch gar nicht so übel. Ich lass Jura sausen. Immer nur in dem Scheiß der anderen Leute herumzustochern, ist auf lange Sicht doch etwas öde. Durch Griechisch und Hebräisch werde ich mich schon irgendwie durchwursteln oder durchmogeln. Mein Latein-Trauma muss sich ja nicht unbedingt wiederholen.»

Ruth glaubte in diesem Augenblick entscheidend vorgerückt zu sein. Für Ruth glich das Leben noch immer einem Monopoly-Spielfeld. Sie kam nie ins Gefängnis, hatte immer eine Ereigniskarte auf Vorrat, die den Befehl: «Gehen Sie direkt ins Gefängnis! Gehen Sie nicht über Los! Ziehen Sie nicht viertausend Mark ein!» unschädlich machte. Georgs Entscheidung war wie ein Vorrücken auf die Schlossallee, wo Ruth endlich die grünen Häuser durch das mächtige rote Hotel ersetzen konnte. Und hatte Georgs Blick ihr nicht zu verstehen gegeben, dass er auch ein klein wenig wegen ihr diese Entscheidung getroffen hatte? Aber was hieß hier: ein klein wenig! Sagen wir, Ruth hielt ihren Einfluss für so bedeutend, wie es der Besitz aller vier Bahnhöfe im Monopoly-Spiel war.

Das Scharren eines Stuhles ließ Ruth aufschrecken. Sie brauchte noch einmal siebzig Minuten. Sie wiederholte den eleganten Tanzschritt von vorhin. Der Mathelehrer wunderte sich weniger über ihre schwache Blase als über die Mathearbeit von Geert. Nur Geerts Vater fühlte sich nach dem 13 Punkte-Ergebnis bestätigt: «Man muss dich nur unter Druck setzen, dann funktionierst du auch. Hätte ich das nur früher getan. Ich war immer zu weich.»

(Geert ist inzwischen ein ganz passabler Anwalt. Spezialisiert auf Scheidungen. Schlagzeug spielt er nur noch sehr selten.)

Ihr Zimmer glich einer Bücherei nach einer Erdbebenkatastrophe oder nach einem Bombeneinschlag. Überall auf dem Fußboden lagen kreuz und quer verstreut Bücher. Ruth saß in der Mitte des Zimmers auf Backsteinen des Neuen Brockhaus und schaute ratlos in die Runde. Ihre Haltung erinnerte an jüngste Nachrichtenbilder von Frauen, die fassungslos in der erdbebenverwüsteten Kulisse ihres ehemaligen Wohnzimmers saßen.

Welche Bücher sollte sie in ihre Studentenbude mitnehmen? (Ihre Mutter benutzte diesen Ausdruck. Bude. Schießbude. Bretterbude.) Welche Bücher musste sie zurücklassen? Welche Bücher standen für die Zukunft, welche für die Vergangenheit? Sie stand auf und watete durch ihr Leseleben.

Stand die Batterie gelber Reclam-Bändchen für die Vergangenheit? Sie blätterte in Band 6060: Büchner, Dantons Tod. *Danton. Nein, Julie, ich liebe dich wie das Grab. Julie (sich abwendend). Oh! Danton. Nein, höre! Die Leute sagen, im Grab sei Ruhe, und Grab und Ruhe seien eins. Wenn das ist, lieg ich in deinem Schoß schon unter der Erde. Du süßes Grab, deine Lippen sind Totenglocken, deine Stimme ist mein Grabgeläute, deine Brust mein Grabhügel und dein Herz mein Sarg.*

Bei jeder sich bietenden Gelegenheit deklamierte der

männliche Chor des Deutsch-Leistungskurses: Deine Brust ist mein Grabhügel. Deine Brust ist mein Grabhügel. In deinem Schoß liege ich unter der Erde. Gar tief, gar tief. Bestatte mich. Bestatte mich. Ich flehe dich an, bestatte mich.

Georg war diesem Chor nicht beigetreten, und Ruth hatte geglaubt, Georg habe die Stelle längst vergessen, aber unvermittelt sagte er vor Wochen: «Du hast zwei wunderschöne Grabhügel.» Kreischend hatte Ruth ihn unter sich begraben.

Das Bändchen 6060 musste also umziehen. (Außerdem nahm es wenig Platz in Anspruch.) Der grüne Erläuterungsband 8104 fand keine Gnade, ebenso wenig wie Ionesco: *Die Stühle – Der neue Mieter* (8656), Jean Paul: *Schulmeisterlein Wuz* (119), Hebbel, *Agnes Bernauer* (856) und die Erläuterungen zu Schillers *Don Carlos* (8120). Schillers Originaltext konnte sie nirgends entdecken.

Ruth setzte sich wieder. Wenn sie in diesem Tempo fortführe, würde sie noch Tage benötigen. «Systematisch», ermahnte sie sich, stand abrupt auf, hinter ihr brach der Brockhaus-Haufen mit lautem Krachen zusammen, und sortierte wie eine routinierte Trümmerfrau alle Schulbücher aus, die sie Britta vererben wollte. (Nur von ihrem Lesebuch *Widerspruch* konnte sie sich nicht trennen.) Sie trug zwei riesige Stapel ins Nebenzimmer und knallte sie mit dem Satz «Die Hölle deiner nächsten Jahre» auf den Schreibtisch.

«Blöde Kuh», giftete ihre Schwester zurück.

Als sie wieder in ihrem Zimmer stand, dachte sie: «Du musst einen klaren Schnitt machen.» Die hässliche braune

Auslegeware wirkte wie Schlick zwischen den vielen bunten Bücherrücken. Der Schnitt hieß Georg. Welches Buch war Schullektüre gewesen, nachdem Georg aus Amerika wieder in die Klasse gekommen war? War es *Homo faber* von Max Frisch oder *Die Aula* von Hermann Kant? Auf der zweiten Buchseite hatte Ruth immer die Daten notiert. Sie schaute nach. Es war Max Frisch gewesen, also durfte Hermann Kant nicht mit. Eine klare Entscheidung.

Aber was war mit Heinrich Böll? Dessen Romane hatte Ruth bereits gelesen, bevor sie mit Georg zusammen war, und sie war diesem Schriftsteller treu geblieben. Also: *Billard um halb zehn* nein und *Die verlorene Ehre der Katharina Blum* ja? Sie entschied sich für den ganzen Böll und den ganzen Grass und den ganzen Lenz und den ganzen Handke. Bei Adolf Muschg machte sie eine Ausnahme. Seine Liebesgeschichten hatte sie in dem Jahr ohne Georg wieder und wieder gelesen. Dieses Buch war ihr Tröster.

Die aussortierten Bücher ordnete sie in die Regale ein, die anderen schichtete sie in einen Umzugskarton. Nur mit viel Mühe hievte sie den Karton auf ihr Bett. Ihre Liebe zu Georg wog bereits an die vierzig Pfund. Ihre Vergangenheit waren sechs Regalböden mit Büchern.

Ihr Zimmer war wieder in dem vertrauten Zustand, als sei das Kamerabild zurückgespult worden. Nur ihre Mutter würde den Unterschied wahrnehmen. Das Zimmer *war* verändert. Die Lücken in den Regalen maßen ihren Abschiedsschmerz.

Wer Georg in den Sommermonaten nach dem Abitur erlebte, spürte die knisternde Atmosphäre, die von ihm ausging. Als sei Georg durch das ständige Spielen auf der Bassgitarre elektrisch aufgeladen. Nichts erinnerte an den dynamischen Bandleader, der Stimmungen kanalisieren und, wenn notwendig, alle begeistern konnte. Seine Erscheinung vermittelte jetzt den Eindruck von Unnahbarkeit. Wer ihn berührte, musste mit einem Stromschlag rechnen. Er strahlte eine finstere Entschlossenheit und Unerbittlichkeit aus, die Geert und Bernd-Heinz bisher an ihm nicht wahrgenommen hatten.

Nur Ruth spürte es nicht.

Die Universitätsstadt Münster, nur achtzig Kilometer von Nordhorn entfernt, schien allen prädestiniert für den Studienbeginn. An den Wochenenden konnte man bequem nach Hause fahren. Und die Wäsche machen. Und sich bekochen lassen. Und Georg konnte bei seiner Mutter vorbeischauen. Münster war wirklich prädestiniert.

Erst nachdem Ruth an einem verregneten Freitag mit Georg geschlafen hatte, wurde sie von dem Stromschlag getroffen. Georg hatte diesmal nicht auf dem Rücken gelegen, sondern sich hungrig an Ruths Körper gedrückt. Zum ersten Mal spürte sie sein ganzes Gewicht, seine Bartstoppeln, seinen zum Ende hin sauren Atem. Diesmal drehte er sich auch nicht auf die Seite. Der erste, noch keuchend gesprochene Satz ließ sie aufschrecken.

«Ich muss dir etwas gestehen, Ruth.»

Ruth versuchte, den Schrecken zu überspielen. «Ich fand, du hast bereits während der letzten Minuten wie ein Wasserfall gesprudelt.»

«Ich komme nicht mit nach Münster.»

Ein relativ einfacher Satz. Ohne grammatikalische Untiefen. «Ich komme nicht mit nach Münster.» Ruth brauchte lange, um den Sinn des Satzes zu verstehen. Sie zog die Beine an und lehnte sich an den Bettpfosten.

«Du machst Witze.»

«Nein, das ist kein Witz. Ich komme wirklich nicht mit nach Münster.»

Ruth schüttelte sich kurz, als wolle sie die Wörter in ihrem Kopf neu anordnen.

«Und wohin willst du?»

«Ich gehe nach Heidelberg.»

«Nach Heidelberg? Was um alles in der Welt willst du in Heidelberg?»

«Dort sollen die Sprachkurse viel einfacher sein. Und mein Cousin studiert in Heidelberg. Der hat für mich ein ganz billiges Zimmer in seiner WG.»

«Und was wird aus mir?» Ruths Zehen verkrampften sich im Bettlaken.

«Ich dachte, du willst unbedingt nach Münster.»

«Ich glaube es nicht. Ich glaube es einfach nicht. Wir wollten doch zusammen studieren.» Ruth beugte sich nach vorne, um in Georgs Gesicht nach Spuren zu suchen, die ihr verrieten, dass er es nicht ernst meine. Sie las in einem entschlossenen und unerbittlichen Gesicht.

«Du wolltest immer nach Münster. Für dich kam doch nichts anderes in Frage. Aber ich will hier endlich mal raus aus diesem Mief! Hier ist es mir auf die Dauer zu betulich.»

«Aber warum hast du nichts gesagt? Du hattest tausend Möglichkeiten, um mit mir darüber zu reden!» Ruth stockte kurz, schnaubte einmal, wischte sich mit der Handfläche über die Augen, schluckte, sagte: «Du denkst weder an mich noch an deine Mutter.»

Georg wich ihrem Blick aus. «Meiner Mutter ist das ganz recht. Die denkt nicht so spießig wie du. Und wir sind nicht miteinander verheiratet, Ruth. Wir müssen uns doch auch nicht trennen, wenn ich in Heidelberg studiere, aber ich glaube, uns tut es ganz gut, wenn wir nicht immer nur aufeinander hocken. Ich wollte es dir bereits länger sagen, aber man konnte mit dir einfach nicht reden, du hattest mal wieder alles geplant: Wann wir zum Einschreiben fahren, wann wir eine Wohnungsanzeige für Zimmer in einer WG aufgeben, wann wir, ach, was weiß ich, einfach alles hattest du schon geplant.»

Ruth kämpfte mit den Tränen. «Das kannst du doch nicht einfach so machen. Das kannst du doch nicht einfach so machen!»

Georg wollte sie in die Arme nehmen. «Lass mich in Ruhe!», wehrte sie sich.

Georg seufzte, stand auf und zog sich an. «Das ändert wirklich nichts an unserer Beziehung. Nichts. Gar nichts.»

«Lass mich in Ruhe. Hau ab! Zieh Leine! Verschwinde!» Ihre Stimme suchte den Schmerz. Das Zuschlagen der Tür wirkte wie ein erlösender Knopfdruck.

Am nächsten Morgen packte Ruth ihre Bücherkiste wieder aus.

Viertes Stoßgebet

Wieder fragt ein Arzt nach dem genauen Hergang des Unfalls. Ich mache nur eine hilflose Geste. Ich will mit denen nicht reden. Georg hat mich tief verletzt. ***Mich.*** *Zum ersten Mal, als er vor mir aus Nordhorn floh. Und niemand hat mir geholfen.* ***Mein Gott! Wo bleibt hier die Gerechtigkeit?***

NORDHORN CITY LIMITS. Für mich waren die Platten von Ike und Tina Turner, und als Tina endlich den prügelnden Ike abgelegt hatte, die LPs von Tina Turner (neben denen von Akkerman) Kultobjekte. Als Georg vor mir floh, schrieb mein Hirn meinen Lieblingstitel um. **NORDHORN CITY LIMITS.** Dieses umgeschriebene Lied war die am häufigsten gespielte Platte in meinem Kopf. Hirnjukebox. Ich konnte sie einfach nicht abschalten. Die Platte legte sich immer wieder auf. Ich versuchte den Tonarm mit Gewalt zurückzudrücken, verlor aber wie beim Armdrücken mit meiner Schwester. **NORDHORN CITY LIMITS.**

Georg. Nein. Ich habe Georg keine Szene gemacht (die liebe süße Ruth zickte höchstens), sondern meinem kiefernholzgeduldigen Wandschrank. Aber öffentlich gelitten. Das schon. Meine Mutter dachte offensichtlich wie Georg: «Ihr wart einfach zu oft zusammen.» Mein Vater versuchte mich auf die plumpe Art zu trösten: «In ein oder zwei Jahren studiert ihr dann beide in Göttingen!» **Mit achtzehn sind zwei Jahre eine Ewigkeit, Papa!**

Warum begriff ich damals, als mir der schlafende Georg plötzlich ganz fremd wurde, nicht, dass ich überhaupt nicht wusste, wie er denkt und fühlt? *Warum erfand bisher niemand ein Gedankenradargerät?* Ich Hirnverbrannte träumte nur davon, Georgs Sätze zu Ende zu denken, bevor er sie ausspricht, Vorschläge zu machen, bevor er sie artikuliert, den Mantel anzuziehen, bevor er sagt: Komm, lass uns ausgehen!

Ich besaß doch gute Ratgeber! Aber ich filterte immer nur das aus, was ich hören wollte. Immer nur den *einen* Satz aus der ersten Szene von Büchners *Danton*, nie den anderen: *Danton. Aber (er deutet ihr auf Stirn und Augen) da, da, was liegt hinter dem? Geh, wir haben grobe Sinne. Einander kennen? Wir müssten uns die Schädeldecken aufbrechen und die Gedanken einander aus den Hirnfasern zerren.*

Ich kenne ihn nicht. Nicht richtig. Auch nach beinahe fünfundzwanzig Jahren kenne ich ihn nicht. Natürlich kenne ich seine Eigentümlichkeiten. Beim Autofahren kuppelt Georg häufig zu spät, so dass das Getriebe kurz krächzt. Wenn er überanstrengt ist, glühen seine Ohren feuerrot, als käme er von einem langen Winterspaziergang zurück. Dieses Gänsehaut verursachende Geräusch, wenn er nervös die Speisen mit den Zähnen von der Gabel zieht! Sein unerträglicher Uringeruch, nachdem er Spargel gegessen hat. Diese Verrenkungen, die er anstellt, wenn er einen Pullover auszieht.

Ich hasse es, wenn er sich mit dem marmeladenverschmierten Messer neue Butter nimmt.

Ich hasse es, wenn er nach dem Duschen vergisst zu lüften.

Ich hasse es, wenn er in Diskussionen mit den Augen rollt.

Ich hasse es, wenn er sich bei unserer Tochter Maike einschleimt.

Ich hasse es, wie er die Briefe aufreißt.

Ich hasse es, wie er übertrieben kennerhaft Wein kredenzt.

Mich fuchst es, wenn er die Zeitung auseinanderfleddert und nicht wieder zusammenlegt.

Mich fuchst es, wenn seine Finger nach Nikotin riechen.

Mich fuchst es, wenn er oberlehrerhaft erstens, zweitens, drittens sagt.

Aber das sind nur Kleinigkeiten.

Ich beuge mich über Georgs Kopf. *Wo hat sich nur der kleine Junge in diesem Körper versteckt*? Ich inspiziere sein Ohr. Ohrenschmalz, dickes, ekelig gelbes Ohrenschmalz. Lange schwarze Härchen in der Nase. Trockene und gerissene Mundwinkel. (Obwohl er häufig einen Labello-Stift benutzt.) Vom Schlaf verklebte Wimpern. **Und warum war mir damals nicht aufgefallen, dass Georgs Hüften Bereitschaft signalisierten, Fett aufzunehmen?**

Ich fahre vorsichtig mit der Hand über seine Wange. Wie sich die anfühlt! Wie ein Schaumstoffnadelkissen. Wie eine reife Apfelsine. Wie ein trockener Schwamm. Schwamm drüber. Ging drüber. Ha. Ha. Ha.

Ein Arzt sagte mir vorhin, man überlege, Georg in das Kreiskrankenhaus nach Nordhorn zu überstellen, weil die Ärzte dort auf Kopfverletzungen spezialisiert seien. Der Vorschlag gefällt mir. NORDHORN CITY LIMITS.

Arche Noah

Ruth machte es sich in ihrem Studentenzimmer so gemütlich wie möglich. Versteckte die verrauchten braunen Wände hinter Postern. Legte ihren Hirtenteppich so, dass die verdreckten Stellen des Teppichbodens nicht auffielen. Ihre Schlafcouch drapierte sie mit einer in Holland erstandenen bunten Tagesdecke. (Bestand das aufgedruckte Muster aus Blumen oder aus geometrischen Formen?) Die Ikea-Regale (war es Billy oder Steen?) füllte sie mit bunten Gläsern auf. («Warum hast du keine Bücher mitgenommen, Ruth?» «Darum!») Die Zimmerlinde wanderte während der ersten Tage durch den ganzen Raum, bis sie direkt vor dem Fenster heimisch wurde.

«Gemütlich hast du es hier. Wenn du noch ein paar Pflanzen kaufst, wirkt das Zimmer noch behaglicher.»

«Der Vormieter hat gesagt, Blumen überleben hier nicht.»

«Der war nur ein Ingenieur. Der hat bestimmt vergessen, die Blumen zu gießen.»

«Ich habe nicht dein Talent für Blumen geerbt.»

«Wenn du dir Mühe gibst, klappt das schon.»

Ihre Mutter hatte darauf bestanden, mitzufahren. Sie therapierte ihre eigene Unsicherheit durch die Steigerung ihrer Schrittfrequenz. In dem kleinen Zimmer wirkte sie wie ein aufgeschrecktes Huhn.

«Aber was machen wir denn jetzt mit diesem Kühlschrank?»

«Was ist mit dem Kühlschrank?», fragte ihr Vater, der etwas hilflos auf dem Schreibtischstuhl saß und sehr müde aussah.

«Der müffelt entsetzlich.»

«Ich werde ihn noch einmal mit Zitronensaft auswischen. Vielleicht hilft das. Ruth, du musst den Kühlschrank auf jeden Fall noch ein paar Tage offen stehen lassen, damit der Geruch langsam entweichen kann.»

Ruth nickte abwesend. Bereits vor vier Wochen war Georg nach Heidelberg umgezogen. Umgezogen war eigentlich nicht das richtige Wort. Er packte einen Rucksack und kaufte sich ein Futteral für die Bassgitarre.

«Du kannst es offensichtlich gar nicht mehr erwarten, hier abzudampfen.»

Immer, wenn Ruth und Georg sich trafen, inszenierten sie ein die Nähe ausbauchendes Ritual. Ein schmallippig vorgetragener Vorwurf. Ihr Gesicht ein einziger Flunsch. Eine ruhige und sachliche und geduldige Erwiderung. Georgs Körpersprache demonstrierte Überlegenheit. Sein Verhalten ließ sich mit etwas gutem Willen verstehen. (Oder?) Alle Vorwürfe perlten an ihm ab, als habe er sich mit Wachs eingerieben und die äußere Haut poliert. Ruths Haut dagegen wirkte matt, rissig, wund gescheuert.

«Übermorgen beginnt der Semesterferienkurs Griechisch eins. Ich will Griechisch und Hebräisch so schnell wie möglich hinter mich bringen. Und glaube mir, nur deshalb habe ich die Gelegenheit beim Schopfe gepackt.»

«Heimlicher Streber! Bravo!»

«Quatsch. In den Sprachen bist du mir haushoch überlegen. Wenn wir zusammen mit dem Studium fertig werden wollen, dann muss ich mich am Anfang voll reinhängen.»

«Wegen dir können wir *Döörmekaar* auch gleich auflösen. Keiner wohnt so weit von Nordhorn entfernt wie du.»

«Ich habe dir schon hundertmal gesagt, dass das einfach Blödsinn ist. Weihnachten haben wir ein Konzert geplant. Jeder muss bis dahin konsequent alleine üben. Und wenn du mich besuchst, können wir zusammen proben.»

«Ich dachte, du würdest mich besuchen.»

«Na klar. Also, was ist, begleitest du mich noch bis zur Tramper-Stelle?»

Bereits das dritte Auto hielt. Sie gaben sich einen flüchtigen Kuss. Sie hätte ihm noch so viel sagen wollen. Sie ärgerte sich, dass sie nicht mehr mit ihm geschlafen hatte. Er fehlte ihr bereits, als das Auto in der Ferne immer kleiner wurde.

«Ruth, hallo, wo bist du mit deinen Gedanken! Wir müssen zurück. Papa hat um sieben Uhr noch eine Sitzung. Wisch bitte morgen noch einmal den Kühlschrank aus. Und dann bis Freitag. Und vergiss die Wäsche nicht.»

Briefkästen sind externe Mägen. Sind sie überfüllt, quellen sie über. Bleiben sie auf Dauer leer, macht sich ein flaues Gefühl breit. Die Seele wird magersüchtig. Briefkastendeckel sind wie Magenpförtner. Wird zu viel hineingestopft, bleiben sie offen. Klappern sie nicht, herrscht Hungersnot.

Bei Ruth herrschte Hungersnot.

Kein Brief. Jeder Tag bot den gleichen Anblick: gähnende Leere. Sie war zu stolz, um bei Georg anzurufen. Sie wartete. Und erlitt Schaden an ihrer Seele. Wenn sie nach dem Wochenende («Hast du etwas von Georg gehört?» «Nein!») aus Nordhorn zurückkam, führte sie ihr erster Weg zum Briefkasten. Immer die gleiche Enttäuschung. Leer. Leer, bis zur letzten Novemberwoche.

Sie erkannte sofort Georgs Handschrift. Aber sie öffnete den Brief nicht gleich, sondern legte ihn auf den Schreibtisch. Sie hatte ein mulmiges Gefühl. Sie trank einen Kaffee, setzte sich, drehte den Brief in der Hand, hielt ihn gegen das Licht und riss ihn dann plötzlich auf, als wollte sie den Brief überrumpeln. Die Handschrift verriet ihr die Kraftanstrengung, die Georg investiert hatte. Sie überflog den Brief. Er hatte Griechisch eins mit Mühe bestanden. Er wohnte in einer tollen WG. Er hatte sich gut eingelebt. Und dann standen da diese Sätze, seltsam eingerückt wie ein Zitat: «Ich glaube, dass eine längere Pause unserer Beziehung gut tut. (Er hatte wirklich ‹gut tun› geschrieben!) Du weißt, wie ich dich mag, aber ich will noch einige Erfahrungen sammeln, und deshalb möchte ich frei sein. Du hast (er hatte eingefügt: ‹selbstverständlich›) auch alle Freiheit zu tun, was du willst.» Dass Georg *Döörmekaar* durch ein PS mitbeerdigt hatte, fiel ihr erst beim zweiten Lesen auf. «Ich komme übrigens über Weihnachten nicht nach Nordhorn. Meine Mutter fährt zu ihrer Schwester.»

Sie legte den Brief in ihr Griechisch-Lexikon, als würde sie Blumen zum Pressen vorbereiten.

Münsters Altstadt glich einem Adventskalender. Auf den Fensterscheiben erblühten Eisblumen, beschienen von gedämpftem Licht. Gebäck. Bücher. Leder. Spielwaren. Zwei riesige Weihnachtsbäume. (Eigentlich müsste sie diesen Anblick hassen. Sie hasste ihn aber nicht.) Hinter einem der Fenster wohnte eine Schwester von Henny, aber Ruth kannte sie nur flüchtig. Zwei Adventskalender weiter vermutete sie eine Bekannte aus der Parallelklasse, aber als sie klingelte, öffnete ein Fremder, der mit dem Namen nichts anfangen konnte. Und hinter welchem Fenster sich der Weihnachtsmann oder das Christkind versteckt hielt, ahnte Ruth nicht.

Unbewusst fingerte sie an ihrem Medaillon. Wie das Reiben über die glatte Oberfläche die Erinnerung aktivierte und den Geist aus der Flasche rief! Das verzerrte Gesicht unter Wasser! Der Himmel über Afrika! Der Applaus nach dem ersten Konzert! Noch hatte Ruth sich nicht dazu entschließen können, das Medaillon abzunehmen. Sie dachte an Georgs unglaubliche Präsenz, die ihre Gruppe zusammengeschweißt hatte. Wenn er sich räusperte und auf einen Schlag der ganze Heckmeck vergessen war! Diese Kraft, durch ein schlichtes «Jetzt!» Bernd-Heinz zu einem Solo zu ermuntern. Seine Augen, die, hinter der Sonnenbrille versteckt, alles sahen! Sie wollte Georg noch in ihrer Nähe spüren, spüren, spüren. Er wippte aufgeregt zwischen ihren Brüsten, wenn sie schnell lief. Er war eine kleine warme Heizung, wenn es draußen zu frieren begann.

Ruth hörte auf, an dem Medaillon zu reiben, und trieb den Geist in die Flasche zurück. Sie war auf dem Weg zur

Evangelischen Studentengemeinde. Ein Plakat hatte mit einer Adventsfeier gelockt. «Das tu ich mir an», hatte Ruth spontan entschieden. Der Keller der ESG strahlte den gleichen Charme aus wie der Jugendkeller in Nordhorn. Sie verspürte einen leichten Stich Heimweh.

«Du bist Wochenendfahrerin? Schade. Wir stellen am Wochenende oft etwas gemeinsam auf die Beine. Ich heiße übrigens Anne.»

Ruth registrierte den leicht abfälligen Tonfall. Anne betonte Wochenendfahrerin, wie die Oberstufler Mittelstufler betonten, als ob sie eine Studentin in den Windeln sei. (In diesem Augenblick hätte Ruth sich nicht träumen lassen, dass Anne ihre beste Freundin werden sollte.)

«Latein hast du schon auf der Penne gehabt? Also hast du noch Griechisch und Hebräisch vor dir. Das ist wie Nachsitzen. Erst wenn du den Stress überstanden hast, macht das Studium Spaß.»

Anne redete wie eine große und altkluge Schwester. (Kein Wunder, dass Britta mich oft gehasst hat, dachte Ruth.)

«Schulfreund schon abgelegt? Oder planst du bereits für die Silberhochzeit?»

Ruth atmete tief ein und biss zurück. «Ich bin eine Provinzschnepfe und lasse mich täglich von meinem Freund stundenlang mit wachsender Begeisterung auspeitschen. Das gibt mir die richtige Erfüllung. Okay?»

Annes kreisrundes Gesicht mit den strähnigen Haaren hellte sich auf. «Ja, wen haben wir denn da? Wow. Die Provinz ist erwacht. Uns ist eine Königin erschienen. Advent, Advent, ein Lichtlein brennt. Komm, ich stelle dich den anderen vor, damit sie ihre Vorurteile gegen die Landbevölkerung abbauen können.»

Und so wurde Ruth aufgenommen in den Kreis der ESG, ließ sich von Anne trösten (Anne war eine noch bessere Trösterin als Gesine), bestand Griechisch eins und Griechisch zwei mit Auszeichnung und mutierte zu einer überzeugten ESG-Aktivistin.

Anne kleidete und gab sich so, als wolle sie unbedingt verhindern, attraktiv zu wirken. Ihr rundes Gesicht mit den weißblonden seidigen Haaren hatte alljährlich während ihres Urlaubs mit den Eltern die Italiener in quasi religiöse Verzückungen versetzt. Keiner, der sie sah, konnte die Hände ruhig halten. Jeder strich ihr über den Kopf, und ihre Mutter strahlte demütig und stolz zugleich wie eine Gottesgebärerin. Mit dreizehn färbte sie sich die Haare schwarz. Während der letzten drei Jahre beschränkte sie sich darauf, sich zu verweigern. Ihr dünnes Haar klebte strähnig am Kopf, ihre breiten Lippen schien sie absichtsvoll zusammenzupressen, um keine sinnlichen Signale auszusenden, das helle, eigentlich strahlende Blau ihrer Augen verlor im Streit mit der immer entzündeten Augenbindehaut. Und ihre Kleidung war unauffällig. Wäre sie plötzlich verschwunden und vermisst worden, dann hätte auch Ruth Schwierigkeiten gehabt, sich an Annes Kleidung zu erinnern.

Ruth und Anne saßen in der Bibliothek oft nebeneinander. Beiden bereitete es großes Vergnügen, Texte durchzuarbeiten. Gelbe, orangene, grüne Marker. Der gelbe Marker für unbekannte Fremdwörter. Der grüne für die

Hauptthese. Der orangene für die wichtigsten Argumente. Stabilo-Marker. Schon der Name war eine Verheißung, den labilen Texten ein stabiles Skelett einzuziehen. Gelb. Orange. Grün. Der grüne bildete das Rückgrat. Dieser scharfe und saubere Geruch, der ausströmte, sobald die Kappe vom Stift gedreht wurde! Die Befriedigung, wenn der grüne Stift über die Kante des Lineals sauste (und selten aus der Spur sprang). Der Triumph, wenn beide die gleiche Zeile grün unterlegt hatten. Es machte sie glücklich, einen Absatz mehrmals zu lesen, den Mund dabei zu bewegen, als würde man den Sinn beschwören, bis man plötzlich den Text zu verstehen glaubte. Dann das Tasten nach dem grünen Stift, als wolle man einen Vertrag unterschreiben. Der Stolz, ein Fremdwort, das gestern noch dunkel und geheimnisvoll und unnahbar wirkte, am nächsten Tag wie einen vertrauten Gast zu begrüßen. *Inkarnation.* Gestern noch gelb. Fleischwerdung Gottes. Heute nicht mehr unterlegt. *Theologia crucis.* Theologie des Kreuzes. *Eschatologie.* Die Lehre von den letzten Dingen. *Prädestination.* Vorherbestimmung Gottes. Keine gelbe Gefahr mehr.

Nach zwei Stunden gingen sie in der Regel nach draußen, um eine Zigarette zu rauchen. Die kleine Belohnung.

«Hast du schon einmal ins Skriptorium reingeschaut?»

«Wo die zwei Personal-Computer stehen?»

«Genau.»

«Nee, warum?»

«Der Typ da ist ganz in Ordnung. Peter oder so. Der erklärt dir alles mit unendlicher Geduld. Oder hast du eine Ahnung, wie diese komplizierten Dinger funktionieren?»

«Natürlich nicht.»

«Solltest du machen. Ist für Seminararbeiten ganz bequem, weil du den Text nicht tausendmal abschreiben musst. Schere und Uhu kannst du dann irgendwann einmotten.»

Jetzt machten sie sich ans Exzerpieren. Die Zeit des Bleistifts und des Kugelschreibers. Anne bevorzugte den Kugelschreiber, Ruth mochte es, den stärkeren Druck des Bleistiftes zu spüren. Thema des Aufsatzes. Auf welche Frage antwortete die Hauptthese? Welche Positionen verwarf der Autor? An wen schloss er sich an? Fand man die These plausibel? So lange wie möglich dem Autor Recht geben, hatten sie gelernt. Erste Triumphe, wenn man dem Autor nicht mehr alles glauben konnte, misstrauisch wurde und das eigene Argument so lange schmiedete, bis es zunächst glühte und dann scharf war. Das Geräusch des Lochers. Das Quietschen des Ordnerverschlusses, als würde man eine Tür zuziehen. Feierabend.

«Peter, sagtest du, heißt der?»

Peter Bongartz war im theologischen Institut eigentlich fehl am Platze und doch unentbehrlich. Für Altsprachen fehlte ihm das Sitzfleisch, durchaus nicht das Talent. Seine Übersetzungen hatten Stil, oft sogar Eleganz, sofern man ihn mit den wichtigsten Vokabeln versorgte. (An Souffleuren und Souffleusen mangelte es ihm nicht.) Seine schriftlichen Exegesen waren gelungene Kreuzungen zwischen Seminararbeiten älterer Semester. Er konnte sehr genau entscheiden, welche Thesen in einem Text die stärksten waren. Sprachen Studenten ihn neidvoll darauf an, dann sagte er mit einem leicht ironischen Unterton, er verstünde sich auf die mendelschen Vererbungsgesetze. Er behandle Thesen grundsätzlich wie Erbsen. Die Dozenten legten in der Bewertung seiner Arbeiten eine auffallende Zurückhaltung an den Tag. Offensichtlich ahnten sie, dass er nur collagierte. Bloßgestellt wurde er nie.

In den nichtbiblischen Fächern stand es nicht besser um ihn. Quellenstudium und die Lektüre philosophischer Traktate ermüdeten ihn schnell. Lieber ließ er sich die wichtigsten Ideen erzählen und verstand es dann, charmant mit ihnen zu haushalten. In Diskussionen war er präsent, ohne aufzufallen. Wurde es wirklich einmal eng, weil er einen Text wie immer nicht gelesen hatte, schonte man ihn, wenn alle bereits einen vernichtenden Kommentar erwarteten, denn Peter Bongartz war der Tüftler des Instituts. Alle nannten ihn nur «den Techniker». Was ist eigentlich aus dem Techniker geworden, fragten Ehemalige auf den Konventen, wenn beim Abendessen die Erinnerungen die Runde machten. Der hockt meines Wissens immer noch in der Fakultät, wusste zumeist einer zu berichten. Ach, und in welchem Fach?

Peter Bongartz blieb auch nach dem Examen an der Uni, denn der Dekan hatte speziell für ihn eine Stelle geschaffen. Die meiste Zeit verbrachte er damit, Geräte im «Skriptorium» zu installieren oder instand zu halten. Er pflegte mit den Geräten einen intimen Kontakt, kannte das Innenleben des Kopierers, jedes Gelenk jeder alten Schreibmaschine, war als Einziger in die Mysterien der zwei Personal-Computer eingeweiht. (Die Evangelische Theologie hatte als Erste geisteswissenschaftliche Fakultät auf sein Drängen hin zwei Personal-Computer von IBM angeschafft.) Seine langen schlanken Finger schienen für diese Arbeit wie geschaffen. («Er hat magische Hände», pflegte der Professor für das Alte Testament zu sagen.) Wenn er von Festplatten sprach, nahm seine eher monotone Stimme einen feierlichen Ton an. Trugen Studienanfänger den großen schweren Overheadprojektor in das dunkle Kabuff, sein Allerheiligstes, zurück, tänzelte er ihnen voran wie David vor der Bundeslade. Er roch immer nach Nähmaschinenöl und Pfefferminze, als wolle er wie ein Alkoholiker den Geruch überspielen. «Mit Pfefferminz bist du sein Prinz», spotteten viele hinter seinem Rücken.

Und natürlich ließ er sich die Schlüsselgewalt nicht nehmen (auch von den Professoren nicht), trug den Schlüssel um den Hals so wie andere das Kreuz. Manchmal sperrte er die Tür hinter sich ab, wenn er einer Kommilitonin etwas intensiver den PC näher brachte. Bedienten andere die Maschinen, streikten sie zumeist sofort. Nur bei Peter machten sie niemals Mätzchen.

Aknekrater auf blasser Haut gaben seinem Antlitz, gerahmt von blonden, kurz geschnittenen Haaren, etwas Mondsüchtiges. Er strahlte nur, wenn die Maschinen neben ihm standen. Er lebte vom geliehenen Licht. Erst in der Nähe der Maschinen gaben seine überlangen schlaksigen Arme, die oft unmotiviert herumfuchtelten, endlich Ruhe.

Warum nur glaubte Ruth, bei ihm Ruhe zu finden.

«Schon mal mit ‹word› gearbeitet?»

Am Anfang war das Wort.

Anne hatte die Angewohnheit, Langeweile zu demonstrieren, indem sie ihre Haarspitzen eingehend auf Spliss untersuchte, den Kopf nach oben zum Licht hin zurückbeugte und dabei die Augen zusammenkniff, als würde sie Rohdiamanten prüfen. Anne und Ruth stritten jetzt seit mehr als einer Stunde darüber, auf welchen Namen sie ihre Aktionsgruppe taufen sollten.

«Das Kind muss einen Namen haben. Ich wiederhole es mit Engelsgeduld gerne noch einmal: David gegen Goliath. Das kapiert jeder, sogar die, deren Gehirn nur noch aus schwarzen Löchern besteht. Der süße Kleine gibt dem Großen und Dicken eins auf die Mütze. Zum Mitschreiben: Klein gegen Groß und Klein gewinnt. Simpler ist die Botschaft nicht rüberzubringen. Ihr lieben Schwachen: Ihr müsst nicht klein beigeben, sondern könnt es schaffen, wenn ihr nur wollt. Päng. That's the winner.»

«Okay, das kapiert man, aber es gibt auch viele Argumente, die gegen diesen Namen sprechen.»

«Nenn mir nicht viele, nenn mir ein treffendes!»

Anne prüfte wieder eingehend ihre Haare. Im Gegenlicht glaubte Ruth wirklich Spliss zu entdecken, behielt den Eindruck aber für sich. Sie überlegte, welches Argument am treffsichersten wäre.

«Schau dir mal die Stelle in 1 Samuel 17 an. Woher willst du denn wissen, dass ‹*Gott mit dir*› ist, Halleluja, und ob er auch wirklich plant, die ‹*Feinde in unsere Gewalt zu geben*›, großes Halleluja, abgesehen davon, ob man die anderen gleich als Feinde Gottes abstempeln muss. Das ist doch alles große Scheiße.» Sie imitierte einen schwülstigen Pastor, als sie die biblischen Stellen zitierte.

Anne verschränkte die Arme und lehnte sich zurück. «Das ist nun wirklich grausam philisterhaft. Es geht hier doch gar nicht um eine exakte Bibelauslegung, sondern schlicht darum, ob der Name bei anderen etwas auslöst, etwas bewirkt. Der Durchschnittstyp kennt diese Zusammenhänge nicht und muss sie auch nicht kennen. Klein, aber oho! Das reicht als Botschaft. Mehr wollen wir doch gar nicht. Die Großen haben doch nie etwas Positives bewirkt, es waren immer nur die Kleinen, die sich für den Fortschritt den Arsch aufgerissen haben. Das wollen wir damit sagen. Basta.»

Ruth fühlte, dass ihr eigenes Argument auf schwachen Füßen stand. Den genauen theologischen Kontext kapierte wirklich keiner. Sie prüfte noch einmal die anderen Argumente, die gegen diesen Namen sprachen. Weil Anne erneut demonstrativ ihre Haare untersuchte, schleuderte ihr Ruth etwas genervt und energischer als üblich das entscheidende Argument an den Kopf.

«David gegen Goliath ist mir zu militant. David hat Goliath nicht mit der Harfe besiegt, sondern mit der Schleuder. Wir können doch nicht Gewaltfreiheit predigen und dann einen so kriegerischen Schleudermaxe feiern. Das will mir nicht in den Kopf. David hat Goliath umgelegt, nicht therapiert. Der war wirklich mausetot. Das war kein Zeichentrickfilm. Oder haben wir etwa vor, die Hundertschaften vor dem Gelände abzuknallen? Habe ich dich vielleicht missverstanden? Sind wird die großen Plattmacher?»

Anne schüttelte sich kurz und strich ihre Haare nach hinten. «Aber das ist nicht der eigentliche Knackpunkt der Geschichte, Ruth. Es geht darum zu zeigen, wie man mit List und Phantasie etwas bewirken kann. Mit der Harfe allein kommst du nicht weit. Das weiß jedes kleine Kind. Nur mit der Klampfe bewaffnet, kannst du vielleicht Nordhorner Weihnachtsbaumvandalen einen Schrecken einjagen, aber doch nicht dem großen Militärkomplex!»

«Hat cr geschossen oder nicht? Ja oder Nein?»

Anne machte eine hilflose Geste. «Ja. Aber offensichtlich willst du nicht den tieferen Sinn der Geschichte kapieren.»

«Und wenn die anderen auch so blöd sind wie ich bin?»

«Ruth, ich bitte dich, David gegen Goliath ist ein Bild der Hoffnung, dass sich was bewegt. David steht doch nicht für einen durchgeknallten Irren.»

«Aber du musst zugeben, dass die Figur latent militant ist. Und es steht zu befürchten, dass einige die Figur deshalb missbrauchen.»

Anne seufzte und schloss theatralisch die Augen. «Ich gebe mich geschlagen. Was schlägst du also vor?»

«Arche Noah.»

«Reizend. Noah war doch der größtc Säufer seiner Zeit. Tolle Leitfigur.»

«Für die meisten ist Noah der brave Zimmermann, der den ersten schwimmenden Zoo erfand. Dass er gewalttätig war, steht nirgends. Dass er gesoffen hat, erinnert keine Sau, wetten? Und darf ich dich an die Friedenstaube erinnern, die unzweideutig zu dieser Geschichte gehört?»

«Ich weiß nicht.»

«Aber die Arche Noah ist doch ein unmissverständliches Bild der Hoffnung!», hakte Ruth nach.

«Vielleicht lässt sich wirklich etwas daraus basteln. Eine große Aktion oder so wäre nicht schlecht. Lass uns morgen noch einmal in Ruhe darüber reden. Ich habe jetzt keine Lust mehr. Gehen wir heute Abend noch aus?»

«Ich wollte ins Kino gehen.»

«Was läuft denn?»

«Ich habe mich mit Peter verabredet.»

«Ach nee. Das ist aber eine Überraschung. Wohl nicht mehr ganz so durcheinander?»

«Döörmekaar», durchfuhr es Ruth. «Ich kann nicht immer Trauer tragen.»

«Endlich! Bravo! Du versauerst schon viel zu lange. Und Peter ist für den Übergang keine schlechte Wahl. Er hat durchaus Talent», flötete Anne.

«Dann bin ich ja beruhigt. Jetzt, wo ich deinen Segen habe, fühle ich mich schon viel, viel besser. Übrigens: Du hast wirklich Spliss.»

«Oh nein, echt?», kreischte Anne gespielt. «Ich bin gespalten! Meine Mutter hat es immer schon gesagt.»

«Dagegen hilft auch kein Klampfen. Leider.»

Sie dachte wieder an ihren Vater. Wie sie auf der Lenkstange seines Fahrrads saß. Wie sie bei jedem Schlagloch lachte. «Jetzt mischen wir die Milch mit der Schokolade», rief der Vater. «Kakao, Kakao», gluckste sie. «Wir machen jetzt Kakao. Wir machen jetzt Kakao.»

Sie dachte wieder an ihren Vater. Wie er ihr über die Wange gestreichelt hatte, als sie ihm sagte, sie wünsche sich ein Tandem, dann könne sie auch mitstrampeln. Wie er eines Abends plötzlich mit dem Tandem im Garten stand. Ich kann freihändig fahren, lachte sie, als sie zum ersten Mal hinter ihrem Vater auf dem Fahrrad saß.

Sie dachte wieder an ihren Vater. Wie sie vor ihrem ersten eigenen rosa Fahrrad stand. Wie sie sich die neue Strumpfhose und die blauen Schuhe anzog. Ich mache eine Reise, verkündigte sie, aber nach der ersten Kurve wollte ihr das Fahrrad nicht mehr gehorchen, und sie schlug lang hin. Ihre Mutter schalt sie wegen der ruinierten Strumpfhose. Wenn sie jetzt noch etwas stärker die Knie anzog, konnte sie die blassen Narben sehen.

«War es schön? Liebst du mich?», fragte Peter.

«Ich liebe deinen Geruch. Du riechst immer so herrlich nach deinen Maschinen.»

Sie kniff ihn behutsam in den Po.

«Nicht schreien. Maschinen schreien nicht.»

Er schlug sich mit der Hand auf den Mund und legte den Kopf an ihre Wange.

In diesem Zimmer war alles sauber. Der Boden gewienert. Die Bücher akkurat in die Regale eingestellt. Kein Kleidungsstück lag herum. Sogar die Fenster waren geputzt. Gleich würde er sie wieder fragen. Gleich.

«Liebst du mich, Ruth?»

«Ich liebe deine schönen schlanken Hände.»

Sie nahm die linke und küßte jede Fingerkuppe. An der Wand hing ein Poster. MARTIN LUTHER, konnte sie lesen, und WITTENBERG. Mehr nicht. Ihre Augen vertrugen kein Dämmerlicht. Die Martins, die sie kannte, waren alle dick. Sie kannte nicht einen dünnen Martin. Vielleicht hing die Anzahl der Fettzellen mit dem Vornamen zusammen, dachte sie. Peter war schlank. Sein Po, wenn er ihn wie jetzt anspannte, ein einziger Muskel. Sie spürte, wie er sich quälte, sie nicht noch einmal zu fragen. Er versuchte die Frage zu ersticken, indem er den Geruch ihrer Haare tief einsog. Er musste jetzt den Lavendelgeruch in seiner Nase spüren, denn sie hatte ihrem Shampoo eine Spur Lavendel beigemischt, ein Duft, der allerdings kaum helfen würde, die Frage zu unterdrücken. Sie wäre so gerne ehrlich. Sie mochte Peter. Sie mochte, wie er mit kindlicher Begeisterung aß, eine Scheibe Brot nach der anderen verschlang. Sie mochte auch seine Zärtlichkeit, die jeder erkennen konnte, der ihn Fußball spielen sah. Er dribbelte elegant. Schirmte er den Ball ab, so glaubte man, es geschähe nur aus Fürsorge, und gab er den Ball ab, dann streichelte er ihn. Er hatte schöne schlanke Füße, aber so, wie er im Augenblick die Zehen verkrampfte, ahnte sie, dass er überlegte, ob der Zeitpunkt günstig sei, sie zum dritten Mal zu fragen. Und bevor der Hahn kräht, habe ich ihn dreimal verleugnet, dachte sie. Sie musste etwas sagen, bevor er aus ihr hinausglitt und traurig wurde.

«Lass uns ein Spiel spielen. Die großen ungelösten Fragen dieser Welt», sagte sie angestrengt gut gelaunt. «Ich fange an: Können Fische seekrank werden?»

Seine Zehen entkrampften sich sofort. Er hob den Kopf:

«Warum rotzen Fußballspieler dauernd auf den Rasen?»

«Warum laufen Ballerinen auf den Zehenspitzen?»

«Wie macht man Schokolade ohne Kakao?»

«Hassen Tannenbäume Kerzen?»

«Liebte Karl Barth senkrecht von oben?»

«War Noah Alkoholiker?»

«Warum antwortet Ruth nie auf meine Frage?»

Sie drehte ihn mit einem Ruck auf den Rücken und streckte seine Arme auseinander. «Weil du die Antwort spüren musst», sagte sie und gab ihm einen Kuss auf die Nasenspitze. Als sie sich bereits angezogen hatte, lag er immer noch so da. Sie wählte das Zauberwort: «Komm, wir besuchen deine Maschinen.»

Anne wollte das so. Anne war theoriesüchtig. Anne war textbesessen. Anne war enzyklopädiebeflissen. Anne war buchstabenhungrig. Anne war lesegeil. Anne war exzerpierwütig. Anne war zettelkastenverliebt. Anne war (dank Peter?) dateienerprobt. Anne war thesengerüstet.

Zwischen dem 2. und 19. Mai ackerte Anne (oft zusammen mit Ruth) folgende Bücher durch:

1. Gert Bastian: Warum ein nuklearer Krieg in Europa denkbar wird, Vorgänge 51. Sie exzerpierte u.a. folgenden Satz: *Was immer die andere Seite im Frieden tut, im Westen dürfen Nuklearwaffen niemals zum ‹Führen› eines Krieges entwickelt werden.*
2. Helmut Gollwitzer: Staatsgewalt, Kirche und Krieg, Vorgänge 51. *Entweder wir schaffen die Rüstung ab, oder die Rüstung schafft uns ab.*
3. Hermann Scheer: Sozialdemokratische Friedenspolitik in den 80er Jahren, Vorgänge 51. *Ziel (…) ist, von bundesdeutscher Seite aus Voraussetzungen dafür zu schaffen, daß Mitteleuropa atomwaffenfrei wird.*

4. Herman Kahn: KLAF – Eine Versicherung gegen Atomkriegs-Schäden, Kursbuch 61. *Ich schlage vor: Die Regierung der Vereinigten Staaten möge Einzelpersonen und Geschäftsunternehmen eine Versicherung zum Kauf anbieten, die sie für alle Schäden durch Feindeinwirkung entschädigen würde.*
5. Johano Strasser: Sicherheit als destruktives Ideal, L'80. *Sicherheit ist in erster Linie nicht ein technisches, sondern ein gesellschaftliches Problem.*
6. Alexander Mitscherlich: Die Idee des Friedens und die menschliche Aggressivität. *Wenn wir in Rechnung stellen, daß die Produktions- und allgemeinen Lebensbedingungen in unserer technischen Zivilisation einen zunehmenden Überschuß an nicht in der Normalität des Alltags integrierbarer aggressiver Energie schaffen, dann wird uns klar, daß die moralische Anstrengung, nach der Ausschau gehalten wird, zunächst in gar nichts anderem bestehen kann als in der Veränderung dieser Lebensbedingungen.*
7. Wolfgang Harich: Fünfzehn Thesen zur Friedenspolitik, Das Argument 127. Am Rande viele Fragezeichen.
8. Alfred Mechtersheimer: Mit Sicherheit in den atomaren Holocaust?, Kursbuch 61. *Die NATO-Politik hat nur bei Nichtdiskussion Bestand.*
9. Wolfgang Huber: Theologische Positionen zum Friedens- und Sicherheitsverständnis, Manuskript. *Sowohl eine Anknüpfung an die Komplementaritätsformel* (gelb unterlegt*) von 1959 als auch eine konsequente Orientierung an den Kriterien der Lehre vom gerechten*

Krieg führten heute zu dem Ergebnis, daß das Nein aus christlichem Glauben nicht nur dem Einsatz, sondern auch der Drohung mit Atomwaffen gilt. Auch die Drohung hat teil an der Sünde der Tat; die in ihr ausgesprochene Bereitschaft, die Schöpfung in Chaos zu verwandeln, ist mit dem Bekenntnis zu Gott dem Schöpfer nicht zu vereinbaren.

«Das ist mein Panzerschrank», strahlte Anne mit bindehautentzündeten Augen und klappte den mächtigen Vokabelkasten mit den Exzerpierkarten zu. «Übrigens habe ich mir unseren Streit noch einmal durch den Kopf gehen lassen. Der alte Säufer Noah ist mir doch gar nicht so unsympathisch. Allerdings müssten wir unsere Aktion mit anderen Gruppen koordinieren. Mir schwebt auch schon eine andere ESG vor Augen. Es gibt da eine ganz aktive Gruppe in Heidelberg, die ich auf der Bonner Hofgartendemo kennen gelernt habe. Und von Heidelberg aus ist es nur ein Katzensprung bis Mutlangen.»

«Heidelberg?»

«Ja, Heidelberg.»

Anne ahnte nicht, dass ein mächtiger Tonarm in Ruths Kopf eine Platte in Bewegung setzte.

Sie fühlte sich trostlos wie noch nie. Ihre Gefühle waren so heftig, dass sie sich einschloss.

Am 24. 6. Hebraicum-Prüfung.

Sie kniff sich. Wie taub. Das Hebräischbuch ruhte.

Sie war immer so genau. Keine Kleinigkeit entging ihr. Die raue Stelle an seinem linken Unterarm. Wie stark das Wasser von seinem Körper abperlte. Sein Handtuch kaum feucht.

«Warum studierst du eigentlich Theologie, Ruth?», hatte Peter gefragt.

«Ich war schlecht in Physik. Jetzt versuch ich es mit Metaphysik.»

Er hatte höflich gelacht.

Sie duschte. Nahezu endlos. Trocknete sich nicht ab.

Wenn sie in seiner Gegenwart Fragen stellte, kämpfte sie mit ihrer Zunge. Das längst überwunden geglaubte Lispeln, das ihr Vater als «niedlich» apostrophiert hatte, kehrte schlagartig zurück. Als würde die Zunge in diesem Augenblick wachsen und von Ruth fordern, sie möge sich selbst auf die Zunge beißen. Erinnerte sie sich dann reflexartig an die Regeln, die ihr die Logopädin eingebläut hatte, sprach sie, als habe sie Murmeln im Mund.

Die hebräische Grammatik lag vor ihm auf dem Tisch.

«Und jetzt werde ich dich ein bisschen quälen. Aorist, Passiv von ‹unterrichten›.»

«Warte. Ich muss mich konzentrieren.»

Sie schlug die Beine übereinander, setzte sich gerade hin und heftete ihren Blick an die eingetrockneten Wasserflecken an der Decke.

Ihre Zunge war wieder die alte.

Ein Brief. Bisher hatte Ruth nur einen einzigen Brief erhalten. *Den* Brief. Mit ihren Eltern telefonierte sie regelmäßig, seit sie nur noch etwa alle zwei Monate für ein Wochenende nach Hause fuhr. Kam sie von der Uni zurück, schaute sie nur flüchtig durch den Briefschlitz. Einmal in der Woche räumte sie die Werbesendungen aus. Und jetzt ein Brief von Britta! Sie kochte sich einen Kaffee, öffnete den Brief und überflog ihn hastig. Nichts Dramatisches. Britta hatte mit einem Freund Schluss gemacht. Aber das war eine Art Sport bei ihr.

Sie ließ den Brief sinken, fuhr mit der Hand über die Zeilen wie eine Blinde. Ertastete Druckbuchstabenschrift, die Britta sich in der siebten Klasse aus Protest angewöhnt hatte, weil sie ein Buch schreiben wollte und Ruth sich geweigert hatte, ihr die Schreibmaschine zu leihen. Ließ Ruth sich dazu herab, mit Britta Stadt-Land-Fluss zu spielen, dann gab es immer Ärger, weil Ruth die Wörter nicht ganz ausschrieb. Bis Britta schneller schreiben konnte als sie. «Mit einer Affengeschwindigkeit», wie ihr Vater staunte. Als sie dann noch das Tipp-Ex entdeckte, war die Illusion vollkommen: Britta war zu ihrer eigenen Schreibmaschine mutiert.

Ruth hielt den Brief gegen das Licht. Im unteren Teil des Briefes entdeckte sie zwei kleine dunkle Balken. Britta war also ihrer Methode treu geblieben, obwohl Ruth die Schreibmaschine nicht mit ins Studium genommen hatte.

Ruth stellte sich vor, wie Britta in ihrem Zimmer saß und ihr schrieb. Noch immer der alte Geha-Füller. Der häßliche furnierte Schreibtisch mit der Weltkartenunterlage. Der an einigen Stellen abgelaufene beige Teppichboden. Warum hatte sich Britta hingesetzt und ihr einen Brief geschrieben, in dem nichts Weltbewegendes stand?

Ruth las noch einmal langsam den Brief durch. Nichts.

Nur hier und da sickerte die Langeweile zwischen den Zeilen hindurch. Vielleicht wollte Britta Nordhorn für eine Ferienwoche entfliehen? Aber in zwei Wochen drohte das Hebraicum. Dann kamen die Heidelberger. Die geplante Aktion kostete viel Zeit. Sie würde sich nicht um ihre Schwester kümmern können. Britta würde immer nur hinter ihr hertrotten. Das würde Britta langweilen und sie selbst nerven. Ruth fühlte sich unbehaglich bei dem Gedanken.

Sie nahm ihre Kaffeetasse. Spielte mit dem Henkel. Kurz nachdem sie ihre weißen Knöchel wahrgenommen hatte, hielt sie den Henkel in der Hand. Peter konnte handwerklich alles. Peter konnte sicherlich auch diesen Henkel wieder ankleben. Aber sie verspürte keine Lust, ihre Schwester mit Peter bekannt zu machen. Peter ging Britta nichts an.

Sie nahm sich fest vor, ihre Schwester anzurufen. Oder ihr einen Brief zu schreiben. Sie fuhr noch einmal mit der Hand über den Brief. Die Buchstaben wie gestanzt. Sie selbst hatte nur eine flüchtige, nichtssagende Handschrift.

Wenn Ruth Angst hatte, dann zog sie die Schultern hoch wie ein Kind, das sich vor der Dunkelheit ängstigt, und dabei verwischten ihre Konturen, wurden diffus, milchig, als wolle sie sich auflösen. Ihre Augen bekamen etwas Haltloses, rührend Kindliches, aus ihrer Stimme wich alles Harte (allerdings auch der nörgelige Unterton), sie wurde margarineweich und puppenhaft.

«Alles perfekt. Am nächsten Wochenende kommen

die Heidelberger, wir planen dann endlich minutiös unsere große Nummer. Ach ja, die haben schon die Liste der Namen geschickt, die wir unterbringen müssen.» Anne stockte. «Aber Ruth, du sackst ja plötzlich in dich zusammen wie ein Mehlsack. Du packst das schon. Ganz sicher.»

«Das heißt?»

«Ja, dein Ex ist auch mit von der Partie. Der kann bei Peter schlafen. Das wäre vielleicht doch ganz lustig.»

«Du spinnst wohl.»

«Sei nicht so empfindlich.» Anne sah Ruth kopfschüttelnd an. «Von mir aus kann der auch bei mir übernachten. Ich versteh dich ja, dass dir ein bisschen mulmig wird, aber bei dieser Sache müssen die privaten Zicken hinter unserem Projekt zurückstehen. Das muss einfach so sein. Außerdem bist du es auch gewesen, die uns diese Sache mit der Arche eingebrockt hat. Wir brauchen Hilfe. Wir übernehmen uns, wenn wir das allein mit unseren Leutchen auf die Beine stellen wollen. Ich habe keine Ahnung, wie man eine Arche zimmert. Du vielleicht? Vergiss jetzt bitte diese uralte Geschichte! Die schimmelt schon. Fang jetzt bloß nicht an, in alten Gefühlen zu schwelgen. Bitte, bitte, bitte, konzentriere dich ganz auf unsere Aufgabe.»

«Ich werde es versuchen», antwortete Ruth lahm. Ihre Augen verlangten, in den Arm genommen zu werden, aber Anne war viel zu sehr mit der Planung des Wochenendes beschäftigt.

Und Ruth tat, wie ihr befohlen.

Immer, wenn sie an Georg dachte, schüttelte sie sich,

als sei ihr Kopf ein Kaleidoskop. Das half. Sie konzentrierte sich ganz auf ihre Aufgaben und war wirklich überrascht, als Georg plötzlich vor ihr stand. «Neue Turnschuhe» war der erste Gedanke, der ihr durch den Kopf schoss. Georg trug neue Turnschuhe. Als Georg ihr unbeholfen und unsicher die Hand gab, schaute sie nur auf seine neuen Turnschuhe. Als sie nach dem Kaffee von der Toilette zurückkam, stand er wie zufällig im Flur.

Wo sie denn ihre alten Shorts gelassen habe. «Du warst doch ganz verrückt nach diesen Dingern, wenn es endlich draußen heiß wurde.» Seine Stimme. Fremd. Wie eine fremde Stimme am Telefon, wenn man sich verwählt hat.

Georg war braun gebrannt, wirkte dadurch schlanker und nicht so teigig wie sonst. Es stimmte. Sie vermisste ihre kurzen Hosen. Für sie war der erste Mai früher ein Festtag. Den *Kniestrumpftag* hatte sie als kleines Mädchen den ersten Mai getauft, weil dann endlich die stets zu kurzen Strumpfhosen, die man nach jeder schnellen Bewegung umständlich hochziehen musste, in den Schrank wanderten. Sie liebte es, wenn ihr der Wind um die nackten Beine strich. Jetzt trug sie meistens eine Cordhose, so eng gerippt wie früher die Strumpfhosen. Den ersten Mai als Feiertag hatte sie abgeschafft. So wie Georg sie abgeschafft hatte.

«Du trägst neue Turnschuhe. Ist das jetzt chic?» Ruths Angst war mit diesem Satz verflogen.

«Sind dir die Schuhe aufgefallen?»

«Ja.»

Sie stiegen die Treppen zum Gruppenraum hinauf. Sie

nickte. Er berührte sie nicht. Er sagte nichts. Es kitzelte in der Kehle, als sie spürte, wie er sie von der Seite musterte.

Dieses Sitzen, Hocken, Lümmeln um den runden Tisch. Ruth verspürte eine seltsame Vorfreude auf die Stunden der Geräusche und Gesten. Früher, bei Tisch, wenn der Familienrat tagte, zog sie sich manchmal für Augenblicke zurück, schaltete den Gehörsinn ab und studierte den Atlas der Gefühle, versuchte im Rückgriff auf die Gesten zu entscheiden, wer für oder gegen eine Sache war, welche Geste einen Kompromiss andeutete, welche Haltung Unentschiedenheit signalisierte, und manchmal trainierte sie, sich nur auf die Tonlagen zu konzentrieren, die unterschiedliche Phonstärke, den beleidigten Unterton, das Bedächtige, die Ungeduld, die Aggressivität, das Launige, sie übte und probte, bis ihr die erste Geste und der erste Tonfall genügten, um die Stimmung der Mutter oder des Vaters – dessen Launen selten schwankten – oder ihrer Schwester einzuordnen, freute sich diebisch, wenn die erste Geste der Mutter ihr verriet, wie verärgert sie war, und in Gedanken malte sie sich die Standpauke aus, die sie erwartete, oft gelang es ihr, die Wogen rechtzeitig zu glätten, dann nahm sie ihre Mutter spontan in den Arm und versprach ihr hoch und heilig, nie wieder eine getragene Unterhose im Bett liegen zu lassen.

Annes Dirigentengesten blieben lange Zeit unwidersprochen. Oft wurde genickt oder laut beifällig geklopft. Friede Freude Eierkuchen. Dann ein erstes Achselzucken.

«Tut mir Leid. Ich habe auch keinen Schimmer, wie man eine Arche baut», sagte Anne und hob entschuldigend beide Hände.

Es folgte ein elffaches Echo: «Ich auch nicht.»

«Schade, dass wir nicht an einer Arbeiter- und Bauern-Universität studieren», witzelte einer der fünf Heidelberger. Hieß er Franz? War er rothaarig? Hatte er ein fliehendes Kinn?

Anstandskichern.

«Und wenn wir uns einen Traktor mit einem Anhänger borgen und darauf einen Aufsatz zimmern?»

Ruth registrierte, dass Peter seinem eigenen Vorschlag nicht recht traute. Er wirkte noch mondsüchtiger als sonst.

«Aber das ist doch albern. Das erinnert peinlich an den rheinischen Karneval. Meint ihr nicht auch?» Warum war es Georg, der als Erster die Atmosphäre knistern ließ? Und warum schaute er nicht Peter, sondern Ruth an? Hatte Anne gestern Abend Georg etwas erzählt? Hatte sie wirklich brühwarm ausgeplaudert, dass Ruth gelegentlich mit Peter schlief?

«Und dann bauen wir den Miststreuer zur Bonbonkanone um und beschießen mit großem Helau die Bullen mit Karamell? So etwa hattest du es dir vorgestellt?» Wie Georg die linke Augenbraue hochzog, als Peter antwortete, und sich dabei wie zum Schutz zurücklehnte: «Lustig. Echt lustig. Dann mach doch einen besseren Vorschlag.»

Als habe Peter mit dem letzten Wort auf den Tisch geschlagen, herrschte plötzlich eine gespannte Stille. Alle Augen richteten sich auf Georg. Er drehte sich in aller

Ruhe eine Zigarette, zündete sie sich an, blies (etwas theatralisch) den Rauch nach oben und befeuchtete sich die Lippen: «Also Leute, ich stelle mir das so vor: Wir besorgen uns von einer Fahrschule einen ausrangierten Bus. Das habe ich inzwischen übrigens auch schon abgeklärt. Das kostet nicht die Welt. Dann malen wir das Ding braun an. Bei den Fenstern lassen wir nur einen Spalt frei, das erinnert die Gegenseite auch ein bisschen an ihre eigenen Gefangenentransporte. Den Innenraum entkernen wir zur Hälfte, damit wir alle uns dort hinhauen können. Im vorderen Teil läuft die Pressearbeit. Wenn jemand von euch eine ganz ausgeprägte künstlerische Ader besitzt, dann kann er auf die braune Außenhaut Tiere malen, die über die Reling schauen, Elefanten, Tiger, Giraffen, was weiß ich.»

Peter startete eine Retourkutsche: «Sollen wir die Tierchen vielleicht mit Fingerfarbe malen wie früher im Kindergarten?»

Aber Ruth sagte: «Das ist es. Genau das ist es. Das machen wir.»

Das Auto hupte bereits. Die ESGler waren geschlossen zum Winken angetreten. Nur Ruth und Georg fehlten. «Wo bleiben die denn nur?»

Georgs Stimme wirkte wieder ganz vertraut, als er sagte: «Ich war ganz schön nervös, weil ich nicht wusste, wie du nach den dreieinhalb Semestern reagieren würdest. Ich habe mich damals echt idiotisch verhalten, aber ich wollte Nordhorn einfach abhaken.» Er machte eine kurze Pause. Ruth schwieg. «Vielleicht kannst du das jetzt ein bisschen besser verstehen. Also, ich freue mich jedenfalls riesig, dass wir uns wieder öfter sehen werden. Ich habe dich wirklich vermisst. Ich hoffe, du mich auch? Bist du mir noch böse?»

Wie zur Antwort nahm Ruth Georg in den Arm und küsste ihn. Als ihre Zunge in seinen Mund fuhr, schmeckte sie die ganze Süße ihrer Nordhorner Jugend.

Fünftes Stoßgebet

***Hergott**, was gäbe ich dafür, schlüge Georg die Augen auf und nähme mich so gefangen wie damals!*

Wenn **Georg** tief schläft, mit offenem Mund, dann hat man den Eindruck, als würde bei jedem Ausatmen ein mächtiges **Speichelbläschen** platzen, dann wird für jeden zur Gewissheit, dass eine zähe Schleimschicht sein Atmen und Sprechen beeinflusst, als müsste er die Worte mit viel Luftanstrengung wie ein Kaugummi aufblasen und platzen lassen, dieses seltsam puffende Geräusch, das jedem seiner Sätze diesen immensen **Nachdruck** verleiht. (Ich habe ihn übrigens aus diesem Grund nie gerne geküsst.) Warum um alles in der Welt habe ich damals wie eine Verdurstende meine Zunge in seinen Mund gestoßen? Warum habe ich es ihm so einfach gemacht? Warum ist mein Widerstand jungfräulich schnell kollabiert?

Armselig, wie er jetzt so daliegt. **Wie ein Blasen produzierender Fisch auf dem Trockenen.**

Geliebt habe ich ihn wegen seiner ausdrucksstarken Gesten und Gebärden! Diese raumfüllende *Präsenz*, wenn er den Füllfederhalter weglegte und seine Augen lebhaft wurden. Nie wieder habe ich bei anderen dieses überlegene Leuchten auf einem Gesicht wahrgenommen. Hörte er kritisch einem Dialogpartner zu und spielte dabei scheinbar gedankenverloren mit dem Bleistift, dann empfand ich bereits Mitleid für den in jenem Augenblick noch Redenden. Auch wenn er unbeobachtet am Schreibtisch saß, seine Bücher wie eine Trutzburg aufgereiht, die ihn davor schützte, angesprochen zu werden, war diese Präsenz im Raum körperlich spürbar. Manchmal stützte er *düster nachdenklich* wie die leibhaftige Allegorie der Dürerschen *Melancholie* die linke Wange auf die geschlossene Faust! Dann gab es Augenblicke gespannter Aufmerksamkeit, wenn das Kinn auf Zeigefinger, Mittelfinger und Daumen ruhte! Wie er seine Hand seitlich gegen die Wange presste, wenn ein innerer Kampf stattfand! Wie er *versunken* den vorgebeugten Kopf mit der Stirn in die eine Hand legte! Wie er im Zustand intensivster Nachdenklichkeit den *Blick ungekünstelt nach oben wendete*! Dieses herrliche Gebärden-ABC. Wenn er dann konzentriert vor dem Computer saß und tippte, dann sah es so aus, als würde er Klavier spielen.

Diese Kunst hat er jetzt verloren. Georg wirkt in dem viel zu kleinen Krankenhausbett noch *fleischlicher* als sonst. Aufgedunsen wie Noah, so dass der Arzt peinlich schnell nach dem täglichen Alkoholkonsum fragte. (Ich gab eine ausweichende Antwort. Ausweichen kann ich.) Georg testete während der letzten Jahre alle verfügbaren Weinsorten, als wolle er sie in seinem Körper bunkern und vor dem Untergang der Welt bewahren. *Sein Körper wurde schleichend zur Arche umgebaut.* Und wenn jetzt noch die Züge des Giotto-Judas in diesem Noah-Leib Einzug halten, dann bietet Georg eine **zynische Synopse** alttestamentlicher und neutestamentlicher Helden. Wahrscheinlich haben diese Wesenszüge mit den anderen immer schon in einem Wettstreit gelegen, sind aber erst im Laufe der Jahre deutlicher zum Vorschein gekommen.

Damals in Münster sah ich nur die energisch funkelnden Augen, die entwaffnenden kleinen Gesten, hörte nur die vor Willenskraft strotzende Stimme!

Kopfbahnhof

Mir platzt der Schädel.»
«Dann schluck ein Aspirin.»
«Witzig.»

Als sei ein schläfriger Geysir durch ein Stück Seife geweckt worden, stiegen die verdrängten Gefühle in Ruth hoch. (Georg roch übrigens noch immer nach Fa, und hatte nicht Ruth selbst ihm Fa zum bestandenen Führerschein geschenkt?) War er etwa doch nicht das letzte Stück Scheiße? Ruth dachte, sie habe ihre Gefühle für Georg platt gesessen. Krampfhaft wiederholte sie den Satz: Er ist das letzte Stück Scheiße. Er ist das letzte Stück Scheiße. Aber dieser Satz verschaffte ihr keine Befriedigung. Im Gegenteil.

«Mir platzt gleich wirklich der Schädel.»

«Dann lass dich von Peter behandeln.»

«Witzig.»

Gestern Abend hatte sie bei Peter geklopft. «Schlaf mit mir», hatte sie gesagt. Kühl. Entschlossen. Schamlos. Und weil Peter nicht sofort reagierte, zog sie sich aus, hastig, als müsse sie für jede Minute bezahlen. «Worauf wartest du!» Weil Peter noch immer konsterniert vor ihr stand, öffnete sie die Knöpfe seiner Jeans und zog die Hose mit einem Ruck nach unten. Sie tat das mit einer Verbissenheit und einer Gestik, die an Strafexerzitien erinnerten. Er trippelte mit der halb ausgezogenen Hose hinter ihr her. Sie schubste ihn auf das penibel gemachte

Bett. Sie drehte ihn auf den Rücken. Sie ekelte sich kurz vor dem gelben Fleck, als sie mit der Hand in seine Unterhose fuhr. Sie nahm, was sie noch nie getan hatte, sein Glied in den Mund, war für Augenblicke überrascht, wie schnell es sich aufstellte. Sie setzte sich auf Peter und bestimmte den Rhythmus. Sie schaute ihm nur kurz ins Gesicht, registrierte, wie er angestrengt versuchte mitzuhalten, sah, wie er die Zunge gegen die Schneidezähne presste und wie eine Ader an der Schläfe häßlich blau hervortrat. Sie mochte es nicht, wenn das Bett laut quietschte. Sie mochte es nicht, wenn ihr das Licht grell ins Gesicht schien. Sie mochte es nicht, wenn er gierig ihre Brüste knetete und schlug ihm auf die Finger wie einem ungezogenen Kind. Sie mochte auch nicht das schmatzende Geräusch, wenn sie ganz feucht war. Sie wurde immer schneller. Peter hielt sich am Bettpfosten fest, als er kam und laut aufstöhnte. Sie biss sich die Lippen blutig. «Du gehst ja ab wie eine Rakete! Womit habe ich das denn verdient?», fragte Peter keuchend. «Nur so. Frag nicht.» Sie war aufgestanden. Hatte ihre Sachen zusammengesucht und war grußlos gegangen.

«Hörst du es? Es brummt immer lauter. Gleich platzt er.»

«Sei ein braves Mädchen, übersetz eine Seite Hebräisch.»

«Witzig.»

Nächste Woche musste sie das Hebräisch-Examen bestehen, aber seit Tagen fand sie keine innere Ruhe. *Am Anfang schuf Gott Himmel und Erde. Und die Erde war wüst und leer*. Offensichtlich war die Erde einmal ein leeres Stück Papier gewesen. So leer wie die Seite vor ihr. Ruth versuchte sich selbst zu überlisten und lobte eine Belohnung pro übersetzter Seite aus. Einen Abend in der *Cavete*. Eine LP von Barclay James Harvest. Den Roman *Die Netzkarte*, von dem Peter geschwärmt hatte. (Peter. Das Drücken in der Magengegend könnte das schlechte Gewissen sein. Vielleicht sogar verrutschte Scham.) Sie schaffte es immer wieder, die Belohnung nicht einlösen zu müssen. Seelenlos blieb sie vor der Glotze hängen, ging zum Volleyball-Training, übernahm einen zusätzlichen Thekendienst in der ESG. Sie fuhr sogar wieder für ein Wochenende nach Nordhorn. Aber Nordhorn erinnerte sie immer wieder an Georg. *Am Anfang schuf Gott Himmel und Erde. Und die Erde war wüst und leer.*

«Jetzt ist es passiert. Es hat puff gemacht.»

«Prima. Endlich ist deine Birne hohl. Und was reimt sich auf hohl?»

«Alkohol», antwortete Ruth mit verruchter Stimme.

«Ist eben doch noch nicht alles verloren. Hiermit erlaube ich dir, mich in die *Cavete* zu begleiten.»

«Ich bin dir ja so dankbar, so schrecklich dankbar. Wenigstens eine, die mich versteht.»

Ruth besaß in solchen Augenblicken die Gabe, eine Karnevalsmaske aufzusetzen und wirklich blendender Laune zu sein. Wenn sie allerdings abends vor dem Spiegel die Maske absetzte, war der Kater umso heftiger.

Ruth bestand die Hebraicums-Prüfung mit «gut».

Das Theologicum in Heidelberg, ein langweiliger Beton-Glas-Mix, der die honorigen alten Fassaden ringsum anödete, befand sich am Ende der Altstadt-Fußgängerzone, dort, wo die kamerabewaffneten Japaner und Amerikaner nur noch selten anzutreffen waren. Anne und Ruth saßen als Gasthörer in einer Vorlesung zum Thema Friedensethik. Dass Theologiedozenten auch jung und dynamisch und schön sein können, war für beide eine neue Erfahrung.

«Der sieht ja richtig süß aus», flüsterte Anne.

«Ach, du stehst insgeheim auf Schönlinge?»

«Wenn sie nicht blöd sind, dann ja.»

«Interessant.»

«*Von Ihnen, meine Damen und Herren, wird sich wahrscheinlich niemand darin erinnern, aber in der bisherigen Geschichte der Kirchentage war 1967 der einzige, der ‹Frieden› im Titel führte. ‹Der Friede ist unter uns› lautete die Losung im Anschluss an den Epheserbrief. Meine Damen und Herren: Das Spezifikum des christlichen Friedensverständnisses besteht darin, dass Christen, genauer: der christlichen Gemeinde dieser Frieden in Christus zugesagt und bereits auch gegeben ist. Frieden ist eben nicht ein Zustand, der noch aussteht, der in der Zukunft zu verwirklichen ist, sondern Frieden bezeichnet die Herkunft der Christen. Aus dieser Zusage erwächst auch die Verantwortung für den Frieden. Damit ergibt sich also als Schlüsselfrage jeder theologischen Friedensethik die Zusammengehörigkeit und der Unterschied von Gottesfrieden und Weltfrieden. An dieser Schlüsselfrage dürfen wir nicht vorbeigehen, wenn wir angesichts der heutigen Weltlage nicht unglaubwürdig werden wollen.*»

Neben Ruth saß Lisa. Ruth wohnte während dieser Aktionswoche bei ihr. Lisa war Studentin der Romanistik und sah aus, als ob sie einem Bild von Otto Dix entstiegen wäre, aber aufgrund des Kontaktes mit den vornehmen Badensern das Grelle ihres Aussehens etwas abgetönt hätte: Ihre kurzen, fransig geschnittenen Haare hatten die Farbe eines starken Tees mit einem (zwei?) Tropfen Milch; die Farbe ihres Lippenstiftes wirkte seltsam gezügelt aggressiv; in ihrer elterngesponserten Garderobe bewegte sie sich souverän und war der Mittelpunkt eines kleinen Fanclubs. Ruth gelang es nicht herauszufinden, was Lisa, die alle Dixie nannten, zur Mitarbeit in der ESG bewogen hatte. Sie besaß offensichtlich Zeit im Überfluss, auch für diese Vorlesung.

«Erinnerst du dich?»

«Nee.»

«*Der Ökumenische Rat der Kirchen (ÖRK) hat in einem Hearing über ‹Nuklearwaffen und Abrüstung› von 1981 festgestellt. Ich zitiere: ‹Die ethische Frage … lautet, ob der Besitz von Atomwaffen, die Planung und Bereitschaft zu ihrem Einsatz moralisch genauso verurteilt werden müssen wie ihr tatsächlicher Einsatz. Es besteht einerseits natürlich ein tiefgreifender Unterschied zwischen Absicht und Tat, nicht zuletzt hinsichtlich ihrer möglichen Folgen. Andererseits enthalten Drohungen ein Element der Ambiguität, besonders wenn ihre Wirksamkeit zum Teil aus der Ungewißheit erwächst, ob sie tatsächlich ausgeführt werden. Wir kommen jedoch nicht um die Schlußfolgerung herum, daß die Bereitschaft zu unrechtem Handeln an dem Verwerflichen des unrechten Aktes selbst teilhat. Es wäre übertrieben zu sagen, dass die Strategie nuklearer Abschreckung und die ihr zugrundeliegenden Waffen genauso eine absolute Sünde darstellen wie der tatsächliche*

Atomkrieg. Wir glauben jedoch, daß sie Sünde sind und daß der Besitz solcher Waffen und die Bereitschaft zu ihrem Einsatz in Gottes Sicht verwerflich sind und von der Kirche als verwerflich erklärt werden sollten.›»

Neben Anne saß Peter. Er hatte lange gezögert, mitzufahren, wirkte unsicher, rollte nervös mit den Schultern, wenn er Ruth von der Seite mit einem Blick streifte. Sie hatte ihm keine glaubwürdige Geschichte für ihr Verhalten geliefert, als er sie hartnäckig darum bat. Mehrmals setzte sie an, verhaspelte sich immer, blieb dann einsilbig. Wenn Peter vorsichtig auf das Wochenende mit den Heidelbergern anspielte, lenkte Ruth den Verdacht um, bis Peter sich verfahren hatte. Offensichtlich bereute er es bereits, seine Computer in Stich gelassen zu haben.

«Ich darf noch einmal, meine Damen und Herren, auf den jüngst erschienenen Aufsatz ‹Theologische Positionen zum Friedens- und Sicherheitsverständnis› verweisen.»

«Erinnerst du dich jetzt?»

«Ach, der ist das?»

«Beinahe. Ist glaube, das ist sein Assi.»

«Ich zitiere aus These 8: ‹In der Stellung zu den Massenvernichtungsmitteln und damit zum Krieg überhaupt geht es um das Bekennen oder Verleugnen des Evangeliums.› Ich zitiere aus These 9: ‹Die Aufgabe des Friedens verweist auf die Pflicht zur Gerechtigkeit ebenso wie auf die Verantwortung. Die können nur dann zusammengehalten werden, wenn die staatliche Androhung und Anwendung von Gewalt, wo sie als unausweichlich erscheint, der Herrschaft des Rechts unterworfen werden. Die gegenwärtige Form militärischer Sicherheitspolitik ist mit diesem Grundsatz unvereinbar.› Zitat Ende.»

Neben Peter saß Georg. Wenn Ruth zur Seite blickte, dann wirkte Peters Gesicht, als ob ein Künstler eine leere Fläche mit einem Gesicht gefüllt habe, um das Gesicht dahinter umso stärker hervorzuheben. Gegen dieses Gesicht hatte Peter keine Chance.

«*Meine Damen und Herren. Ich möchte heute schließen mit einer letzten These. An die Adresse derjenigen gewandt, die den Aufsatz von Herrn Huber nachlesen möchten, Sie finden diese These als These 10 in dem besagten Aufsatz. Ich zitiere: ‹Die Unterwerfung militärischer Sicherheitspolitik unter die Herrschaft des Rechts hat eine Revision unserer Vorstellung von Sicherheit zur Voraussetzung. Dazu, Konzeptionen gemeinsamer Sicherheit zu entwickeln, sieht sich der Christ durch das Gebot der Feindesliebe ermutigt. Dem Ziel gemeinsamer Sicherheit dienen Kirchen und Christen gerade dadurch, dass sie Schritte zur Diskussion stellen, deren Realisierbarkeit von vorherrschenden Auffassungen bestritten wird. Zu ihnen zählen heute: das Einfrieren der atomaren Rüstung; der Abzug atomarer Waffen aus den Ländern, die nicht über sie verfügen; nichtausgehandelte Abrüstungsinitiativen; typisch defensive Rüstung; das Verbot von Rüstungsexporten außerhalb des NATO-Bereichs.› Zitat Ende. Meine Damen und Herren, bis zur nächsten Woche. Dann steht hier an dieser Stelle wieder mein Chef. Vielen Dank.*»

«Ist er nicht wirklich süß?»

«Richtig lecker.»

Sie war die Margarethe von Trotta dieser Aktion. Sie verstand sich darauf, die Talente der anderen zu schätzen und einzusetzen. Micha, ein feingliedrig argumentierender Philosoph mit stämmigem Körper, war froh, den alten Bus halb entkernen zu dürfen. Evert, sein Gesicht lag hinter den buschigen Augenbrauen in Deckung, war Mitarbeiter an der Forschungsstätte der Evangelischen Studiengemeinschaft (FEST) und – wie Ruth schnell feststellte – handwerklich eine Niete und nur als Mädchen für alles zu gebrauchen: Evert besorgte die Malutensilien, Evert besorgte die Brötchen, Evert besorgte das Bier, Evert besorgte die Pflaster, Evert besorgte die Pizzen. Weil Anne flatterhaft und ungeduldig wirkte, setzte Ruth sie für die Grundierung ein. Anne wütete im Akkordtempo und tauchte den Bus in braune Farbe. Assistiert wurde sie von Karla. Karla sah aus wie jemand, der auf alten Klassenfotos immer am Rand steht. «Du machst den Kuli.» Peter checkte den Motor und die Elektrik. Er tat das mit einer päpstlichen Miene, als würde er einen strengen Hirtenbrief verfassen. Da Georg koffeingeschädigt und auffällig blass mit einem Stapel Papiere lange ziellos umherirrte, verdonnerte Ruth ihn dazu, die Mikrophonanlage zu installieren. Sollte sie den Fan-Club um Dixie zerschlagen? Nein. Sie tat es nicht. Dixie wollte die Tierbilder auftragen. Gut. Die anderen wollten ihr helfen. Gut. Sie verteilte die Aufgaben. Ruth wunderte sich, wie hingebungsvoll Dirk, der beim Reden immer eine Lippe hochzog, als würde er sich ständig ekeln, die Pinsel auswusch. (Wie oft hatte ihre Mutter geschimpft, wenn sie in Ruths Tuschkasten nur verklebte Pinsel fand.) Max, den Ruth nur mit viel Mühe verstehen konnte, weil er die Worte extrem verschliff, arbeitete präzise und wie nach Stechuhr. Er schnitt die Kartonage-Vorlagen aus, als habe er jahrelang in einer Zuschneiderei gearbeitet. Aber es war Karl-Heinz, den alle heimlich für eine große Lusche hielten, der freihändig und mit viel Schwung die Figuren auf die Kartonage auftrug.

Der Bus parkte auf einer Wiese in der Nähe des Famila-Centers im Hasenleiser, drei Kilometer von Leimen entfernt. (Beinahe zwei Jahre später wurde dieser Ort tv-berühmt als Bethlehem der Tenniswelt.) Hüfthohes Gras. Ein toskanalauer Wind. Ein ausgeblichener Himmel. Wie das sozialarbeiterbetreute Gelände in einem Resozialisationscamp.

«Wenn mein Vater mich in diesem Aufzug sähe, würde der glatt glauben, dass seine miesen Gene sich bei mir doch noch durchgesetzt haben.»

«Ich behalte es für mich. Versprochen.»

«Was machen wir eigentlich mit den alten Sitzen?»

«Georg, Micha fragt, was wir mit den alten Sitzen anfangen sollen. Hast du eine Idee?»

Georg zuckte kurz zusammen, als Ruth ihn ansprach, fing sich aber sofort. «Wir könnten sie mitnehmen und auf dem Gelände als Sitzmöbel verwenden.»

«Gemacht. Kommst du gut voran?»

«Geht so. Ist gnadenlos heiß hier drinnen.»

«Hört mal her, Leute. Wir können das nicht allein entscheiden. Welches Tier sollen wir vorn auf dem Kühler verewigen? Max findet, ein Gorilla wäre ganz witzig.» Dixie schaute fragend in die Runde.

Peter: «King Kong wäre eine kluge Metapher für die Amerikaner.»

Micha: «Wir dürfen nicht den Fehler begehen und auch

noch deren Mythen bedienen. Das muss sehr viel subtiler ablaufen. Vielleicht ein Elefantenkopf. Motto: Wir haben ein irre gutes Gedächtnis.»

Karl-Heinz: «Genau. Und die Ohren malen wir auf die Eingangstüren. Wenn wir die öffnen, stehen sie wie Segelohren ab. Dreidimensional statt eindimensional. Frei nach Marcuse.»

Anne: «Ich weiß nicht. Ein Elefant mit riesigem Rüssel ist mir zu phallusgesteuert. Das ist eindeutig die falsche Botschaft.»

Ruth: «Dann scheidet das Nashorn auch aus.»

Anne: «Allerdings.»

Peter: «Vielleicht ein Schwein?»

Georg: «Zu flach als Botschaft.»

Peter: «Die Taube?»

Georg: «Zu abgenutzt.»

Evert: «Vielleicht was Bedrohtes.»

Karl-Heinz: «Der Koala-Bär.»

Dixie: «Einverstanden.» Alle nickten nach einer kurzen Pause. «Aber was machen wir denn nun mit Noah? Soll der auch zu neuem Leben erweckt werden?»

Ruth: «Können wir auf diese Trinkerruine nicht verzichten?»

Micha: «Ich habe eine ganz andere Idee. Wie wäre es, wenn wir eine Figur aus Star Trek nehmen: Dr. McCoy zum Beispiel?»

Anne: «Kenn ich nicht. Vielleicht doch was Leichteres. Mr. Spock oder Captain Kirk.»

Micha: «Captain Kirk. Genau. Ich habe noch ein altes Poster. Das könnte ich später holen. Als Vorlage.»

Die Euphorie hielt stundenlang an, zumal Dixie erstaunliche und bisher nicht ausgekostete Talente offenbarte: Ihr Koala-Bär schaute nicht walt-disneyhaft anbiedernd drein, sondern in seinem Gesicht wohnte eine seltsame Melange von Melancholie und Unbeugsamkeit. Ihr Captain Kirk verströmte die Aura von Zuversicht und Geborgenheit. Auf dem Heck prunkte ein riesiger, phallusunbelasteter Elefantenhintern mit einem zum Schlag ausholenden Schwanz. Allerdings hatten die Lobeshymnen, die Dixie am Abend erntete, beinahe die Wirkung von Nachrufen. Zuerst lächelte Dixie, wie man auf einer Laudatio zu eigenen Ehren lächelt, ein wenig gerührt, ein wenig stolz, ein wenig peinlich berührt. Aber bereits nach der ersten Flasche Bier zog sie blass ab, als habe ihre Gesichtsfarbe vollständig in den Bildern Eingang gefunden. Zehn Minuten später kotzte sie die Pizza vom Mittag aus.

«Die Hitze», mutmaßte Dirk.

«Oder die vielen Zigaretten.» (War es Micha?)

«Die giftigen Dämpfe der Dispersionsfarben», meinte Anne.

Dixie beanspruchte für den Rest des Abends und die halbe Nacht alle Aufmerksamkeit. Georg versuchte mehrfach vergebens eine Diskussion über den Ablauf ihrer Aktion anzuzetteln. (Er machte auch einen zaghaften Versuch, mit Ruth zu reden.)

Am nächsten Tag führte Dixie ein Schattendasein. Sie dirigierte ihren Fan-Club von ihrem Vorzelt aus. Weil aber niemand sich traute, die nach Anweisungen aufgetragenen Silhouetten der anderen Tiere auszumalen («Irgendwie macht das doch auch Sinn!»), konnten sie bereits am

Nachmittag aufräumen. Sie verstauten alles im Bus, rückten zwei Bänke zusammen und betteten Dixie darauf.

Und so diente die Arche Noah auf ihrer Jungfernfahrt einem Krankentransport.

«Wir brauchen einen Sponti-Spruch, den wir skandieren können. Das heizt besser ein. Der Spruch ‹Unser Mut wird langen, nicht nur in Mutlangen› ist öde.»

Sie trafen sich am Sonntagmorgen im *Café Journal*. Dixie pflegte noch ihr Leiden, war ganz Schmerzensfrau. «Vielleicht könnte ich einen Toast probieren.» Georg, Peter und Micha wählten das *Spiegel*-Frühstück, Evert und Karl-Heinz entschieden sich für *Stern*, die anderen, trotz gewisser Vorbehalte gegen den Verlag, für *Bunte*. Alle fühlten sich leicht verkatert, nicht dramatisch, aber der helle Nachdruck, den Georg in seine Stimme legte, wirkte wie ein blendendes Licht.

«Was reimt sich auf Arche?», insistierte Georg.

«Blutlache. Bald schwimmt diese Arche in einer Blutlache.» Anne imitierte spontan J.R. Ein angestrengtes Solo.

«Der Reim ist zwar germanistentauglich, aber die Sache hat einen Haken. Wenn bestimmte Bomben hochgehen, bist du zwar mausetot, aber es fließt kaum Blut.» Georg war unerbittlich.

Dirk stieg ein: «Dann erwischt es dich auch in der Arche.» Wie J.R.mäßig er Arche sagte! Zwei anerkennende Gluckser.

«Deshalb war ich auch für David gegen Goliath.» Anne fand zu ihrem vorwurfsvollen Tonfall zurück.

«Diese Diskussion hatten wir doch schon, Anne. Bitte!»

«Reg dich ab.»

Georg besaß die Hartnäckigkeit eines morgendlichen Weckers. «Vielleicht reimt sich was auf Noah?» Karl-Heinz fuhr sich mit beiden Händen durchs Gesicht.

«Boa», echoten Micha und Dirk.

«Meine Reimdrüse ist verstopft», entschuldigte sich Evert. «Es ist Sonntag. Es ist elf Uhr. Und darf ich kurz an das Gebot der Sonntagsheiligung erinnern?»

«Beruhige dich. Außerdem müssen wir uns doch nicht auf Noah und Arche fixieren», wisperte Dixie.

«Richtig. Ich habe eine andere Idee. Vielleicht klingt der Spruch zu aggressiv, aber wie findet ihr den: *Wenn wir in der Arche treiben, müsst ihr leider draußen bleiben.*»

«Kapier ich nicht, Ruth. Was soll daran aggressiv sein?» Max erwachte zu neuem Leben.

«Also, *ich muss leider draußen bleiben* ist doch dieser öde Hundespruch. Ich weiß nicht, ob die Polizisten das lustig fänden, wenn wir sie von Bullen auf Hunde runterzüchten.»

«Ich finde das genau richtig dosiert.» Georg nickte zustimmend. «Wenn uns kein besserer Spruch einfällt, nehmen wir den. Okay?»

Weil Dixie nickte, fand der Spruch automatisch die Mehrheit.

Karl-Heinz verabschiedete sich als Erster. Seine Seminararbeit über die Einflüsse der Dialogik bei *Levinas* und *Brunner* lag ihm schwerer im Magen als das Frühstück. Dixie pochte auf ihr Recht als Rekonvaleszentin und wurde von ihren Pflegern begleitet.

«Ich hätte riesige Lust, mit euch zusammen etwas zu unternehmen, aber ich treffe mich in einer halben Stunde mit einem Bekannten. Ihr könntet euch in der Zeit den Philosophenweg antun. Der gehört zum Pflichtprogramm. An jedem Baum hat dort ein berühmter Philosoph gepinkelt. Und heute Nachmittag fahren wir zum Bierhelderhof. Wenn ihr Lust habt. Dann finden wir sicher auch noch Zeit, um Flugblätter zu entwerfen. Wie wär's? Um fünf? Okay. Tschüss, ich muss weg.»

Dieses *muss* erinnerte Ruth wieder an den alten Georg, als habe er drei Tage gebraucht, um sich auf Ruths Nähe einzustellen, als sei erst jetzt auch die Verkrampfung aus den Gesten gewichen. Und Ruth hatte den Eindruck, dass es kein Fehler gewesen sei, nach Heidelberg zu fahren.

Peter konnte diesen Eindruck nicht teilen.

Sie schleppten sich mühsam die ersten Kurven des Philosophenwegs hinauf, machten postkartenuntaugliche Bemerkungen über die Aussicht, Peter gab verzweifelt eine Hölderlin-Nummer zum Besten, dann nutzten sie die erste Möglichkeit, zum Neckar abzusteigen, überquerten die alte Brücke und suchten Zuflucht unter einem Sonnenschirm in einem Straßencafé der Altstadt. Keiner verspürte Lust, wie Dixie zu enden. Sie waren zu erschöpft, um zu reden.

Ruth entdeckte in einiger Entfernung in einem Eiscafé Georg. Ihm gegenüber saß ein Mann mittleren Alters. Kein Student. Soviel war sicher. Eine randlose Brille. Kantige Gesichtszüge. Hemd. Stoffhose. Eine glanzlose Erscheinung. Meistens redete der Mann. Gelegentlich nickte Georg, blieb offensichtlich einsilbig, beinahe stumm.

Erst jetzt spürte sie, dass Peter seine linke Hand auf ihren rechten Unterarm gelegt hatte. Sie schaute ihn verdutzt an. Es war eigentlich ganz natürlich, dass Peter ihre Nähe suchte. Sie hatten häufig miteinander geschlafen. Peter hatte auf jede sexuelle Eskapade verzichtet. (Wäre es ihr egal gewesen? Wahrscheinlich.) Er kannte ihre Blinddarmnarbe, war verrückt, wirklich verrückt nach ihrem linken Auge, das etwas kleiner und verschlafener als das rechte Auge wirkte, er konnte phantasievoll ihre Haare flechten, ohne dass es ihr weh tat, er konnte richtig lieb und mäßig lustig sein, er konnte Spaghetti kochen und Pudding, er hatte sogar von Liebe geredet, aber irgendetwas fehlte ihm. Im Vergleich zu Georg kam ihr Peter vor wie ein geschichtsloser Amerikaner. Seine und ihre Geschichte war einfach zu kurz und zu unbedeutend. Sie hatte sich nie seiner Präsenz gebeugt.

Vorsichtig zog Ruth ihren Arm unter Peters Hand weg und winkte nach der Kassiererin. Es war wie ein Winken zum Abschied. Sie spürte den Schweiß von Peters Hand auf ihrem Armrücken.

Wenn wir in der Arche treiben
müsst ihr leider draußen bleiben.

Klassenfahrt. Bluna. Sunkist. Marsriegel.

Sie fuhren. Um alle Aufmerksamkeit auf sich zu lenken, hatte der Motor der Arche gestreikt. Sie besaßen kein Überbrückungskabel. Ein Müllaster gab ihnen schließlich Starthilfe. Die Türken hielten die Arche für einen Zirkus-Bus.

«Zirkus? Zirkus?»

Beinahe alle hockten in den ersten Reihen, so wie früher die Streber neben den Lehrern saßen. Das Getriebe machte einen Höllenlärm, wenn Dirk vergaß, Zwischengas zu geben. Dirks Eltern führten ein Baugeschäft. Er war mit Kieslastern groß geworden, «aber das waren nicht so alte Schleudern wie dieses Monster». Der erste Schluck Sunkist. Wie sich die Schleimhaut zusammenzog und sofort Durst signalisierte, obwohl man vor noch nicht einmal einer Stunde eine ganze Kanne Kaffee getrunken hatte. Micha roch nach Schlaf. Dixie trug eine Jeans. «Damit ich schneller rennen kann, wenn es nötig werden sollte», entschuldigte sie sich. Gestern hatte Evert sich zehnmal laut vorgesagt: «An die Verpflegung denken, Baguette einkaufen, plus Butter plus Käse.» Er hatte es dennoch verschwitzt. Sie mussten mit einem Kasten Wasser und drei Kästen Bier auskommen. Hoffentlich verstand sich jemand auf das Wunder der Speisung von fünftausend Leuten. «Wirf mal die Musik an.» Die Lautsprecher brummten.

Auf dem Bierhelder-Hof hatten sie sich gestern Abend schnell auf ein Flugblatt geeinigt. (Ruth sah zum ersten Mal in ihrem Leben Angusrinder. Die müssten im Notfall auch in die Arche.)

Wenn wir in der Arche treiben
müsst ihr leider draußen bleiben.

Dixie skizzierte eine Arche. Sie war noch nicht wieder ganz die Alte. «Lausig», kommentierte Peter hinter vorgehaltener Hand. «Sieht aus wie hingerotzt.»

Sie verzweifelten drei Runden Bier lang am Bombendekalog:

«Ich bin die Bombe, dein Gott, die dich vor dem Diensthause Moskaus bewahrt hat. Du sollst keine anderen Götter neben mir haben. Du sollst dein Gewissen nicht belasten mit Bildern der Verwüstung.» An dieser Stelle kamen sie partout nicht weiter. Anne schlug vor, die Verheißung Gottes an Noah umzuformulieren. Offensichtlich hatte Annes Vorschlag Zustimmung gefunden, denn unter der gemalten Arche stand:

Und der Herr roch den lieblichen Geruch und sprach in seinem Herzen: Ich will hinfort nicht mehr die Erde verfluchen um des Menschen willen, denn das Dichten des menschlichen Herzens ist böse von Jugend auf. Und ich will hinfort nicht mehr schlagen alles, was da lebt, wie ich getan habe. Ich mache alles neu. Dies ist das Zeichen des dritten Bundes: Einen Pilz habe ich gesetzt in die Wolken, dies soll das Zeichen sein für den Anfang einer neuen Welt und einer neuen Erde.

«Ich nix kapieren Spruch. Sein mir zu dialektisch. Stinken wie Schafscheiß. Pilz nur haben am Fuß. Schwimmbad, du verstehen? Oder Pilz in Suppe und Omelette. Lecker. Lecker. Ich einfache Mensch sein. Was sein Bund? Ich nix Militär. Alles Schafscheiße. Warum so kompliziert. Leben ganz einfach.» Micha spielte den Unzufriedenen.

«Du sollst die Dinger auch nur verteilen. Die Bullen werden kaum mit dir darüber diskutieren wollen, und die anderen sind sicher auf unserer Seite.» Anne rollte mit den Augen.

«Du gute Frau. Du schöne Frau. Du liebe Frau. Ich nicht wollen bleiben dumm, du mir erklären oder du austeilen und ich bleiben dumm. Hier ich geben du. Du liebe Frau.»

«Du gehst mir auf den Geist. Wir haben gestern abgestimmt und damit basta.»

Beinahe wäre es noch zu einem Streit gekommen, weil man sich nicht auf den Anfahrweg einigen konnte.

«Aber das ist doch der reinste Schwachsinn, wenn wir über eine der großen Zufahrtsstraßen fahren. Dann stehen wir bis abends im Stau. Lasst uns einen Schleichweg wählen, den nur die Einheimischen kennen. Ich habe da einen Tipp bekommen.» Georg hatte hektische Flecken im Gesicht.

«Und wenn wir dort liegen bleiben? Dann hilft uns keiner. Dann kannst du zu einem Bauern losziehen und um einen Traktor betteln», giftete Peter.

«Das mach ich, wenn es so weit ist.»

Obwohl alle Fenster offen standen, war es sehr stickig im Bus. Ruth klagte über Kopfschmerzen. Karla gab ihr ein Aspirin. Micha verzog sich in den hinteren Teil des Busses. Anne fuhr ihn kurz an, bekam als Antwort nur ein Meckern. Dreißig Kilometer vor dem Gelände überholten sie erste Autos mit Spruchbändern. Wie Fußballfans auf dem Weg ins Stadion. In den Nachrichten wurden Staus gemeldet. Georg drehte sich um und schaute überlegen in die Runde. (Verweilte etwas länger bei Peter.) Noch immer kein Polizeiauto. Aber dann hörten sie das deutliche Geräusch eines Helikopters.

Wenn wir in der Arche treiben
müsst ihr leider draußen bleiben.

Dixie kämmte sich die Haare. Karl-Heinz, der im hinteren Teil des Busses geschlafen hatte, torkelte durch den

Gang nach vorne. «Geht es endlich los?» Karla trank aus Langeweile bereits ihr zweites Bier. Plötzlich bremste der Bus. Georg sagte: «Hier rechts.» Die Reifen wirbelten mächtig Staub auf. «Wieder rechts.» Der Weg wurde immer schlechter. Die Bierflaschen schepperten, wenn sie durch ein Schlagloch fuhren. «Mist, dass wir keinen Polizeifunk abhören können.»

Ob bei Regen auch Bekannte in ihrer Arche schlafen dürften, wollte Evert wissen. Ob jemand eine Ahnung habe, ob auch andere ESGs aus der BRD im Einsatz wären, fragte Ruth. Ob auch Promis ihr Erscheinen angedroht hätten, erkundigte sich Anne. Und ob jemand zufällig Sölles Buch *Frauen für den Frieden* mitgenommen habe. Peter giftete, warum Georg sich alleine mit der Arche Noah in der Rhein-Neckar-Zeitung habe ablichten lassen. «Der Photograph hatte nur einen Termin am Samstagabend frei, aber da waren wir doch schon fertig», entschuldigte sich Georg. «Es blieb keine Zeit, alle zusammenzutrommeln.» Er wollte noch etwas sagen, aber dann entfuhr ihm nur: «Scheiße.»

Erst als der Bus stand, begriffen alle, dass hier Endstation war. Zwei Polizeiautos versperrten die Durchfahrt.

Wenn wir in der Arche treiben
müsst ihr leider draußen bleiben.

Der Spruch bekam jetzt einen faden Beigeschmack. Nichts ging mehr. Dirk und Georg verhandelten mit der Polizei. Nein, sie hätten keine Sondergenehmigung für Land- und Forstwirtschaft. Nein, sie hätten auch kein entsprechendes Schild auf dem Wege hierher entdecken können.

Der Bus habe selbstverständlich noch eine TÜV-Plakette. Auch eine gültige. Natürlich sei auch der Führerschein gültig. Warum man nicht näher an das Gelände heranfahren dürfe. Weil im Bus Waffen versteckt sein könnten. Aber sie seien doch gegen Waffen. Deshalb dürften sie auch nicht näher ran. Sie könnten ihr Fahrzeug auf einer Wiese abstellen. Sofern es kein Öl verliere. In sechs Kilometern sei das Gelände, wo sie sicherlich auf Gesinnungsfreunde (sagten sie wirklich «Gesinnungsfreunde»?) träfen. Nein, zurückzufahren, davon rieten sie ab. Busse würden auf einen Parkplatz acht Kilometer vorm Gelände umgeleitet. Und was überhaupt eine Arche wäre.

Eigentlich hätte Georg jetzt die Chance für eine Diskussion nutzen müssen, aber er wirkte missmutig. Und auch Anne raffte sich nicht auf, um die Flugblätter zu verteilen. Ruth fühlte sich plötzlich sehr müde. Sie hatte Hunger. «Arschlöcher. Auch noch Verständnis heucheln. Arschlöcher.»

Dirk parkte den Bus auf einer nahen Wiese. Sie suchten ihre Schlafsäcke zusammen, packten zwei Kästen Bier und zogen los. Von Ferne wirkten sie wie der Haufen derjenigen, die von Noah abgewiesen worden waren.

Wenn wir in der Arche treiben
müsst ihr leider draußen bleiben.

«War ein super Tipp, Georg. Ich bin begeistert.» Peter weigerte sich, beim Schleppen der Bierkästen zu helfen.

Ärger. Flüchtlingstrecks. Hubschrauberlärm.

Sie kamen zwei Stunden zu spät zum Friedensgottesdienst. (Viele andere auch.) Die Neuankömmlinge gehörten jeweils zu den Aktivposten auf dem Gelände, verteilten emsig Flugblätter, begrüßten Bekannte, rauchten gemeinsam eine Zigarette und bildeten das dankbare Publikum, das geduldig zwei Klampfensongs über sich ergehen ließ. Die Gruppen, die schon länger ausharrten, hockten zusammen, dösten auf der Luftmatratze, lasen oder picknickten. Georg und Anne stimmten mit dem Organisationskomitee, das in einem großen Hauszelt untergebracht war, ihre mickrige Rest-Aktion ab. Das Gelände wirkte wie das alltagsentspannte Römerlager Barbaorum, das das von unbeugsamen Galliern geschützte Dorf austrocknen wollte. Wirkte wie ein verrutschter Asterix-Comic.

Die erste Aktion war für zwölf Uhr angesetzt worden. Alle rappelten sich auf, hakten sich ein und näherten sich langsam dem Absperrgitter. Mit jedem Schritt wurden sie wacher und lauter.

Sie schrien: «Pershings auf den Müll.»

Einige verteilten Blumen an die Polizisten.

Sie schrien: «Ami go home.»

Sie kamen dem Absperrgitter bereits bedrohlich nahe. Fotografen hinter der Absperrung machten Fotos für das Familienalbum. Und dann quäkte plötzlich ihr Spruch durch das Megaphon.

Wenn wir in der Arche treiben
müsst ihr leider draußen bleiben.

Sie skandierten diesen Spruch, bis die Ersten heiser wurden. Anne und Ruth schauten sich kurz an und waren glücklich, dass ihr Spruch funktionierte. Eine Frau sprach ein Friedensgebet. Wie ein Amen wurde ihr Spruch hinterhergeschickt.

Ruth glaubte den Mann wieder zu erkennen, der gestern mit Georg im Eiscafé gesessen hatte. Er griff sich das Megaphon und brüllte eine Rede. Ruth verstand nur Bruchteile. *Vietnam* verstand sie. *Brockdorf. Harrisburg.* Und immer wieder *Pershings.* Und *ausharren.* Und *Sitzblockade.* Ruth kämpfte sich verbissen nach vorne, aber als sie endlich die Spitze erreicht hatte, gab der Redner das Megaphon ab. Es wurden Solidaritätsadressen verlesen. Auch von Gollwitzer. Ruth dachte kurz an ihren Vater. Einige redeten jetzt auf die Polizisten ein. Ruth versuchte einen Schäferhund zu kraulen, der zweifelnd zu seinem Hundeführer hochschaute.

«Ich habe auch einen Hund.»

«Dann haben wir ja etwas gemeinsam.» Ruth überhörte den Zynismus, hockte sich hin, redete auf den Hund ein, versuchte immer wieder ihn zu kraulen, bis der Hundeführer dem Hund die Erlaubnis signalisierte. Als sie sich umdrehte, merkte sie, dass sich die anderen alle zurückgezogen hatten. Sie stand auf, sagte «Tschüss» und suchte ihre Gruppe.

«War die eine nicht diese Schauspielerin, na, du weißt schon, wen ich meine!» Karla wirkte ganz aufgeregt.

«Ich glaube, ich habe Sölle gesehen», sagte Anne.

«Echt? Schade, dass Gollwitzer nicht gekommen ist.»

«Was ist denn schon toll an dem.» Peter bestand darauf, schlechte Laune zu haben.

Dixie klagte über die Hitze. Evert und Karl-Heinz organisierten etwas zu essen. Micha organisierte auch etwas. (Und war für den Rest des Tages kaum noch ansprechbar.) Georg und Dirk waren auf dem Gelände unterwegs.

Noch sechsmal wiederholten sie an diesem Tag die Aktion, aber anders als bei den Umzügen vor Jericho fielen die Mauern nicht. Dixie seilte sich gegen neun Uhr ab. («Ihr versteht!») Sie hatte einen Bekannten gefunden, der sie, Karl-Heinz («Meine Seminararbeit, sorry»), Evert («Mir fällt ein, ich habe für morgen ein Protokoll angenommen»), Karla («Ich kann die Hitze nicht vertragen») und Max («Ich muss Dixie begleiten!») in seinem VW-Bulli mit zurück nach Heidelberg nahm.

Ruth, Anne, Peter, Dirk und Georg waren für eine Sitzblockade eingeteilt. (Micha und Max waren nirgends zu finden.) Von elf Uhr nachts bis ein Uhr saßen sie auf dem Asphalt, der noch immer einen Rest Sonnenwärme gespeichert hatte.

«Denkt daran: Wenn die uns wegtragen, dann keine Namen nennen, keinen Ausweis zeigen, sofort ein Telefon verlangen, um mit einem Anwalt zu sprechen. Habt ihr die Nummer, die ich euch besorgt habe?»

Alle nickten in Georgs Richtung.

«Unser Spruch wird noch zum Klassiker», sagte Anne. «Schade nur, dass wir abgefangen wurden. Die Pressemeute hätte bestimmt Fotos von unserer Arche geschossen.»

«Wie haben die nur unseren Anfahrtsweg gerochen? Die können doch nicht jeden Feldweg abgeriegelt haben! Unterm Strich war alles für die Katz.»

«Wenigstens hat unser Spruch geklappt.»

«Das Fräulein Ruth ist neuerdings immer mit halben

Sachen zufrieden. Ätzend.» Peter stand auf. «Ihr könnt hier ja hocken bleiben, bis ihr schwarz werdet, ich hau mich aufs Ohr.»

Um halb zwei kam die Ablösung.

«Dirk und ich gehen noch etwas spazieren», sagte Anne. Ruth nickte nur. (War ihr etwas entgangen?)

«Ich müsste noch mal zur Arche zurücklatschen. Dirk hat gesagt, wenn wir heute nicht noch einmal den Bus starten, bekommen wir morgen erneut Probleme mit den Zündkerzen. Kommst du mit?»

Feldwege sind uneben. Überall liegen Steine. Man strauchelt schnell. Ruth strauchelte etwa auf halbem Weg. Georg fing sie auf. Es war sicherer, wenn sie ihn in den Arm nahm. Sie erreichten ohne Zwischenfälle gegen drei Uhr die Arche. Georg startete den Motor. Er funktionierte. Er ließ den Motor aufheulen und stellte ihn wieder ab. Sie schoben zwei ausgebaute Sitzbänke zusammen, rauchten eine Zigarette. Ruth fand es sehr romantisch.

«Ab Montag läuft die Einschreibung für das nächste Semester. Du könntest doch mit Anne nach Heidelberg umziehen. Die Uni gefällt dir doch, oder?»

«Das kommt etwas plötzlich.» Ruth blies Georg den Rauch ins Gesicht.

«Aber Ruth, wir hatten doch abgemacht, dass wir irgendwann wieder zusammen studieren! Hast du das vergessen?» Diese Überzeugungskraft bei denkbar schlechten Argumenten!

«Machst du es dir nicht etwas einfach?»

«Es war alles döörmekaar, okay, aber jetzt läuft doch wieder alles bestens.» Diese Chuzpe, alles gesundzubeten!

«Und Peter?»

«Ich habe nichts gegen Peter. Der hat mir vorhin sogar seine Reserveturnschuhe geliehen, weil ich im Gedrängel einen Schuh verloren und einfach nicht wiedergefunden habe. Aber über Peter reden wir hier nicht. Wir haben doch eine viel längere Geschichte zusammen.» Diese Kunst, den wunden Punkt zu finden!

Ruth wehrte sich nicht, als Georg sie nach unten zog.

Die Arche schaukelte sanft auf dem Hügel Ararat.

Land in Sicht.

Sechstes Stoßgebet

Mein **Gott!** *Wäre ich nur mit der Arche untergegangen! Wenn ich nur die Zeit zurückdrehen könnte!*

Manchmal träume ich mich in unsere **Bekennerorgie** zurück, *Wenn wir in der Arche treiben, müsst ihr leider draußen bleiben,* links Georg eingehenkelt, rechts Anne, dieses Beben der Erde, als würde eine Herde durchgeknallter Rinder (Angus, Angelus?) den Ausbruch wagen, mit großen Hoffnungen ins Freie rennen, angefeuert von unserem durch **Megaphone** verstärkten Bekennerzweizeiler, ein Auszug zur Ehre **Gottes**, der auch irgendwie geholfen hat – der **Welt**, mir weniger.

Vielleicht hat mich die Stimmung auf dem Gelände fatal an mein erstes Rockkonzert in Schüttorf erinnert. Vielleicht Georg auch. An das erste Mal. Vielleicht habe ich mich deshalb auch hingelegt und eilig eilig die Knie angezogen. (War übrigens wirklich ganz schön. Damals musste ich noch nicht zuerst Georgs Wünsche abarbeiten. Später musste ich ihm immer zuerst einen blasen, bevor er sich meiner erbarmte. *«Und jetzt werde ich Dich ein wenig verwöhnen, Mausezähnchen.»* Witzig.)

Wenn ich heute an unsere Aktion zurückdenke, erinnert sie mich ein wenig an Räuber und Gendarm-Spiele in Frentjens Kuhle. Mag sein. Mag sein, dass ich vieles nicht richtig eingeordnet habe. Mag sein, dass ich zu gutgläubig war. Warum habe ich *niemals* gefragt, was Georg für den uralten Bus bezahlt hat? Wo er den Bus später entsorgt hat? Und woher er diesen einen Mann, der auf dem Gelände den **großen Maxe** spielte, kannte? Wahrscheinlich hat Georg immer mit Informationen im kleinen Stil gedealt. Über manche Dinge sprach er einfach nicht! Und ich blöde Ziege vergaß nachzufragen. *Amnesie postpubertaris.*

Ich bin eine wirklich blöde Ziege. Ziegenpeter. Ja. Manchmal nannte ich Peter Ziegenpeter, weil er beim Nachdenken die Backen aufblies. Peterchens Mondfahrt. Ich habe ihn *wirklich* schlecht behandelt und in Heidelberg zum Mond geschickt. Ohne Rückfahrkarte. Einfach, bitte. Was wird er denken, wenn er von mir in der Zeitung liest? «**Brutaler Mord.** Pastorin erschlägt Pastor.» Wird er denken: «Das geschieht ihr recht! Musste so kommen!» Oder denkt er: «Mit mir wäre ihr Leben anders verlaufen!» Vielleicht wäre noch Liebe aus unserer Beziehung geworden! Vielleicht säße ich dann jetzt nicht hier!

Wenn ich während der zurückliegenden Jahre wütend und eifersüchtig und beleidigt war, habe ich natürlich mit dem Gedanken gespielt, mich mit irgendeinem Peter dieser Welt zu revanchieren. Aber Revanchefouls machen eine Ehe nur noch unerträglicher. Georg hätte überhaupt keine Rücksicht mehr nehmen müssen. *Ein Remis an Verletzungen.* Das ist ein erbärmliches Ergebnis. Die Ehe ist ein Zweierspiel ohne Schiedsrichter. Man muss selbst entscheiden, ob man weiterspielen will. Aber die Ehe ist kein Mannschaftssport. Zu dritt oder als Doppel kann man Ehe nicht spielen. Während meiner späteren Zusatzausbildung als Familientherapeutin konnte ich Eheruinen von 68ern besichtigen, die mich in dieser Meinung bestärkt haben. Das Projekt einer offenen Ehe ist definitiv gescheitert. Ich musste deshalb diese Erfahrungen nicht auch noch machen. Was ich gesehen habe, reicht mir. (Von den kaputten Kindern dieser Beziehungen ganz zu schweigen.)

Zwei Ärzte kommen ins Zimmer. Sie möchten eine weitere Untersuchung durchführen. Ich müsse leider draußen bleiben.

Sie schauen mir kopfschüttelnd nach, weil ich kurz laut gelacht habe.

Wäre ich nur mit der Arche untergegangen!

Prinzip Gute Hoffnung

«Auch du musst dich opfern, Georg.» Ruths Stimme klang gereizt.

«Was ist denn noch zu vergeben?»

«Klo, Bad, Mülleimer, Treppenhaus, Putzen.» Anne sah säuerlich drein.

«Aber das ist doch alles Scheiße.»

«Bei den Getränken und dem Einkaufen war Dirk schneller, sorry, Wäsche waschen und Bügeln übernehmen Ruth und ich im Wechsel.» Anne betonte jedes Wort, als würde sie einem kleinen Kind etwas zum zehnten Mal erklären.

«Aber ich habe doch fast nichts zum Bügeln!»

«Diese Diskussion hatten wir schon abgehakt. Also Klo und Bad?»

«Mülleimer und Treppenhaus.»

«Plus wischen und staubsaugen», ergänzte Ruth.

«Meinetwegen.»

Vor zwei Wochen waren Ruth, Anne, Dirk und Georg in eine gemeinsame WG in Rohrbach eingezogen. Georg hatte mit einer Wohnung, die er an der Hand habe, geprahlt, aber Ruth und Anne hatten sich hartnäckig geweigert, in einen der Wohnsilos im Emmertsgrund einzuziehen, Aussicht hin oder her. «In diesen Selbstmordkasten ziehe ich nicht ein.»

«Dann darfst du um eine Wohnung betteln gehen, Anne.»

Ruth und Anne wollten schon resignieren, als der ESG eine frei werdende Wohnung in Rohrbach gemeldet wurde.

«Können wir das machen? Es gibt auch Studis mit Kindern, die was suchen.»

«Also doch lieber Emmertsgrund?»

«Rohrbach», hatte Anne entschieden.

«Wir müssen uns auf ein Büchersystem einigen», drängte Georg.

«Was schlägst du vor?» Ruth wirkte noch immer angespannt, als sei ihre Magenschleimhautreizung auf ihre Stimmung durchgeschlagen. Und jetzt zündete Anne sich auch noch eine Zigarette an, obwohl Ruth gebeten hatte, in ihrem Zimmer nicht zu rauchen.

«Also, ich schlage vor, dass wir unser Büchergeld jeweils für die Literatur in unseren Lieblingsfächern einsetzen. Dirk interessiert sich vor allem für AT und NT, Ruth für Systematische Theologie und Ethik, du für die Praktische Theologie und ich mich für Systematische Theologie und Kirchengeschichte. Wir leihen die Bücher untereinander aus, und wenn es wirklich einmal Stress gibt, dann hat der Besitzer Vorrang. Okay?»

«Aber Standardwerke benötigt doch jeder. Wir werden kaum lebenslang alle unter einem Dach wohnen.»

«Das ist tief und wahr, Anne.»

Anne hatte ihr Äußeres verändert und die Verweigerungshaltung aufgegeben. Sie gab ihrer natürlichen Haarfarbe eine zweite Chance. Sie entschied sich für einen kurzen Pagenschnitt. Sie mottete ihre Birkenstocksandalen und Schlabberhosen und Schlabberpullis ein, trug

Jeans, enge Pullis, gewagte Sandalen. Alles gegen den Trend. Sie änderte sich entschlossen, gründlich, konsequent. Ruth ermutigte sie, blieb selbst aber äußerlich die Alte.

«Dann habe ich noch einen Punkt», sagte Georg gedehnt.

«Machs nicht so spannend. Spucks aus.» Anne angelte sich die nächste Zigarette aus der Schachtel.

«Wir brauchen einen Computer mit Nadeldrucker. Dann sind wir nicht vom Skriptorium und den bescheuerten Öffnungszeiten abhängig.»

«Das ist keine blöde Idee.» Dirk, der bisher gelangweilt der Diskussion gefolgt war, stimmte sofort zu.

«Aber mit dieser Wohnung sind wir doch finanziell an der oberen Grenze», warf Ruth ein.

«Diese Wohnung ist eben zweihundert Mark teurer als die Wohnung im Emmertsgrund. Aber ich will euch nicht länger nerven.»

«Tust du aber.»

«Geschenkt. Also noch einmal zu meinem Vorschlag. Wenn jeder sechshundert Mark zusammenkratzt, müsste das reichen. Außerdem droht bald Weihnachten, vielleicht lässt sich mit den Geschenken noch was deichseln.»

«Und wo soll der Computer stehen? Hattest du vielleicht an dein Zimmer gedacht?» Anne legte den Kopf etwas schief, schloss die Augen und lächelte wie eine Madonna.

«Quatsch. Ich schlage vor, wir stellen ihn in den Flur. Okay?» Alle nickten stumm.

Ruth hatte unmittelbar nach der Rückkehr in Münster mit Peter gesprochen. Der Satz: «Kann ich dich mal kurz sprechen», signalisierte bereits die Trennung. Peter hörte der stammelnden Ruth zu. Sagte nur: «Ich hoffe, du bereust das nie.» Ruth lag noch lange wach und maß ihre Gefühle. Nein. Sie hatte Peter wirklich nie geliebt. Nie. Nie.

«Die Mülleimer quellen über.»

«Ich bringe sie gleich morgen früh raus.»

Ruth lag im Bett und ordnete die Geräusche. Das monotone Sirren des altersschwachen Kühlschranks. Das nachtlaute Ticken ihrer Armbanduhr. Dirks abschwellender Reizhusten, der immer häufiger allergisch auf irgendwelche Lebensmittel reagierte. Das windunheimliche Rütteln einer Jalousie. Das friedvoll gleichmäßige Atmen von Georg neben ihr.

Sie lag und wartete auf das metallische Geräusch, das entsteht, wenn der Wohnungsschlüssel sich in das Schlüsselloch zwängt. So wie früher ihre Mutter wach gelegen hatte, wenn sie noch unterwegs war, so wartete sie heute Nacht auf Anne. Sie bewunderte Anne. Anne leitete einen Arbeitskreis für feministische Theologie an der Uni und in der ESG. Anne organisierte den Friedenstisch für den nächsten Kirchentag. Anne arbeitete im CASTRA. Anne war nach Tschernobyl sofort den Grünen beigetreten und prompt in den Vorstand gewählt worden. Anne schwänzte nur selten den Vorbereitungskreis für das Examen. Anne schlief regelmäßig laut und lustvoll mit Dirk. Anne wusch und bügelte klaglos, wenn sie an der Reihe war. Georg und Dirk suchten häufig nach Ausreden, wenn der Kühlschrank autistisch sich selbst kühlte, Tütenberge sich neben dem Mülleimer stapelten und das Kehrwochenschild bis auf den letzten Drücker wie eine Drohung an der Eingangstür baumelte. Ruth sagte häufig nur «Und Anne?», um ein resigniertes Kopfnicken auszulösen.

Über ein Jahr lang hatte Ruth mitgehalten, dann musste sie Anne ziehen lassen. Für die Mitarbeit im CASTRA hätte sie ihr Geigenspiel aufgeben müssen. Das brachte sie nicht übers Herz. Zwar besuchte sie mit Dirk und Georg regelmäßig Veranstaltungen der Grünen, unterschrieb aber wie Georg den Aufnahmeantrag nicht. «Bedränge mich bitte nicht so. Das ist schlimmer als auf den Tupperware-Parties meiner Mutter.» Sie konzentrierte ihre Aufmerksamkeit auf ihre feministischen Studien.

Dirk war als Erster ausgestiegen. Nach einer Seminararbeit über die soziologische Leben-Jesu-Forschung wurde er von Professor Theißen ins Doktorandenkolloquium eingeladen. («Big chance!») Bereits zum dritten Mal hatte er ein dreimonatiges Forschungsstipendium in den USA bei einem gewissen Sanders verbracht. Bei Dirk drehte sich zunehmend alles um «The third quest», die dritte Runde der Leben-Jesu-Forschung. («Wo ist denn euer dritter Mann», spottete Dixie, wenn sie zu Besuch kam.) «Wandercharismatiker», lautete das Zauberwort, das in seiner Gegenwart die Runde machte. Jesus sei ein Wandercharismatiker gewesen und Gründer einer innerjüdischen Erneuerungsbewegung. In Annes Nähe sprach Dirk gerne (und entlastend) von einer charismatischen Werterevolution. Anne zog dann gewagte Parallelen zwischen Jesus und den Grünen. («Parallelen, die sich im Unendlichen schneiden», frotzelte Georg.) Unklar war, wer den Chefcharismatiker in einer Basisgruppe besetzen konnte. Beckmann? Kelly? Fischer? Ditfurth?

Georg wetteiferte als Einziger mit Anne. Er arbeitete regelmäßig in der neuen Pressehütte auf dem Gelände in Mutlangen und organisierte die Aktionen ‹Kaffeetrinken vor dem Raketendepot› und ‹Klassische Musik bis zur Räumung!› Auch er war in der Fachschaft des Instituts aktiv und plante jetzt eine mögliche Reise Richtung Tschernobyl und einen längeren Ferienaufenthalt strahlengeschädigter Kinder. Verbissen forschte er über Luhmann und die analytische Religionsphilosophie. Manchmal hatte Ruth den Eindruck, seine oft gehetzte Aktivität kaschiere nur seine Prüfungsangst, denn unterschwellig wurde das näher rückende Examen in den Gesprächen beherrschender, hing wie ein Damokles-Schwert über ihm. («Schwerter zu Pflugscharen!»)

«Ich habe ziemlichen Bammel vor den biblischen Fächern. Durch Griechisch und Hebräisch habe ich mich immer nur so durchgemogelt.»

Seit fünf Semestern lebten sie jetzt zusammen. Sie hatten sich nur sehr selten gestritten. In den Telefonaten mit ihren Eltern fiel häufig der Ausdruck «glücklich». Manchmal nervte es Ruth, dass Georg ihr nicht alles erzählte. Manchmal fehlte ihr etwas Zärtlichkeit. Er ließ sich verwöhnen und wurde immer fordernder. («Ich bin doch nicht deine Geisha!») Aber Ruth war sich ihrer Sache sicher.

Endlich. Das Geräusch, auf das sie gewartet hatte. Anne. Sie stand auf und schlich aus dem Zimmer. Sie wollte zuerst mit Anne reden. Es gab keinen Zweifel.

Georgs Blick erinnerte an die Schrecksekunde während des Völkerballspiels, als er erkannte, dass er keine Chance mehr hatte, sich zu ducken. Dann schaute er auf die Uhr, um sich zu vergewissern, dass es nicht der 1. April war. (Wenn Ruth ihm später diese Geste vorwarf, dann blödelte er: «Ich wollte mir nur merken, an welchem Tage ich Geschichte geschrieben habe. Und ich kann sagen, ich sei dabei gewesen.»)

«Aber wie ist dieser Gau passiert?»

«Süß, soll ich dir erklären, wie das funktioniert? Also die Biene …»

«Hör auf, Ruth, das ist kein Spaß.» Er rückte von ihr ab, als habe sie eine ansteckende Krankheit. «Ich dachte, du nimmst ganz zuverlässig die Pille.»

Wie er «zuverlässig» sagte! Als ginge es hier um ein Gruppenszenario, wo eine Person die ihr anvertraute Aufgabe nicht ordentlich erledigt hatte. Als sei Georg der große Supervisor. Der Fachschaftsguru. Unsinn. Er hatte sich nie um die Verhütung gekümmert. Nie. Und dann dieser Vorwurf. *Zuverlässig*. Anne hatte sie spontan in den Arm genommen und lange gewiegt. Ob Georg sich freue? Bereits diese Frage hatte Ruth beunruhigt. *Zuverlässig*.

«Ich hatte doch kürzlich eine Darmgrippe. Dann wirkt die Pille nicht. Danach muss es passiert sein.»

«Aber das gibt es doch gar nicht.»

«Hey, willst du sagen, dieser strahlende Liebhaber in jener Nacht sei dein Doppelgänger gewesen?»

Sie ärgerte sich über diesen krampfhaft lustigen Satz. Sie wollte nicht diskutieren. Sie wollte in den Arm genommen werden. Natürlich hätte sie Georg vorwerfen können, wie naiv chemiegläubig er sei. Er hege doch sonst an jeder Ecke einen großen Verdacht gegen hundertprozentige Sicherheit. Wie oft hatte er in Diskussionen Harrisburg und neuerdings Tschernobyl als Beispiel für die These herangezogen, man könne sich nicht mit letzter Sicherheit auf die wissenschaftlichen Errungenschaften (wie ironisch er immer dieses Wort betonte!) verlassen! Georg hätte doch auch einmal die Packungsbeilage der Pille lesen können. Dort stand es schwarz auf weiß. (Wie sie jetzt wusste.) Aber sie wollte nicht diskutieren. Einmal nicht. Hätte sie nur auf Anne gehört und Georg besser auf diese Situation eingestimmt! Anne hatte vorgeschlagen, die gute Nachricht während eines gemeinsamen Bades zu überbringen. Oder während eines schmusigen Candle-Light-Dinners. Oder während eines romantischen Abendspaziergangs. Aber Ruth hatte es beim Frühstück nicht mehr verheimlichen können. Ihr Mund hatte sich wie von selbst bewegt.

«In fünfzehn Monaten haben wir Examen.»

«Ich bin kein Elefant. In fünfzehn Monaten ist das Kind längst auf der Welt.» Ruth fand aus dem krampfhaften Jux-Jargon nicht heraus.

«Um den Dreh fahren wir in die Sowjetunion, wenn wir bis dahin genügend Medikamente und Klamotten gesammelt haben. Für diese Aktion planen und ackern wir schon seit Monaten. Das können wir doch jetzt nicht einfach sausen lassen. Ich habe das angeleiert, und an mir bleibt das auch kleben.»

«Familienväter bekommen sehr viel leichter eine Einreisegenehmigung. Und außerdem: Ich bin nicht schwer krank. Ich werde meinen Teil dazu beitragen. Und unser Kind kann sich sofort daran gewöhnen, dass es nicht der neue Mittelpunkt der ganzen Welt ist.»

Anne wollte gelesen haben, dass Kinder extrem musikalisch werden, wenn man sie als Föten bereits mit Musik beschallt. «Die geigen dann leichter.» Und wenn man ihnen die richtige Literatur vorläse, kämen sie gleich als Grüne auf die Welt. («Süße kleine Marsmenschen.») Und überhaupt müsse die Ernährung umgestellt werden. Noch weniger Fleisch, mehr Fisch, mehr Gemüse, viel Rote Beete. («Bitte, bitte, keine Roten Beete.»)

«Aber freust du dich denn gar nicht? Willst du das Kind nicht?»

«Doch doch, aber es kommt etwas überraschend.» Endlich nahm er Ruth in den Arm. Ein bisschen ungelenk. Ein bisschen verkrampft. Ein bisschen von schlechtem Gewissen getrieben.

«Das Examen, die Vikariatszeit. Da kommt noch viel auf uns zu. Sehr viel.» Er stockte kurz. «Und die Heirat natürlich.»

«Der Herr wollen mich ehelichen?»

«Doch, doch. Das ziehen wir jetzt auch durch.»

«Mein Gott, kannst du romantisch sein.»

Korrekt. Georg behandelte sie korrekt. Er begleitete sie regelmäßig zu den Vorsorgeuntersuchungen; interpretierte eingehend das erste Ultraschall-Foto (und entdeckte überall sich im Unendlichen verlierende Harnröhren);

ersetzte das wöchentliche Jogging durch die Teilnahme an der Schwangerschaftsgymnastik; machte Vorschläge für den Ablauf der kirchlichen Hochzeitsfeier; diskutierte erschöpfend die Gästeliste – so korrekt war Georg. (Oder sollte man schreiben: zuverlässig? Ein Wunder an Logistik? Fand er nicht auch noch die Zeit, um Ruths letzte Hausarbeit vor dem Examen kritisch und sehr scharfsinnig zu besprechen?)

Auf dem Kirchentag in Düsseldorf hatte Ruth in einem Workshop die Rede «Wir sind ein Teil der Erde» durchgearbeitet, die der Häuptling Seattle 1855 vor dem Präsidenten der Vereinigten Staaten von Amerika gehalten hatte, und euphoriegeschwängert hatte Ruth mit Professor Timm eine Hausarbeit zum Thema *Schöpfungsfrömmigkeit in den biblischen Weisheitstexten und der modernen Lyrik* abgesprochen. (Sie trug dieses Thema schon länger unter ihrem Herzen als ihr Kind. Timm hatte ihr eine Promotion in Aussicht gestellt. Als möglicher Doktorvater demonstrierte er in jeder Sprechstunde vorbildliche Begeisterung.) Leicht von der Hand ging ihr das Kapitel über eine neue Lektüre («Relecture heißt das jetzt vornehm französisch, Ruth») der biblischen Schöpfungsaussagen. Gerhard Liedkes ökologische Theologie *Im Bauch des Fisches*, Jürgen Moltmanns ökologische Schöpfungslehre *Gott in der Schöpfung* und Gerhard von Rads *Weisheit in Israel* schlachtete sie klug aus. Nächtelang beschäftigte sie sich mit der Naturlyrik Eichendorffs, um eine kritische Folie für die Arbeit an der modernen Lyrik zu erarbeiten. Und Ruth las und las.

Sie startete ihre Bestandsaufnahme mit Christoph

Meckels Gedicht «Beute»: *Bringt sie mir, tot / oder lebend, befahl ich, / und meine Jäger, heimkehrend / von langen Jagden aus allen Wäldern, / reichten mir tote Beute durchs Fenster ins Haus / bis sich mein Haus / mit Leibern unendlich füllte.*

«Verrückt ist, dass in der letzten Strophe der Jäger die Beute in die Wälder zurückschleppt. Verstehst du: Weil die Jagdlust zum Selbstzweck wurde, stellt der geläuterte Jäger den glücklichen Naturzusammenhang selbst wieder her.»

«Braver Jäger. Ganz brav. Aber das ist doch nicht zu Ende gedacht, wenn nur gegen die Verselbstständigung des Jagdtriebs angedichtet wird. Die Natur wird immer noch nicht als Subjekt thematisiert. Außerdem scheint mir die Selbstinterpretation deiner Poeten auch nicht ganz eindeutig. Was sind die Dichter, Mahner in Reinform, die gegen das Ende der Eulen, der Dronten, des Guacharo und anderer Piepmätze zu Felde ziehen? Das wäre nur Bund-Naturschutz-Lyrik. Oder sind sie leibhaftige Heilande. Ich möchte dann aber gerne wissen, wie das funktioniert. Sehr gerne.»

«Hier. Nimm Handke und lies mit. Dort wird es klarer. *Tretet in den Moment der aufgehenden Sonne, die euer Maß sein wird: nichts als ‹die Sonne und ihr›, und die Sonne euer Weiterwinker: die Sonne, sie hilft. Die Natur ist das einzige, was ich euch versprechen kann – das einzig stichhaltige Versprechen. In ihr ist nichts ‹aus›, wie in der bloßen Spielwelt, wo dann gefragt werden muß: ‹Und was jetzt?› Sie kann freilich weder Zufluchtsort noch Ausweg sein. Aber sie ist das Vorbild und gibt das Maß: dieses muß nur täglich genommen werden. Der gelbe Falter verherzlicht das Himmelsblau. Die Spitze des Baums ist die rechtmäßige Befreiungswaffe.* So geht das.»

«Der gelbe Falter verherzlicht das Himmelsblau. Das ist ja sehr reizend gesagt. Aber das sind doch nur leere Beschwörungsformeln. Wenn das alles so einfach wäre. Ich begreife auch nicht, woher Handkes NOVA ihre Legitimität herleitet, so zu reden. Bei den alten Propheten, Moment, lass mich mal ausreden, auch bei den Weisheitstexten war die Vollmacht geklärt, aber hier? Hier verkündet der Meister Handke, wie es gehen soll, aber diese Form der prophetischen Rede ist doch keine angemessene Übersetzung für die Sprache der Natur. Hier redet nicht die Natur zu uns, sondern hier tönt Meister Handke. Man müsste doch stärkere Metaphern einsetzen, um den Wandlungsprozess der Natur und ihre ganz eigene Sprache, also ihre Naturmusik zu beschreiben. Der gelbe Falter verherzlicht nur die poetische Ader von Handke, ist aber kein glückliches Bild, die Eigenwertigkeit der Natur auszudrücken. Verstehe mich nicht falsch. Ich habe viel weniger Lyrik gelesen als du, aber diese Stelle sagt mir gar nichts.»

«Geschenkt. Der Höhepunkt kommt auch erst jetzt. Meine Lieblingsautorin: die Bachmann. *Mit schlaftrunkenen Vögeln / und winddurchschossenen Bäumen / steht der Tag auf, und das Meer / leert einen schäumenden Becher auf ihn.* Hier hast du, was du suchst. Die Natur selbst zeigt sich in ihrer ganzen Lebendigkeit, und man spürt, was man verliert, wenn man so weiterwurschtelt wie bisher. Ich habe bei einem Interpreten gelesen, dass Bachmann sich hier auf den ‹Sonnengesang› des Franz von Assisi bezieht. Wusstest du das?»

«Wusste ich nicht. Aber die Stelle mit dem schäumenden Becher finde ich göttlich. Ein wirklicher Höhepunkt. Ich liebe diese Metapher. Meine süße kleine Ruth, meinst du nicht, wir sollten …»

«Pfoten weg, jetzt wird gearbeitet. Ich will noch einmal auf deine Meckel-Kritik zurückkommen. Wenn man die Jagd konsequent abschafft, dann wäre das doch weniger halbherzig?»

«Aber ich hätte jetzt mehr Lust auf schäumende Becher und ein kleines Halali.»

«Später. Also, ohne Jagd kein Fleisch. Also Vegetarier werden. Ich habe das auch schon mit Anne besprochen. Wir sollten auf unserer Hochzeit nur vegetarische Gerichte anbieten.»

«Hilfe, nein, Ruth. Die Grafschafter sind ein Volk von Fleischfressern. Unsere Verwandtschaft wird uns eigenhändig grillen, wenn es nichts zu beißen gibt.»

«Quatsch. Bei den Weihnachtsbäumen haben die sich auch solidarisiert. Mit einer Ausnahme.»

«Boing. Ich gebe mich geschlagen.»

«Also vegetarisch? Auch für deine Mutter?»

«Auch für meine Mutter. Aber jetzt möchte ich noch einmal auf die Bachmann-Metapher vom schäumenden Becher zurückkommen.»

«Ihr Männer seid doch schrecklich erpressbar. Arme, wirklich arme Geschöpfe. So einfach gestrickt.»

Das Gesicht Nordhorns hatte sich verändert. Die autovernarbte Hauptstraße war in eine babyglatte Fußgängerzone umgewandelt worden. Die Wohlstand verkündenden Schlote der Textilfabriken Povel und Nino rauchten nicht mehr. Im Stadtbild waren die Nino-Flex-Mäntel nahezu verschwunden. Auf dem verseuchten und teuer sanierten Povelgelände am Vechtesee entstand jetzt ein schmuckes Klein-Venedig. Viele alte Arbeiterhäuser in der Blanke waren neu verklinkert. (Die Häuser hatten eine neue Schürze bekommen, wie es dort hieß. Schöttelkleed. Maonk goan → Hinken; Bleckbiele → Choleriker; Fietsen → Fahrrad fahren. Das raue Sprachkleid des Nordens überstreifen.)

Ihr Elternhaus verströmte noch dasselbe Aroma. Dieser leicht herbe Geruch der Geranien, der Ruth bereits am Eingang, noch bevor sie das Wohnzimmer erreichte, wie ein Treueschwur umfing. Der altersschwache Golly führte einen minutenlangen Tanz auf, bis er sich erschlafft auf ihren Füßen hinlegte. Wie ein mutterwarmer Kuss. Die Cordgarnitur, die ihre Mutter täglich wegen der Hundehaare, wie sie behauptete, abgesaugt hatte, war durch Bauhaussessel und Bauhauscouch (Nachbau?) ersetzt worden. In einer Ecke stand eine filigrane Stehlampe. Das kiefernholzbillige Sideboard hatte einer Glasvitrine weichen müssen. «Gehobener Geschmacksmittelstand», wird Anne später kommentieren.

Britta, die seit einigen Semestern in Münster Geographie und Mathe studierte (hatte man damals eigentlich schon erkennen können, wie schön sie werden würde?), streichelte sanft Ruths Bauch. («Steht dir!») Ruth spürte, wie ihre Mutter nach Anzeichen fahndete, die ihr verrieten, ob sie ein Mädchen oder einen Jungen zur Welt bringen würde. (Spitzer Bauch: Mädchen; runder Bauch und breiter Hintern: Junge.) Offensichtlich hatte ihr Vater vor Aufregung feuchte Hände, weil es ihm nur mit viel Mühe gelang, die Sektflasche zu öffnen. (Welcher Sekt war damals eigentlich mit Linda-Bilderpunkten ausgezeichnet?)

«Also, dann herzlich willkommen. Ein Gläschen Sekt zur Feier des Tages.» Ihr Vater räusperte sich kurz. «Und weil du mich nun zum Opa machen wirst, hast du es dir wirklich verdient, mich endlich zu duzen. Ich heiße Arend. An dem Namen bin ich unschuldig.»

«Sie wissen ja noch, ich meine, *du* weißt ja noch, wie ich heiße.» Georg wechselte sofort in den Grafschafter Tonfall, als könne er in Sekundenbruchteilen die Uhr rückwärts laufen lassen.

Ihre Mutter stellte eine Schale mit Crackern auf den Tisch. «Ihr seid schon beim Du? Schön. Ich heiße Ingrid, Georg, und ich bin sehr friedfertig, aber wenn du meine Tochter nicht glücklich machst, dann lernst du mich kennen. Ich kann mich notfalls in eine Furie verwandeln.»

«Auf diese Erfahrung kann ich verzichten.» Georg stieß mit ihrer Mutter an. Beide lachten.

«Ihr wisst gar nicht, wie ich euch beneide. Diese ganzen Aktionen, die ihr auf die Beine gestellt habt! Ihr macht das ganz richtig. Ich habe damals lange überlegt, ob ich nicht auch zur Sitzblockade anreisen sollte, aber dann kamen doch eine Beerdigung und eine Hochzeit dazwischen.» Ruths Vater machte eine entschuldigende Handbewegung.

«Arend hätte damals selber gerne den Revoluzzer gemimt, wenn er nicht mit mir hier in Nordhorn festgesessen hätte.» Ruths Mutter schenkte noch einmal nach.

«Dann habe ich ja Gott sei Dank die Sache stellvertretend wieder gutgemacht. Und auch wenn das Kind da ist, machen wir unverdrossen weiter. Versprochen, Papa.» Ruth prostete ihrem Vater zu.

«Aber du musst dich doch schonen, Ruth. Du kannst doch mit dem Kind im Bauch nicht in diese strahlenverseuchte Sowjetunion reisen.»

«Beruhige dich, Mama, ich kümmere mich um den Austausch der Kinder.» Sie legte ihre Hand auf den warmen Unterarm ihrer Mutter.

«Und wenn die noch anstecken?»

«Du meinst, ob sie abstrahlen?» Britta prustete los.

«Wir haben das alles mit Medizinern durchgecheckt. Da kann nichts passieren», beruhigte Ruth ihre Mutter.

«Sagt mal, der Gollwitzer, wird der eigentlich noch an der Uni viel gelesen?»

Diese Frage ihres Vaters hatte Ruth schon seit Jahren erwartet. «Jetzt musst du ganz tapfer sein, Papa. Gollwitzer wird an der Uni nicht nur nicht viel, sondern gar nicht gelesen. Gollwitzer und Sölle sind eher Untergrundtheologen, über die die anderen Professoren die Nase rümpfen. In Workshops ja, und auf dem Kirchentag und in den Friedensgruppen haben sie einen guten Ruf. Die Nachtgebete von der Sölle kennt zwar jeder, man sollte sie aber in den Seminararbeiten allenfalls zurückhaltend zitieren.»

Ihr Vater nickte. «Hab ich mir beinahe gedacht, dass Gollwitzer bei den Kollegen schief angesehen wird.»

«Hört mal, mir brennt noch etwas unter den Nägeln.» Alle drehten sich zur Mutter um. Ruth schaute leicht irritiert. Diese Ankündigungsrhetorik weckte alte Ängste in ihr. «Ich habe wirklich nichts gegen die vegetarische Küche. Das müsst ihr mir glauben. Die vegetarische Küche kann ganz schmackhaft sein. Für viele fraglos gewöhnungsbedürftig. Ich habe mich umgehört und mit einigen, die kommen werden, gesprochen. Die finden das etwas überzogen. Einer, ich will keinen Namen nennen, hat sogar von Diktatur gesprochen.»

«Der hat es nun wirklich nötig.»

«Britta, bitte. Wie wäre es denn, wenn wir gegen zwölf einige Platten mit kaltem Braten und Hähnchenschlegel servieren?»

Ruth pustete die Backen auf. Georg, der bisher immer nur gelächelt und genickt hatte wie jemand, der soeben neu in einen Kreis von Auserwählten aufgenommen worden war, sagte: «Das ist ein toller Kompromiss, Ingrid.»

Ruth biss sich auf die Unterlippe und lächelte gequält. Die Farbe ihrer Augen wurde kurzzeitig stumpf.

Sie hätte schwören können, dass sie sieben und nicht acht Schneekugeln besitzt. Sie zählte noch einmal durch. Eins, zwei (diese Kugel mit der Jahrmarktsszene war ein Tröstergeschenk, weil sie wegen einer Mandelentzündung auf eine Klassenfahrt verzichten musste, war sie damals neun, vielleicht zehn?), drei, vier, fünf, sechs, sieben (der Weihnachtsmann mit den Rentieren war ihre Seligkeitskugel), acht. Tatsächlich acht. Sie schüttelte alle Kugeln, als würde sie ein leises Glockenspiel aufführen. Seit sechs Jahren hatte diese Kugeln niemand mehr sehnsüchtig in die Hand genommen, sondern nur flüchtig und oberflächlich abgestaubt. Sie hatte Mitleid mit ihren Kugeln und schüttelte jede so lange, bis sie handwarm war.

Bernd-Heinz' Stimme klang sehr viel fester als früher. Er glich jetzt bis in die Gesten hinein seinem Vater. Wenn Ruth als Kind auf dem Behandlungsstuhl gesessen hatte, dann hatte er mit beiden Händen ihre kleine Rechte umschlossen und sie kurz angeblinzelt. Als Bernd-Heinz gestern Nachmittag ihre vom Schütteln schon müde Glückwunschhand in seine Hände bettete und sie anblinzelte, hätte sie beinahe den Mund weit aufgerissen, um ihre Zähne kontrollieren zu lassen. Endlich, griente Bernd-Heinz, sei es auch ihm vergönnt, allen Frauen gegen Bezahlung in den Mund langen zu dürfen.

Sie erinnerte sich nicht mehr. Hatte sie damals ihre Bücher wieder einsortiert, nachdem Georg vor ihr nach Heidelberg geflohen war? Oder hatte das ihre Mutter getan? Sie blätterte in den Liebesgeschichten von Adolf Muschg. Der Sommer, den Georg in den USA verbrachte. Als sie mit Henny häufig ins Schwimmbad fuhr.

Henny spielte die Unzufriedene. Sie hasste, wie sie Ruth gleich nach der Begrüßung mitteilte, ihren Job in einem Reisebüro. Immer nur die sonnenhungrigen Augen der käsigen Grafschafter. Immer nur Mallorca, Teneriffa oder Kreta. Immer nur Halbpension. Immer nur drei Sterne. Allenfalls eine Bahnfahrt zweiter Klasse in den Süden. Sie habe noch nicht einen einzigen Flug nach Südamerika gebucht. Nur nach Thailand. Wie der sie angeglotzt habe, da sei ihr sofort alles klar gewesen. Zum Kotzen.

Wirklich zum Kotzen. Und jetzt habe ihr Vermieter auch noch Eigenbedarf angemeldet.

Warum roch die Wäsche ihrer Mutter so himmlisch nach frischem Brot? Ruth hatte vieles ausprobiert. Weichspüler, bevor sie auf Annes schwarzer Liste landeten, Seifen, die sie zwischen die Betten legte, getrocknete Blumen und Gräser, aber der Geruch erinnerte sie nie an zu Hause. Sie hatte immer wieder ihre Mutter fragen wollen, aber es tausendmal vergessen. Wahrscheinlich würde sie morgen früh auch wieder vergessen, danach zu fragen.

Geert war ganz der Alte. Sein ovales Gesicht mit dem energischen Kinn harmonierte noch immer nicht mit seiner bedächtigen und träumerischen Art. Offensichtlich täuschten sich die Frauen konsequent in seiner Erscheinung. Die Frauen, bei denen er Glück hatte, suchten einen Draufgänger. Den gab er beim besten Willen nicht her. Wenn Ruth wieder frei wäre, würde er sich bewerben. Das würde mit ihnen funktionieren, da sei er sich sicher. Und sie müsse auch nie in seiner Anwaltskanzlei mitarbeiten, großes Ehrenwort. Als sie Döörmekaar zwischen zehn und elf Uhr wiederauferstehen ließen, trommelte Geert so einfühlsam, als wollte er nachträglich eine Bewerbungs-Kassette bei Ruth abliefern. (Georg patzte mehrfach.)

Die Stirnwand ihres Zimmers diente als Museum ihrer kurzen Aquarellphase. Ihre «Oma Nordhorn» hatte ihr zum zehnten Geburtstag einen Aquarellkasten geschenkt. Das Uelsener Rathaus, die Mühle in Gildehaus, die Nordhorner Kirche, das Bentheimer Schloss, die Emlichheimer Vechtenbrücke, das Lager Teehaus, der Schüttorfer Marktplatz, der Neuenhauser Bahnhof.

Ruth bestimmte Anne und Georg seine Mutter zu Trauzeugen. Anne erinnerte Ruth an einen Minister, als sie getragen feierlich die Urkunde unterschrieb. Nach der Zeremonie auf dem Standesamt schenkte Anne ihr ein Buch von Manon Andreas-Grisebach: Die Philosophie der Grünen. Weil sie Stil besitze, habe sie einen Aufnahmeantrag bei den Grünen nicht beigelegt. Ruth und Anne hatten sich lange in den Armen gelegen.

Im Schrank fand sie ihre alte Blockflöte. Sie hatte das Blockflötespielen gehasst, aber ihre Mutter hatte auf dieser Grundausbildung bestanden. Erst Blockflöte, dann Geige. Das Mundstück war angebissen, als habe sie häufig ihre Wut daran abreagiert.

Ihre Mutter hatte während der ganzen Feier wie eine Zuschauerin im Theater gewirkt, die sich lange nicht entscheiden kann, ob ihr das Schauspiel gefällt, nach dem ersten Vorhang dann aber abrupt aufsteht. Die Braut im geliehenen weißen Kleid mit deutlich sichtbarem Bauch agierte überdreht, der Bräutigam im schlecht sitzenden Anzug ungelenk. Der Hochzeitsspruch aus Johannes «Ihr sollt Leben die Fülle haben» wirkte angesichts von Ruths Bauch wie ein ungewollter Spottvers. Ihr Mann chargierte übermotiviert mit zu lauter Stimme und zu pathetischen Gesten. Nur während des Ringetausches hatte sie vor Rührung feuchte Augen bekommen. Das Essen nannte sie phantasievoll, so wie man ein Bühnenbild phantasievoll nennt.

Das Fenster klemmte. Es hatte schon immer geklemmt. Sie musste mit aller Kraft ziehen, bis es sich öffnete. Sie wolle viele Kinder, hatte sie zu Georg gesagt, so viele, bis sie eine eigene Partei gründen könnten. Georg hatte nur gelacht, sie auf den Schoß gehoben und Hoppe Hoppe Reiter gespielt. Sie hatte das lustig gefunden. Georg war kichernd eingeschlafen. Hoppe Hoppe Reiter. Sie war jetzt erwachsen. Sie atmete tief ein und blies mit aller Kraft ihre Jugend aus dem Zimmer hinaus.

Sie spürte wieder deutliche Kindsbewegungen.

In Heidelberg druckte Ruth fünfundvierzig Gewissensbriefe und dreißig Bettelbriefe aus. Bereits vor zwei Wochen hatte sie dreißig Gewissensbriefe und zwanzig Bettelbriefe losgeschickt. Der Rücklauf war niederschmetternd. Nur drei Familien erklärten sich bereit, strahlengeschädigte Kinder aus Tschernobyl für zwei Ferienwochen aufzunehmen. Ein Ehepaar sah sich leider nur in der Lage, wie der Mann telefonisch erklärte, ein Kind für «eine Woche unterzustellen.» Bei der Lektüre eines Briefes, den ein alleinstehender Mann geschrieben hatte, bekam Ruth ein mulmiges Gefühl. («Schreib du ihm eine freundliche Absage», schlug Georg vor. «Warum immer ich?») Die Bettelbriefe waren erfolgreicher. Ein Spediteur versprach, kostenlos nach Tschernobyl zu fahren und sich um die notwendigen Papiere zu kümmern. («Hoffentlich schmuggelt der nicht süße Waffensysteme mit rüber», argwöhnte Anne.) Ein Sanitätshaus spendete zwei (gebrauchte) Rollstühle; eine pharmazeutische Fabrik eine Palette Schmerzmittel; viele Privatfamilien spendeten Decken, Betten und Spielzeug.

Sie spürte wieder deutliche Kindsbewegungen.

Ruth kuvertierte die Briefe und trug sie zur Post. Die Blicke der Passanten waren eindeutig. Hatte vor vier Wochen noch Zweifel in den Blicken gewohnt, so war jetzt jeder Zweifel aus den Blicken gewichen. Es amüsierte sie, wenn sie merkte, dass jemand wie gebannt auf ihren Bauch schaute. Sie bewegte sich jetzt mit der Sicherheit einer erwachsenen Frau, die weiß, was sie will. Sie stieg in die Straßenbahn ein. Ein älterer Mann stand auf und bot ihr einen Platz an. Das wollte sie nicht.

Sie traf Georg in der Mensa. Neben ihm saß Katrin. Ruth war ein klein wenig stolz, dass sie Katrin sofort wiedererkannte, denn Katrin änderte ihr Aussehen ständig: mal Vamp, mal Groupie, mal Nina-Hagen-Verschnitt, mal höhere Tochter, sie imitierte i-Tüpfelchengerecht die Klischees der Studiengänge, wirkte wie die leibhaftige Theologin, die kanzleiimprägnierte Juristin, die collegeschuhteure Kunstgeschichtlerin, die über jeden Ekel erhabene Medizinstudentin mit dem teuren Blazer. («Allein die Batterie der Schuhkartons in ihrer Wohnung wirkt so, als habe sie einen konkursreifen Schuhladen aufgekauft. Das kannst du dir nicht vorstellen, Ruth.»)

Katrin begrüßte Ruth auf ihre Art.

«Das Fräulein Mutter sucht einen Vater?»

Katrin machte immer alles und jeden nieder. Ruth fragte sich schon länger, warum ausgerechnet Katrin sich an der Tschernobyl-Reise beteiligen wollte. Ruth lachte anlehnungsbedürftig.

«Und was macht dein Heimholungswerk, Ruth? Wie viele kleine Kinder stehen denn auf deiner Liste?»

Ruth ekelte sich vor dem Kohlgeruch. Und Ruth spürte, wie ihr Katrins Runtermache die Laune verdarb. Dieser hinterhältige und überlegene Tonfall. Warum konnte die sich alles leisten? Warum hatte eigentlich noch niemand dieser Katrin den Mensafraß ins Gesicht geschleudert?

«Ich hoffe, ihr ladet nur verstrahlte deutschstämmige Kinder ein?»

Warum lachte Georg so blöd großkotzig? Es fuchste sie, dass er Katrins Arroganz auch noch belohnte. Warum sagte er nichts? Merkte er nicht, dass sie ihn auch vorführte?

«Du hast doch ein so großes Herz, könntest du nicht fünfzehn dieser süßen Kinder aufnehmen? Oder möchtest du doch lieber hundert Paar Schuhe spenden? Welches Opfer bringst du? Und welches ist das größere Opfer?», fragte Ruth zuckersüß.

«Hey Georg, sag mal, ist heute Muttertag oder warum ist deine runde Ruth so schlecht gelaunt?»

Ruth entdeckte Fleischreste zwischen Georgs Zähnen. Sie musste sich noch auf das Seminar für Kirchengeschichte vorbereiten. Sie musste noch mit Anne zu einer Podiumsdiskussion. Sie musste noch eine Seite aus dem Römerbrief übersetzen. Und sie musste sich das hier nicht antun.

«Ich kann den Essensgeruch nicht vertragen. Mir wird ganz schlecht. Und ihr habt sicherlich noch zu tun. Es wäre ganz nett, wenn ihr die in der ESG abgegebenen Sachen in Katrins Schuhkartons packt. Meinen Segen habt ihr jedenfalls.»

Sie stand auf und ging. Ihr schief gezogener Mund sollte Georg signalisieren, dass sie sich ärgerte. Der aber lachte nur.

Sie spürte wieder deutliche Kindsbewegungen.

Sie fuhr kurz zusammen, als sie aus dem Flur Brittas Stimme hörte, die mit ihrer Mutter telefonierte. Noch immer der gleiche Tonfall, nuschelnd, ungeduldig, eine Spur bockig, das rollende Grafschafter R. Sie wusste, was jetzt passierte. Die Intervalle, in denen Britta schwieg, wurden größer und die Antworten einsilbiger: «Der Zug war auf die Minute pünktlich.» «Die Wohnung ist sehr geräumig.» «Lief alles völlig problemlos.» «Sag ich ihr.» «Mach ich.» «Versprochen.» Ruth war sich sicher, dass Britta in diesem Augenblick zum ersten Mal die Augen verdrehte, eine Begabung, die ihre Mutter stets animierte, ihre Sermone noch etwas in die Länge zu ziehen, bis Britta resignierte und mit geschlossenen Augen stumm nickte. Es war unheimlich, wie diese Szene alte Verhaltensmuster aktivierte, auch wenn ihre Mutter Brittas Augendrehen gar nicht sehen konnte: «Sag Mama, wir müssen endlich los!», rief sie in den Flur, um Britta zu erlösen.

Sie hatte sich auf Britta gefreut. Gemeinsam kochen. Wein. Kerzen. In Erinnerungen schwelgen. Die kleinen Narben der Vergangenheit weglasern. Für Augenblicke in die Kindheit zurücktauchen. Gericht halten über die Eltern. Die Stimme des Vaters imitieren. Den Augen-Nasen-Mund-Dialekt der Mutter nachspielen. Großzügig verzeihen. «Hätte uns schlimmer treffen können. Vor allem bei Papa.»

Aber an diesem Freitagabend fand das Fest der ESG

statt. Samstagmorgen die lange (wirklich lange) geplante Flugblattaktion in der Fußgängerzone. (Sie könnte Britta in das Café Journal oder ins Kino abschieben.) Samstagnachmittag Vorbereitung eines Konzertes an der Thing-Stätte. (Ein herrlicher Ort für einen Spaziergang.) Abends dann ein Vortrag bei den Grünen. (Sie war bei Anne im Wort. Und ein bisschen politische Bildung konnte Britta durchaus noch vertragen.) Sonntagmorgen der Uni-Gottesdienst mit Berger. Ein Muss. Danach Brunch in der ESG. Um 14 Uhr ging Brittas Zug. Bis dahin blieb noch genügend Zeit. Aber jetzt musste sie endlich Britta loseisen. «Sag Mama, dass wir auf heißen Kohlen sitzen. Wir kommen zu spät. Sie hasst es doch auch, wenn man zu spät irgendwo aufkreuzt.»

Als sie in den Flur trat, blies Britta die Backen auf und verdrehte gespielt die Augen.

Hochsprung, Weitsprung, Hammelsprung, Blasensprung.

Wie schnell das Fett in der Pfanne auf der Gasfeuerstelle schmolz. Wenn sie sich früher in Nordhorn Rühreier briet, dauerte es eine halbe Ewigkeit, bis das Fett goldbraun verlaufen war und sie endlich die mit dem Schneebesen schaumig geschlagenen Eier in die Pfanne kippen konnte. Wie sie das Brutzeln und Zischen liebte. Sie schlug drei Eier auf. Ihre Mutter kaufte ihre Eier auf dem Markt. Jede Woche zehn braune Eier. Immer nur zehn braune Eier. In Ruths Arbeitszimmer stand das kleine Kinderbett, das sie bei IKEA gekauft hatten. Wenn sie früher krank gewesen war, dann durfte sie bei ihren Eltern in der «Besucherritze» des Doppelbettes – wie ihre

Mutter sagte – schlafen. Der gewächshauswarme Geruch ihres Vaters schlug besser an als jede Medizin. Georg und Ruth hatten keine Besucherritze. Georg hatte das Einzelbett in seinem Zimmer behalten. (Deshalb hörte er häufig nicht, wenn Maike nachts schrie.)

Eine Prise Salz. «Was ist eine Prise Salz, Mama?» «Die Menge, die zwischen Daumen und Zeigefinger passt.» Ihre Mutter weigerte sich umzuziehen, obwohl der Landessuperintendent auf einen Pfarrstellenwechsel drängte. Ihr Garten. Ihr Aerobic-Kurs. Ihr Freundeskreis. Weder Schüttorf noch Bentheim, geschweige denn Gildehaus kamen in Frage, höchstens Uelsen. Aber die Pastorenstelle dort war erst vor kurzem neu besetzt worden. Die endlosen Pausen, die ihre Mutter während dieser Gespräche einlegte. Wie ihr Vater nervös auf dem Stuhl hin- und herrutschte. Der lange Nachhall eines Wortes wie «Neuanfang». Wie dieses Wort langsam in den Ritzen der Sitzmöbel verschwand. Neuanfang. Als ihre Mutter ihr das Angebot machte, zur Entbindung anzureisen, schlug Ruth sie mit ihren eigenen Waffen. Das kurze Knistern in der Leitung, dann der nachgeschobene Hinweis auf ihre beengten Wohnverhältnisse. Sie suchte im Kühlschrank nach Schinkenresten. Tristesse. Dirk war letzte Woche nach Amerika geflogen, und der neue Einkaufsplan funktionierte noch nicht, weil Anne auf einem Parteitag hockte und Georg Richtung Tschernobyl aufgebrochen war.

«Kneif schön zusammen, bis ich wieder da bin.»

Pause.

«Ruth, es tut mir Leid, aber ich kann jetzt nicht mehr abspringen.»

Pause.

«Uns beiden war klar, dass es terminlich eng werden würde.»

Pause.

«Lade doch deine Mutter zu uns ein. Mein Zimmer und das Zimmer von Dirk stehen frei.»

«Erstens kommt nächste Woche unser Pflegekind und zweitens ist mir meine Mutter zu hektisch. Die macht mich total nervös mit ihrem Getue. Außerdem bin ich auch nicht mit meiner Mutter verheiratet. Aber mach du dir bloß keine Sorgen. Ich schaffe das schon. Reise du ganz beruhigt mit dieser Katrin zu Mütterchen Russland.»

«Jetzt bist du ungerecht. Das ist keine Kreuzfahrt. Das ist harte Arbeit.»

Pause.

Pause.

Sie kippt die Eier in das heiße Fett. Das brutzelnde Geräusch von tausend zerplatzenden Bläschen.

Hochsprung, Weitsprung, Hammelsprung, Blasensprung.

Ruth spürte ein leichtes Ziehen, wie sie es während der Schwangerschaft schon tausendmal gespürt hatte. Mit einiger Verwunderung registrierte sie, dass ihre Beine nass wurden. Aus der Schwangerschaftsberatung wusste sie, dass sie Ruhe bewahren konnte. Sie zog die Pfanne von der Feuerstelle, schaltete den Herd aus und ging zur Toilette. «Sei nicht zimperlich», ermahnte sie ihre Mutter, wenn sie zum Zahnarzt musste. Und Ruth war nicht zimperlich. Sie wartete, bis das Fruchtwasser weniger wurde, wischte die Fruchtwasserspur von der Küche zum Bad weg, zog sich um und rief ein Taxi. Ob sie alleine sei, fragte sie der Taxifahrer, als er ihr die Reisetasche abnahm und ihr in den Wagen helfen wollte.

«Ich schaffe das schon», sagte Ruth mit Nachdruck. «Ich bin nicht zimperlich.»

Siebtes Stoßgebet

Mein Gott, warum? Ich beteuere meine Unschuld. Ich habe alles versucht. Was wirft man mir also vor? (Ich hatte allenfalls schlechte Berater.)

Ich bin keine Heulsuse. Das nun wirklich nicht. Ich kann kämpfen. Mit allen zur Verfügung stehenden Mitteln. Ja. Ich habe Georg auch mit dem Bett milde erpresst! Gleich am Hochzeitstag. Ich sagte ihm, als wir uns in meinem Zimmer umzogen: «Wenn du mir noch einmal in den Rücken fällst und dich an einem Hähnchenschlegel vergreifst, kannst du die Hochzeitsnacht vergessen.» Und wen traf ich ganz entspannt um ein Uhr mit meiner Mutter am Buffet parlieren? **Meinen Gatten.** Als würden sie Brüderschaft essen. «Mach dich nicht lächerlich, Ruth, ich konnte doch nicht deiner Mutter einen Korb geben, als sie sich bei mir einhakte und mich zum Buffet abschleppte. Ich konnte da nicht mehr zurück.» (Wenn ich nur an diese spießigen Serviettenrüschen denke, die um die Füße der Hähnchenschlegel gewickelt waren! Mit der Hochzeitsnacht ist das dann wirklich nichts geworden. Vielleicht hätte er mich noch rumgekriegt, aber er war gegen fünf Uhr so abgefüllt, dass nichts mehr lief.)

Ich habe in der Hochzeitsnacht nicht eine Minute geschlafen. Das war meine erste durchwachte Nacht. Dann folgten drei rosige Jahre. Aber wahrscheinlich habe ich mir diese drei Jahre auch nur rosagelogen. Das war meine größte Stärke. Der protestantische Urinstinkt. **Ich bin die Perfektionistin des ROSALÜGENS. Die evangelische Johanna des Kreißsaals. Das Monster protestantischer Leidensfähigkeit. Pressen. Pressen. Erpressen.**

Man muss sich das vorstellen: Der Herr spielte mit Katreinerle Blindekuh in Russland, und ich lag im Kreißsaal und presste mir die Augen blutig. Die Pumps-Katrin schrillte rum, und mein Georg hatte nur noch Augen für ihr Fahrgestell. (Süßes altes Wort: Fahrgestell. Gut, Ruth.) **Stöckelstorch.** Gott sei Dank habe ich ein Mädchen entbunden. Wirklich **Gott sei Dank**. An dem Tag, als ich aus dem Krankenhaus entlassen wurde, hat der Herr Erzeuger dann endlich angerufen. «Das waren wirklich katastrophale Telefonverbindungen in Russland. Das musst du verstehen.» «Aber natürlich, mein Schatz.» Säusel. Säusel. «Es war doch für einen guten Zweck.»

Das musst du doch glauben und verstehen. Sein und Sinn des Russlandfeldzuges. Die Protestantische Substanz der Katrinbeglückung. Von Angesicht zu Angesicht reinschlagen. Katrin als Geheimnis der russischen Welt. Die Wahrheit der Begegnung. Das Wesen des Alleingebärens. Mut zum Schweinsein. Kubistische Dogmatik.

Ich hatte damals die Nase voll. Ich hatte damals wirklich die Nase gestrichen voll. Ich war wütend. Verletzt. Beleidigt. (Aber ich habe meistens nur in meinem Kopf revoltiert.)

Meine Mutter sagte damals, mein Ärger sei nur der Hormonabfall nach der Geburt. Alles ganz normal.

Der Molke-Blues

Graue-Maus-Städte erlangen manchmal eine traurige Berühmtheit, weil das Gedächtnis bei der Nennung des Namens Tragödien und Skandale erinnert, die diesen Städten anhängen wie ein Fluch oder wie Hautausschlag. Das Grubenunglück von Lengerich. Die LKW-Tragödie von Herborn. Oder eben Molke-Lingen. Die Geisterfahrt eines Zuges mit verstrahlter Molke, der schließlich im Lingener Atomkraftwerk Asyl erhält. Ein Minister, der vor laufenden Kameras verstrahlte Molke löffelt und den Strahlemaxe gibt. «Halbsoschlimm. Alleshalbsoschlimm. Wirklichalleshalbsoschlimm.» Als Ruth mit klammen Fingern das Einschreiben öffnete, das ihnen mitteilte, wo sie ihre Vikariatszeit verbringen mussten («Bitte, bitte nicht Ostfriesland!», stammelte Ruth), murmelten beide synchron, als sie den Namen lasen: Molke-Lingen. Beide schwiegen kurz, weil sie in Gedanken das Für und Wider abwogen. Ruth rechnete: nicht Ostfriesland (+), Nähe zu Nordhorn = Nähe zur Oma (+); alte Bekanntschaften auffrischen (+); Menschenschlag kennen (+); Nähe zu den Müttern (+/–); Atomkraftwerk (–, –, –).

«Hätte uns übler treffen können. Jetzt haben wir die Chance, Maike öfter bei deiner oder meiner Mutter unterzustellen.»

Da Georg diesen Punkt als ersten nannte, ärgerte sie sich, dass sie daran auch gedacht hatte. Wie oft hatte sie sich beklagt, dass Georg sie nicht öfter entlastete, dabei war es Georg, der hochoffiziell wegen Maike das Examen um ein Semester verschob. Nicht ein einziges Mal hatte Georg die Krabbelgruppe geleitet. Immer hatte er seine Griechisch-Schwäche vorgeschoben. Die Kinderarztbesuche blieben oft an ihr hängen. Und dass durch die Pampers der Mülleimerdienst überproportional anstieg, fand Georg tatsächlich diskussionswürdig. Maike unterstellen! Leider gab die Examensnote Georg Recht. Sie bestand ihr Examen mit Bravour, aber Georg schaffte es nur wegen glänzender schriftlicher und mündlicher Leistungen in seinen Lieblingsfächern. Die Prüfer im Alten Testament und im Neuen Testament gaben ihm, wie sie sagten, einen Gnadenvierer. Als er Ruth nach der Prüfung in die Arme fiel, lachte er vor schierer Erleichterung. «Meine Übersetzungen hätten mich beinahe reingeritten, trotz deiner Flüsterpropaganda. Ich habe den totalen Dusel gehabt. Nie wieder Griechisch. Nie wieder Hebräisch. Nie wieder Latein. Jetzt beginnt das Leben.»

Ruth blies so stark in ihren dampfenden Tee, bis eine kleine Welle überschwappte. «Dann bekommt Maike endlich ein eigenes Zimmer.»

Seine leicht gekräuselte Oberlippe, die signalisierte, dass er sich nicht bereits jetzt auf die Zimmervergabe einlassen wollte. «Wenn ich parallel zum Vikariat an meiner Promotion schreiben will, dann benötige ich unbedingt ein eigenes Arbeitszimmer.»

Seit Wochen sprach Georg nur von seiner Promotion. Dabei hatte Ruth viel früher einen Doktorvater gefunden. Sie strich den Brief glatt, so wie früher ihre Mutter immer einen wichtigen Brief glatt strich, bevor sie ihn abheftete. Von ihr hatte Ruth auch den Zwang geerbt, bei Diskussionen immer etwas anfassen zu müssen. Glatt streichen. Glätten. Und dabei saß sie kerzengerade. Schielte höchstens mal kurz zu Georg hinüber. Wartete, dass Georg etwas sagen würde. Tauchte ab in ihren dunklen Bereich.

«Nächste Woche, wenn wir den Umzug hinter uns haben, dann stellen wir Maike bei deiner oder bei meiner Mutter unter und gönnen uns mal etwas.»

Ruth filterte den Satz und behielt übrig: Wir gönnen uns etwas. «Gib mir bitte das Wischtuch. Ich habe gekleckert. Und was sollen wir uns gönnen?»

«Wir könnten in den Harz fahren.»

«Harz?»

«Wenn bereits Schnee liegt, fahren wir Ski oder jagen Hexen. Und auf dem Rückweg machen wir einen Abstecher nach Bielefeld.»

«Bielefeld?»

«Dort arbeitet doch Luhmann. Dass du dir das nicht merken kannst!» Georg verzog den Mund. Er wusste nicht, wo ihm der Kopf stand, und seine Frau dachte nie mit, sollte diese Miene signalisieren. «Wenn ich über Luhmann schreibe, dann muss ich ihn auch während seiner Sprechstunden aufsuchen. Außerdem macht das gar keinen Umweg.»

Macht keinen Umweg. Hatte sie nicht noch neulich in einem Gedicht gelesen, das ganze Leben sei ein Umweg? Wie umwegig darf das Leben sein?

Ruth schaute in die Runde. Seitdem sie wusste, dass sie

ausziehen würden, sah sie ihr Zimmer mit ganz anderen Augen. Es war die Karikatur eines Zimmers, zugestellt mit Schreibtisch, überquellenden Bücherregalen, Wickelkommode, Schrank und Bett. Sie hatte kaum Luft zum Atmen. Und Maike brauchte ein eigenes Zimmer. Nicht diese Spielwüste mit den Legosteinen unter dem Bett. Sie freute sich auf den Umzug.

Ruths Mund bildete ein Oval, als würde sie die Stille küssen.

Wenn Maike einen bestimmten Gesichtsausdruck hatte – die linke Augenbraue hochzog und den Mund spitzte (nein, das sah wirklich nicht niedlich aus!) und sogar wie Ruths Mutter schmatzte, als würde sie ein Bonbon lutschen –, dann gab sie kund, dass ihr etwas nicht passte, dann glaubte Ruth ihrer verpuppten Mutter gegenüber zu sitzen, obwohl Maike die braunen Locken von Georg geerbt hatte. Unweigerlich schaute Ruth an sich hinunter, forschte nach Fuseln auf dem Talar, nestelte an dem Beffchen.

«Du musst keine Angst haben. Ich ziehe dieses schreckliche Ding bald wieder aus.»

Maike musterte sie distanziert. Ruth hätte sie gerne auf den Arm genommen, wäre ausgelassen mit ihr durchs Zimmer getanzt, so wie sie es häufig tat, wollte aber nicht riskieren, dass der Talar verknitterte.

«Komm, wir suchen Oma und Opa.»

Ihr Vater hatte einen Kloß im Hals und machte hilflose Gesten. «Morbus Zacharias», flüsterte er.

Ihre Mutter knotete noch einmal das Beffchen neu.

«Wenn die Schleifenenden unter dem Kragen hervorblitzen, sieht das aus, als ob du eine Schlinge um den Hals hättest.»

Ihre Mutter trug ein graues Kostüm. Ruth fiel auf, dass sie noch immer eine attraktive Frau war.

«Dass Georg ausgerechnet an diesem Wochenende nach Bielefeld reisen musste. Papa hatte sich für seine Predigt vor zwei Wochen auch frei genommen, und du weißt, wie schwierig das ist.»

Endlich der Vorwurf. «Ich finde das ja auch schade. Aber es ließ sich wirklich nicht anders lösen. Georg kann froh sein, dass er überhaupt einen Termin bei Luhmann bekommen hat. Die Sprechstunden sind immer hoffnungslos überlaufen.»

«Arbeitet der Herr Professor auch am Sonntag?», fragte ihre Mutter spitz.

Sie gingen die wenigen Schritte zur nahen Kirche. Es sah beinahe so aus, als würde Maike mit ihren noch tapsigen Schritten («Du konntest in Maikes Alter schon sehr viel besser laufen!») ihren Großvater hinter sich herziehen.

Ihr Vater drückte ihr kurz die Hand. Während des ganzen Gottesdienstes blieb er unsicher, ob er Ruth anschauen (aber er wollte sie nicht verunsichern) oder den Blick wie absichtslos umherschweifen lassen sollte (aber er wollte auch keine Langeweile signalisieren).

Ruth wählte eine Mischung aus bekannten und unbekannten Liedern. Sie verlas ihr Lieblingsgedicht von Ingeborg Bachmann. Bevor sie mit der Predigt begann, wechselte mit sie mit ihrem Vater einen kurzen Blick.

«Liebe Gemeinde.

Als ich darüber brütete, welcher Text hier am Anfang meines Dienstes in der Gemeinde stehen könnte, kam mir die Idee, mit dem Anfang der Bibel anzufangen. Logisch. Mit dem Anfang anfangen. Bücher schlägt man vorne auf. Genesis eins also. Es ist einer meiner Lieblingstexte. Genesis eins ist die vielleicht schönste Dichtung der Weltliteratur. Sie müssen Dichtung hier wörtlich verstehen, als Verdichtung der ganzen Schöpfung in einem poetischen Text. Genesis eins ist ein Gedicht, liebe Gemeinde, keine wissenschaftliche Welterklärung. Das wurde oft missverstanden. Vielleicht werden jetzt einige von Ihnen ängstlich, andere vielleicht sogar triumphierend sagen: Also nur ein Gedicht! Nein. Sie müssen das Wort anders betonen: Ein Gedicht. *Wenn Sie im Alltag etwas rückhaltlos loben wollen, ohne Reserve, dann sagen Sie auch: Es war ein Gedicht! Das Mittagessen etwa. Der herrliche Nachtisch am Sonntagmittag. «Dein Schokoladenpudding war wieder ein Gedicht!» Und dann strahlt der Koch oder die Köchin. Ein schöneres Lob kann man nicht einheimsen. So verhält es sich auch mit dem Schöpfungsgedicht. Es ist ein Gedicht! Sogar* das *Gedicht schlechthin. Ein Gedicht in sieben Strophen bringt das ganze Rundherum in eine überschaubare Ordnung und gliedert zugleich die Zeit in Arbeits- und Ruhephasen. Ich lese Ihnen noch einmal dieses Gedicht vor, damit Sie es in Ruhe genießen können.»*

Ruth sprach mit einer Sicherheit, die überraschen musste. Als ob sie seit Jahren nichts anderes gemacht hätte. Man merkte ihr die Anstrengung nicht an. Kein Predigt-Singsang. Kein Zetern.

«Und was haben wir aus dem Gedicht gemacht, liebe Ge-

meinde? Wir haben uns über dieses Gedicht lustig gemacht, so wie wir uns früher über Gedichte in der Schule lustig gemacht haben. Nur wenige von Ihnen kennen wahrscheinlich noch die Langform von Schillers ‹Glocke›, aber die Kurzform, die kennt jeder: ‹Loch in die Erde, Bronze drin, Glocke fertig, bim, bim, bim.›

Wir haben uns auch über das himmlische Gedicht lustig gemacht und Raubbau an der Natur und an dem natürlichen Rhythmus unserer Lebenszeit, den das Gedicht einfängt, betrieben. Unsere Gewässer sind umgekippt, der Wald teilweise entlaubt, das Wild verstrahlt, und jetzt soll den Familien auch noch der Sonntag geraubt werden.»

Ihr Vater saß entspannt in der Kirchenbank und ging im Klang ihrer Stimme spazieren. Ihre Mutter nahm Maike auf den Schoß und stillte sie mit Pfefferminz.

«*Wenn Sie nach dem Gottesdienst nach draußen gehen, dann können Sie dieses Gedicht erfahren, besser noch erlaufen. Sie können das Gedicht erlaufen. Unverdient. Einfach wunderbar. Ich wünschen Ihnen bei diesem herrlichen Wetter eine Erfahrung der Nähe Gottes in der Natur. Amen.»*

Ruths Eltern und Maike mussten vor der Kirche lange auf ihre Tochter warten, weil eine ältere Kirchenbesucherin ihr fehlerfrei *Die Glocke* von Schiller aufgesagt hatte.

Das dunkle Arbeitszimmer ihres Mentors war nicht mitgewachsen. Strahlte den Charme eines Schulfilms von der Kreisbildstelle aus. (Herrliche Geschichtsstunden!) Die Bücherregale hatten sich aus Platznot wie in einer Bibliothek aufgebaut und starrten sich gegenseitig an. Der

Schreibtisch druckste in einer Ecke herum. Zwei Ledersessel schmollten in der Nähe der Tür und wirkten ermattet von den aufdringlichen Besuchen ihres Besitzers. Ruth ekelte sich vor fetten Menschen, aber ihr Mentor war eigentlich nicht fett, eher teigig, unsportlich, bindegewebsschwach. Das Kinn versackte häufig im Doppelkinn, der tulpenförmige Körper schien, wenn er aufstehen wollte, mit aller Macht am Leder festzubacken, gestikulierte er, dann zitterte der ganze Körper nach. Er war der typische Ernte-23-Raucher-Typ.

«Sie haben beneidenswert viel Talent, Frau Jordan-Brink. Ich bin wirklich froh, Sie hier zu haben. Es ist eine Wohltat zu spüren, wenn jemand so wie Sie voll und ganz hinter einer Sache steht.» Er räusperte sich kurz. «Sie sind auch sehr viel weniger verkopft als Ihr Mann. Wie soll ich sagen, nicht so abgehoben. Man hört Ihnen gerne zu, sehr gerne sogar.»

Dieses Lob machte sie glücklich, weil es ehrlich klang. Egal, was ihr Mentor jetzt noch an Kritik nachschieben würde.

Die Schuhe ihres Mentors waren ungeputzt und verrieten Ruth, dass er noch vor wenigen Minuten mit seinem Hund draußen Gassi gegangen war. Diese kleine Entdeckung amüsierte sie. Ihr Mentor, den alle Gemeindeglieder Pastor Bebenburg nannten, obwohl er Bebenburg-Hesselink hieß, rührte im Tee, als verberge sich der Text auf dem Boden der Tasse.

«Ich will nicht um den heißen Brei herumreden. Das AKW ist und bleibt das Schibboleth unserer Gemeinde. Ich habe nicht selten die Befürchtung gehabt, dass diese

Fabrik unsere Gemeinde spaltet, wenn Sie mir das kleine Sprachspiel erlauben.» Er lächelte entschuldigend, als habe er den müden Witz schon hundertmal erzählt. «Es gibt erbitterte Gegner in unserer Gemeinde, aber eben auch etliche, die dort direkt oder indirekt beschäftigt sind. Nach dieser unseligen Molkegeschichte hat hier beinahe ein Bürgerkrieg getobt. Besonders die Laufkundschaft verhielt sich den Stammkunden gegenüber extrem aggressiv. Die Rituale der gegenseitigen Demütigung! Schrecklich.»

Diese kleine resignative Geste, mit der ihr Mentor nur kurz die linke Hand hob und dann sofort müde aufs Knie klatschen ließ.

«Ich habe inzwischen ein Gespür dafür, wann und durch wen der immer schwelende Konflikt wieder angefacht wird. Frau Jordan-Brink, Sie haben diese Aura, um andere mitzureißen. Erweckung gehört ja in der Tat zu unserem Geschäft, aber momentan bin ich dankbar dafür, dass die Diskussionen wieder etwas einschlafen und die Laufkundschaft zu den Parteien gewechselt ist.»

Diese weiche, sanfte Art, die signalisierte, dass man auf Verständnis traf, aber vor allem auch Verständnis zeigen musste. Hier waren sehr verfeinerte Strategien gefragt, gebogene Linien, die langen Serpentinen der Vervollkommnung. Ruth spürte körperlich die Signale, die ihr Gegenüber aussandte. Kein letztes Gefecht. Zuversicht und die kleinen tausend Schritte. Bewegende, aber nicht verletzende Worte. Der Marsch in Birkenstock-Schuhen. Nicht Molkepaste essen, aber in Molke baden. Ihr Mentor musterte sie nicht skeptisch, sondern mit sichtbarer

Sympathie. Sie spürte, wenn sie noch etwas schwieg, dann würde er ihr noch weiter entgegenkommen. Das verständnisvolle Nicken. Wie gut, dass sie alleine waren. Georg brächte diese Geduld nicht auf. Und Anne erst, die jetzt den Kohlenpott begrünte.

«Sie haben das sehr vornehm gemacht in der Predigt, Frau Jordan-Brink. Jeder hat verstanden, was Sie meinten. Und alle konnten damit leben.»

Ruth fiel auf, dass ihr Mentor sie beim Namen nannte, wenn er sie lobte. Sie wünschte sich, während der nächsten zwei Jahre noch häufig ihren Namen zu hören.

«Und nun zu Ihren Vorschlägen. Ein Frauenhaus scheint mir ein sehr mächtiges Projekt zu sein. Ich möchte Ihnen das natürlich nicht ausreden, aber sowohl finanziell, räumlich, personell und zeitlich würde uns das Projekt überfordern. Sparen Sie sich diese Idee für ihre Pastorenstelle auf.»

Ruth schwieg. Sie wusste, dass ihr Mentor ihr nicht alles abschlagen würde.

«Die Idee einer gewaltfreien Lichterkette, um das Atomkraftwerk symbolisch zu besetzen, ist mir zu martialisch. Ich hasse, wirklich hasse auch die Fackelzüge an Sankt Martin.»

Ruth schwieg. Es war für eine kurze Zeit sehr still im Raum.

«Aber Ihre Idee, den Austausch mit strahlengeschädigten Kindern aus Tschernobyl auch hier voranzutreiben, finde ich sehr sympathisch. Das ist eine humane Geste, die nicht aggressiv wirkt. Da können sich die anderen sogar noch damit brüsten, dass unsere Technik sicherer sei.

Ich werde Sie auf jeden Fall in dieser Frage voll und ganz unterstützen.»

Ruth lächelte. Das kurze Feuer in ihren Augen. Wie sollte sie ihre Technik taufen?

«Ich denke, wir werden prima miteinander auskommen, Herr Bebenburg-Hesselink.»

Pastor Bebenburg-Hesselink lobte sie mindestens einmal im Monat über den grünen Klee.

Wenn sie abends zusammen aßen, dann legte sie neuerdings häufiger eine Platte mit klassischer Musik auf. (Niemals Mozart. Sie fand Mozart zu glatt, zu seicht, zu süßlich.) Die Unart, auch beim Essen zu lesen, hatte sie Georg nur mit Mühe abtrainiert. Warum musste er auch über den Autor forschen, der, wie Anne sagte, die Tinte nicht halten konnte. Mindestens ein Glas Wein benötigte er, bis er aus der Lektüre aufgetaucht und bei ihr angekommen war. So lange tanzten noch die Buchstaben vor seinen Augen. Manchmal Tango. Manchmal Walzer. Manchmal auch Rock 'n' Roll.

«Kommst du mit deiner Promotion voran?»

«Luhmann schreibt schneller, als ich lesen kann.»

Ruth schenkte nach. (Die letzte Flasche des Rotweins, den Anne zur Antrittspredigt geschickt hatte.) Ruth wartete, ob Georg sie fragen würde, wie ihre Pläne aussähen. Aber Georg rührte das Thema nicht an. Nur einmal hatte er gesagt, «Kind + Promotion + Vikariat × 2», das ginge nicht. Offensichtlich hatten Zahlen für ihn etwas Endgültiges. Darüber musste man nicht diskutieren. Rechnen konnte jeder.

«Ruth, könntest du mich vielleicht in zwei Wochen auf der Gemeindefreizeit vertreten? Wir planen ein Treffen mit unserer Tschernobylgruppe. Wir überlegen, ob es sinnvoll wäre, nächstes Jahr die Tour zu wiederholen.»

«Du triffst dich also mit Katrin?»

«Sei nicht spießig.»

Sie schwieg. Legte eine demonstrative Pause ein. «Aber *du* gehst zu Bebenburg-Hesselink und erzählst ihm das. Und *du* bringst Maike zu meiner Mutter. Und *du* sparst an anderer Stelle das Geld ein. Maike braucht einen neuen Buggy.»

«Sei nicht so aggressiv. Du kannst dich ganz auf mich verlassen», sagte Georg mit einer Stimme, die die Samtigkeit des Weins gespeichert hatte.

Ruth ging in die Küche, um den Nachtisch zu holen. Herrenspeise. Vanillepudding + Rum + Blockschokolade. Jetzt dachte sie auch schon in diesen stumpfsinnigen Grundrechenarten. Auf dem Tisch in der Küche lag ein Brief von Anne. Sie hatte bisher keine Zeit gefunden, ihn zu lesen. Sie blieb auf der Türschwelle kurz stehen. Georg drehte sich eine Zigarette. Sogar auf seine Zigaretten war sie neidisch, seit sie wegen Maike mit dem Rauchen aufgehört hatte. Wenn er ihr jetzt eine Zigarette anbieten würde. Wenn sie jetzt zusammen rauchten. Wenn er sich eine Nacht in ihr verkriechen würde. Die Rituale der Nähe. Kein zynisches Gerede von ehelicher Pflicht. Warum hatte sie das mit Katrin gesagt? War sie eifersüchtig? Hatte sie Grund dazu? Sie stellte den Nachtisch auf ihren leeren Teller. Nippte am Wein.

«Maike hat noch niemanden zum Spielen gefunden.»

«Und wenn du eine Kindergruppe gründest? Es wird auch in Lingen Einzelkinder geben.»

«Ich möchte kein Einzelkind. Das werden irgendwann Konsummonster.»

«Was willst du damit sagen?»

«Rate mal.»

Georg lehnte sich zurück. Ruth sah ihm an, welche Strategie er wählen würde. «Du hast wirklich Recht, Ruth. Ein Einzelkind aufzuziehen, ist eine latente Form von Kindesmisshandlung. Aber du bist erst siebenundzwanzig. Wenn deine biologische Uhr ticken würde, dann ja. Aber wir haben alle Zeit der Welt. Es ist vernünftig, dass wir während der nächsten Jahre andere Prioritäten setzen. Das Vikariat, das zweite Examen, meine Promotion.»

«Pudding?»

«Mhm. Sieht gut aus.» Registrierte Georg nicht, wie ihre Mundwinkel langsam absackten?

«Vielleicht hätte ich weniger Arbeit mit Maike, wenn sie mit einem Hund spielen könnte.»

Georg stand auf und tat etwas für Ruth Überraschendes. Er kam um den Tisch herum, hockte sich vor Ruth hin und nahm ihre Hände. «Möchte Maike einen Hund oder meine Ruth?» Als ob ihr Vater mit ihr reden würde. Als ob sie ein kleines Kind wäre.

«Beide.»

«Und wer geht mit ihm Gassi? Und wer saugt die Haare weg? Und wer steht nachts auf, bis er stubenrein ist?»

Hier wurde auf Knien verhandelt. Hier war keine Ausflucht mehr in Sicht. Keine Eltern, die ihr die Pflichten morgens abnehmen würden. Er kniete vor ihr, um ihr zu bedeuten, dass er ein großes Herz, aber keine Minute Zeit habe. Und sie fühlte sich überfordert.

«Vielleicht könnte ich erst einmal den Hund von Bebenburgs in Pflege nehmen, wenn die in Urlaub fahren.»

Er drückte ihre Hände. «Das ist eine super Idee. Dann bist du auch nicht alleine, wenn ich zwei Wochen nach Heidelberg zum Recherchieren fahre.»

Diese Feigheit, mit der er seine Absichten immer nur tröpfchenweise und mit Verspätung preisgab! Warum stieß sie ihn nicht zurück? Warum drückte sie im Gegenteil seine Hände und sagte: «Laß uns über den Nachtisch herfallen. Er hat es verdient.»

Sie verfluchte ihr Sternzeichen, ihre Anlagen, ihre Nachsichtigkeit. Und sie verfluchte diesen Herrenpudding. Sie verspürte nicht die geringste Lust, ihn runterzuschlucken. Augen zu und durch.

Alleshalbsoschlimm.

«Wie trägst du jetzt deine Haare?», fragte Ruth.

«Ich bin wieder auf den längeren Pagenschnitt umgestiegen, weil der pflegeleichter ist. Aber mein Liebster hat mir aus New York so einen irre grünen Seidenfummel mitgebracht. Den habe ich kürzlich auf einer Dekanatssitzung angezogen. Daraufhin hat einer ‹Madame Bovary› geflötet. Der sah ganz süß und lecker aus.»

«Hey, hey. Lass das bloß nicht Dirk hören.»

«Du bist nicht Dirk, du hast Schweigepflicht, und spechten ist nicht verboten. Sag: Würde ich dich denn überhaupt noch wiedererkennen? Oder bist du inzwischen zur Vollblutmutter mutiert? Bist du jetzt eine Art EG-Musterkuh?»

«Witzig. Ich bin wirklich perfekt. Ich habe die perfekte Figur. Den perfekten Busen. Die perfekten Beine. Die beste Haltung. Das reizendste Kind des Erdballs. Ich bin ja sooo glücklich.»

«Hört sich richtig aufregend an. Wenn jetzt November wäre, würde ich die Feuerwehr rufen.»

«Ach, Anne! Manchmal denke ich, das AKW um die Ecke verstrahlt mir mein Gemüt. Ich bin unausgeglichen, flunschig, ungerecht. Ich verstehe ja, dass Georg an seiner blöden Promotion schreiben will. Aber er wälzt dann doch irre viel auf mich ab. Und manchmal stösst mir dann alles sauer auf. Und jetzt trifft er sich wieder mit dieser Katrin. Diese dumme Kuh habe ich noch nie leiden können. Du kennst die doch, oder?»

«Hm. Ich glaube schon.»

«Gestern Nacht habe ich mir vorgestellt, wie Georg es mit dieser Katrin gerade unter der Dusche treibt, und ich liege hier im Bett, und da ist keiner, der mich streichelt. Verrückt, oder?»

«Aber wir Frauen können uns doch selbst helfen, wir brauchen doch keinen kleinen Mann. Erzähl mir mal genauer, an wen du dabei gedacht hast.»

«Witzig, lenk nicht ab. Kennst du diese Katrin? Das ist so ein Verwandlungswunder. Wahrscheinlich wählt die ihre BH-Größe nach dem Sonnenstand. Hast du Katrin mal mit Georg in Heidelberg gesehen?»

«Flüchtig.»

«Ich bin wirklich nicht spießig. Aber ich bekomme diese Bilder nicht aus dem Kopf. Wenn ich abends einen Film sehe, dann besetze ich immer die Hauptrollen mit Georg und dieser Katrin. Und immer nestelt die an Georg rum. Das geht schon seit Tagen so. Ich will dann auch nicht dort anrufen. Er hat mir zwar eine Nummer für den Notfall gegeben. Aber ich habe ihn nie erreicht. Nicht ein einziges Mal. Du hast nicht zufällig die beiden in Heidelberg damals turteln sehen?»

«Komm Ruth, lass diese Eifersuchtskacke. Sag mir lieber: Wie geht's deiner schnuckeligen Maike?»

«Lenk nicht ab. Du weißt also was. Anne, bitte, sag mir, ob da was ist.»

«Ach, Ruth. Du bist meine beste Freundin. Aber die besten Freundinnen können auch zum Fluch werden.»

«Nuschel nicht so. Sag schon.»

«Ich würde gerne …»

«Anne, bitte.»

«Ja, ich glaube, die hatten wirklich immer wieder mal was miteinander. Aber nichts wirklich Ernstes. Er kannte sie, bevor wir damals nach Heidelberg umgezogen sind. Und er hat sich trotzdem für dich entschieden. Also!»

«Rede weiter.»

«Du weißt das doch selbst. Georg will immer alles. Die sichere Bank. Und das Exotische.»

«Ich glaube es nicht.»

«Du wolltest es hören.»

«Ja.»

«Das ist nur Sex. Rein raus. Rein raus. Rein raus. Fertig.»

«Ja.»

«Im Lastwagen Indianer spielen. Das ist doch pubertär.»

«Ja.»

«Wenn er aus der Pubertät raus ist und er sich müde gevögelt hat, ist ihm das selbst peinlich.»

«Meinst du?»

«Ja.»

«Ich blöde Tussi erfahre es natürlich erst jetzt. Und meine liebe Freundin hat auch süß geschwiegen. Richtig nett.»

«Entschuldige, Ruth. Ich habe bestimmt tausendmal überlegt, ob ich dir was stecke. Aber du warst schwanger. Dann kam Maike. Das wäre noch viel schlimmer für dich und das Kind gewesen, wenn es große Szenen gegeben hätte.»

«Danke für die Rücksicht. Und was soll ich deiner Meinung nach jetzt tun?»

«Ein Bad nehmen, ein Glas Wein trinken, ein fettiges Buch lesen und mich später noch mal anrufen. Hallo? Ruth, bist du noch da?»

«Ja.»

«Soll ich die Feuerwehr rufen?»

«Nein, danke. Ich bin nicht pubertär.»

Herbstgewitter, Stahlgewitter, Papiergewitter.

Als Georg die Tür (Eiche) ins Schloss fallen ließ, stand er im Regen. Papierblitze zuckten. Einmal. Zweimal. Dreimal. Er wurde am Kopf getroffen. Knall und Einschlag waren zeitlich nicht zu unterscheiden. Dann das Einsetzen der rieselnden Papiertropfen. Lächerlich spät ging Georg in Deckung. Nass vom Getippten starrte er Ruth entgeistert an. Schüttelte sich wie ein Hund und watete durch die Papierfluten. Schubste Ruth zurück.

«Bist du völlig übergeschnappt? Was ist denn los mit dir? Das ist meine Diss! Tickst du nicht sauber?»

Ruth stieß ihn zur Seite und pflügte mit ihren Füßen durch die Papiere, so wie sie früher im Herbst durch den Blätterwald gepflügt war. Georg griff nach ihrem Pullover und drückte sie gegen die Tür, als würde er einen Verbrecher stellen. «Sag mir, was los ist. Sofort.»

«Wenn du mich nicht augenblicklich loslässt, dann passiert gleich ein Unglück.» Ruth schlug mit dem Hinterkopf gegen die Tür.

Ganz vorsichtig lockerte Georg den Griff. Ihre vor Wut verweinten und halb zugekniffenen Augen. «Du spielst den Weltretter, lässt mich mit allem Scheiß alleine und vögelst mit dieser Katrin rum. Ich hasse dich. Ich hasse dich.» Sie trommelte mit beiden Fäusten gegen seine Brust. «Ich hasse dich.»

Georg ging demonstrativ nicht in Deckung und wartete, bis Ruth erschöpft eine Pause machte.

«Lüg nicht, ich weiß alles», zischte sie. Scharlachrote Flecken am Hals.

«Dann weißt du ja auch, dass es nichts Ernstes ist.»

«Nichts Ernstes! Na Klasse! Nur rein raus, rein raus, rein raus. Hechel, hechel, fertig, ja? Beinahe so wie pinkeln, ja? Meinst du das?»

«Du bist vulgär.»

Diese unglaubliche Kunst, Vorwürfe in Sekundenbruchteilen umzudrehen. Sie stieß ihn von sich, hockte sich hin und riss wahllos einige Seiten kaputt, steckte sich Schnipsel in den Mund und spuckte sie in seine Richtung.

«*Du* bist vulgär.»

«*Du* bist vulgär.»

Wie ein Streit zwischen Kindern.

«Das sind Kinkerlitzchen, Ruth. Diese Geschichten ändern nichts zwischen uns. Du bist und bleibst meine einzige Frau.» Dieser Satz klang zynisch jovial.

«Geschichten, ja? Plural!» Ruth lachte hysterisch. «Plural. Pluralis Majestatis. Wenigstens bist du endlich ehrlich. Aber ich bin keine öffentliche Frau, und ich will auch keinen öffentlichen Mann, kapierst du das?»

«Und ich will keine Spießerehe. Ich habe dir niemals versprochen, dass ich keine anderen Frauen mehr anschaue. Du machst unsere Geschichte kaputt durch dein spießiges Besitzdenken. Das kotzt mich an, damit du es weißt.» Georg schleuderte eine Vase gegen die Wand. «Das kotzt mich an. Ja, du bist immer perfekt. Perfekt. Perfekt. Ich will gar nicht perfekt sein. Ich schaffe es nicht, perfekt zu sein. Ich brauche Luft zum Leben. Ich halte das alles, diesen Job und überhaupt alles, sonst nicht mehr aus.»

«Luft kannst du haben.» Im Zimmer nebenan weinte Maike. Ruth angelte sich ihren Mantel vom Haken. «Die kannst du haben. Du bist ab sofort Luft für mich. Du bist für mich gestorben, du Blanke-Monster.» Sie griff sich das Telefonbuch und schleuderte es in Georgs Richtung. Georg duckte sich. Das Telefonbuch knallte gegen das Bücherregal. Das Schlagen der Wohnungstür.

«Ich mache es wieder gut», schrie Georg ihr hinterher.
Herbstgewitter, Stahlgewitter, Papiergewitter.

«Es geht mich wirklich nichts an …»

Heilige Wehmut. Abschiedsreden. Ob Mütter und Väter das ideale Mittel gegen Kummer sind. Ob Eltern als Kummerkästen taugen. Ihre Mutter war nicht rund genug, um sich an ihr anzulehnen. Zu knochig. Zu eckig. Frisch gepresster Orangensaft. Ja. Ihre geliebten Rouladen. Kummerrollen. Kummerspeck. Ja. Helgoländer Fischpfanne. Ja. (Mit frischem Dill. Till. Thrill.) Die das-habe-ich-immer-gewusst-Augenbraue. Und die Hähnchenschlegel auf der Hochzeit? Stehempfang. Empfangen in Unschuld. Heilige Jungfrau. Maria Stuart. Maria Magdalena. Marie Antoinette. Maria Callas. Maria Montessori. Maria Theresia. Rainer Maria Rilke. Du musst dein Leben ändern. Augenzuunddurch. Augenzuunddurch? Augenzuunddurch. Das ewige Mäkeln an ihrer Handschrift. Buchstaben müssen sich neigen. Sind vornehm. Deine sind bockig. Die Liebesentzugsspirale. Ihr Seidentuchtick. Wie Emailleschildchen auf Spazierstöcken. Drei aus Jerusalem. Zwei aus Tel Aviv. Wie Diabilder auf dem Rücken. Ihr Vater litt. Sah Ruth und litt. Ganz Schmerzensmann. Schaute ihr lange ins Gesicht. Nickte nur. Der Allesversteher. Ein paar Sätze wie ein brummender Lautsprecher. Zeltmission. Dann klingelte es an der Tür. Sprechstunde. Fragen Sie Herrn Pastor Jordan. Kummerkasten. Wäschetrommel. Weichspüler. Das entschuldigende, ungelenke Schulterzucken. Seit wann so schüttere Haare. Erschütternd. Alles hat seine Zeit. Zeit.

Bingleichwiederbeidir. Undhabeunendlichviel Zeitfürdich. Wirmüsseanin Ruhespazierengehen. Und Golly war tot. Sie vermisste die Haare auf der Hose. Die Spuren von Leben. Die Staubsaugertyrannei ihrer Mutter. Morgens. Mittags. Abends. Die ekeligen Fussel-Kleberollen. Lassdichnichtimmerablecken. Dasistfies. Fiese Matenten. Gollys treuer Blick. Treue. Treue. Treue. Wo war er beerdigt worden. Im Garten. Unter Geranien. Immerhin. Nicht gelitten. Spritze vom Tierarzt. Sanft eingeschlafen. Wie ihre Mutter sanft sagte. Kommen Hunde in den Himmel? Eine rein theoretische Frage. Und sie hatte keinen Hund. Schwein. Dieses Schwein. Morgen würde sie einen Hund kaufen. Morgen. Einen riesigen. Einen Riesenschnauzer. Schnauze voll. Hauptsache groß. Erinnerte sich an Gollys Wärme. Die körnige Zunge. Dampfender Hundehaufen. Idyllenscheiße, hätte Georg gesagt. Frentjens Kuhle. Fetter Nebel. Gute Ratschläge sind teuer. Du bist mir teuer. Rheumatisches Pfeifen. Kurschatten. Schattenlunge. Hasse Kuren ohne Ingrid. Nicht schwächeln. Sie ist so stark. Nicht schwächeln. Wenn ich sie betrogen hätte. Hätte mich wochenlang totgeliebt. Bis ich ganz Schlappschwanz. Verekelt am Manna. Ha. Ha. Wir sind alle Kinder Israels. Das hohe Lied von Liebe und Leid. Verzeihen können. Verzieren können? Verzuckern können? Wie maßlos versüßter Tee? Schwäche riechen. Maike. Immer wieder Maike. Maike als Roulade. Maike als stinkender Kitt. Waren wir früher Kitt? Billy the Kid. Lass die Witze. Ja. Promotionsopfer. Totensonntag. Erpressermasse. Gollwitzer. Pappenheimer. Er kommt wirklich aus Pappenheim. Echt? Ja. Liebe und Heimweh. Heimweh. Heimweh. Weh. Du musst was essen. Kummerrollen. Geht Mutterliebe durch den Magen? Die sieben heiligen Zutaten beim Endiviensalat. Zitrone. Zucker. Salz. Pfeffer. Livio-Öl. Senf. Dill. Proust-Erlebnis. Lospreusten. Der erste Lacher. Weil ihrer Mutter die sieben Sachen nicht einfallen. Kommt dreimal bis sechs. Zieht blass ab. Blass ab. Georgs Wünsche. Telefonitis mit Anne. Wenn jetzt einer stirbt, erreicht er nicht den Herrn Pastor. Sollen die Toten ihre Toten begraben. Auge um Auge, Zahn um Zahn. Luhmann becircen. Racheengel. Rachefick. Das wäre ein finaler Tritt. Glaube. Hoffnung. Liebe. Hoffnung. Zwei Wochen in der Scheiße sitzen lassen. Bis er Gülle ist. Johanniskraut. Kleine Fluchten. Kannst immer kommen. Jederzeit. Jedermann. Jederfrau. Öffentliche Frau. Tödliche Spiralen. Spiralnebel. Knötchen in der Brust. Gutartig. Gutartiger Mama-CA. Mama-CIA. Schon immer alles früher gewusst. Blanke. Blitze Blanke. Ingrid. Bitte. **IN**g**RI**d. Mutter führt Gott im Namen. Oder Pilatus. Den ersten christlichen Schriftsteller. INRI. Hände in Unschuld. Wenn dich der Hund geleckt hat, Händewaschen. Würmer. Staupe. Tollwut. Wut. Wut. Du musst mehr essen. Lebkuchen. Leb! Kuchen leb! Bei Kräften bleiben. Stark sein. Seelenschwindsucht. Suchtseele. Schweinebucht. Britta macht kleinen Kummer. Komkommer. Alte Gurke. Sucht Stelle. Suchtstelle? Meine haben. Nicht undankbar. Zeit. Wunden. Heilen. Narben. Zeige mir deine Wunden. Lebenserfahrung. Leseerfahrung. Erst am Anfang. Danebengegriffen. Vater hat neuen Computer. Dreihundertfünfzig Predigten auf Festplatte. (Hähnchenschlegel. Sie denkt bei Festplatte an Hähnchenschlegel.) Jeden Tag predigen. Gardinenpredigt. Die mit der Goldkante. Kante machen. Der Anruf. Die Anrufung. Die Anrufung des Schweinepriesters.

«Ruth, Telefon. Maike.»

Advent, Advent, ein Lichtlein brennt. Erst eins, dann zwei, dann drei, dann vier …

Die Tür ging auf. Ruth schwebte in ihrer neuen Daunenjacke herein und landete auf einem Duftkissen. Georg hatte zusammen mit Maike die Wohnung geschmückt, obwohl erst in zwei Wochen der Advent begann. Maikes aus buntem Krepppapier gebastelte Gliederkette hing von der Lampe herab. Dazu Strohsterne die Fülle. Offensichtlich verstand sich Georg neuerdings auch darauf, das Bügeleisen zu bedienen. Er hatte einen ganzen Strohballen platt gewalzt, denn überall entdeckte Ruth Strohsterne in phantasievollen Variationen, als wollte Georg den Überfluss der Formen an einem Gegenstand demonstrieren. Ein Lichtermeer aus Kerzen. Ein gekaufter und ein gebastelter Adventskalender. Der Geruch von selbst gebrautem Punsch. Ein flacher, nicht ganz aufgegangener Christstollen. (Georg war also nicht metapherngläubig, das machte ihn sympathisch.) Ein kreischender Engel.

«Mama, Mama. Ich habe ganz viel gemalt. Ich will mit zu Oma und Opa.»

Wie lange konnte sie Maike in die Arme schließen, ohne Georg anschauen zu müssen? Eine Drehung. Noch eine Drehung. Und noch eine Drehung. Sie spürte, wie Georg auf das Karussell aufsprang und sich mitdrehte.

Seine Stimme drang in ihr Ohr. Warum konnte man die Ohren nicht wie Mund und Augen verschließen? Sie hätte sich am liebsten immer weitergedreht.

«Hallo, Ruth. Wie schön, dass du wieder zurück bist. Wir beide haben dich vermisst. Gib mir deine Jacke und setz dich. Ich habe eine kleine Überraschung für dich.» Die Unsicherheit in Georgs Stimme tat ihr gut.

«Hört sich nach einem neuen Geheimnis an.»

Seit wann nahm Georg ihr die Jacke ab («Ist die neu? Steht dir gut.»)? Gehörte das nicht zum oft belächelten Bürgerspieß? Konnte sie das nicht selbst? Und warum ließ sie es sich jetzt gefallen?

«Rate mal. Du kommst nicht drauf.»

«Ein süßer kleiner Welpe für die einsamen Nächte?» Diese Sätze passten nicht zum Weihnachtsschmus, aber sie dachte nein, nein, nein. Er sollte leiden. Sollte sich schlecht fühlen. Sollte sich demütigen.

«Falsch. Das mit dem Hund hatten wir doch geklärt, Ruth. Nein, etwas ganz anderes.» Die Kaltschnäuzigkeit, noch in dieser Situation Wünsche zu beerdigen.

«Mach's nicht so spannend.»

Georg ging zur Stereoanlage. Der Turm sah größer aus. Wie ein halbfertig aufgestocktes Hochhaus. Er kniete sich hin, drehte sich noch einmal schmerzlich langsam um, drückte dann auf eine Taste und wartete mit gesenktem Kopf. Erste Takte einer leisen Musik. Dann eine Stimme. Die Stimme. *Mit schlaftrunkenen Vögeln / und winddurchschossenen Bäumen / steht der Tag auf, und das Meer / leert einen schäumenden Becher auf ihn.* Die Stimme rührte etwas in ihr an. Später würde sie Anne ins Telefon etwas von erhebenden Gefühlen stammeln. Das war das Flüstern ihrer inneren Stimme. Ihre Nerven. Ihre Empfindung. Ihre Gesten. Sie war wirklich ganz gegenwärtig. SIE. Oder sie. Das machte keinen Unterschied bei diesem Advent. Wo war hier oben, wo unten? Die Stimme wohnte in ihr und verschmolz mit ihr. War ihr innerlicher Norden. *Die Flüsse wallen ans große Wasser, / und das Land legt Liebesversprechen / der reinen Luft in den Mund / mit frischen Blumen.* Sogar Maike lauschte.

Nach dem Gedicht drückte Georg erneut auf eine Taste, und eine kleine Lade fuhr aus. Er nahm mit beiden Händen vorsichtig die CD heraus, stand auf und kam an den Tisch.

«Die erste CD mit allen Bachmann-Gedichten», flüsterte er und reichte Ruth die CD. «Einige von ihr selbst gelesen. Und einen CD-Player habe ich uns auch gegönnt. War sündhaft teuer.» Ungläubig musterte Ruth diese runde Scheibe, schaute kurz zu Georg hoch und küsste dann die CD, wie sie früher ihre Seligkeitsdinge geküßt hatte, legte die CD erneut in die Lade und drückte auf den Startknopf. Dann endlich fiel sie Georg um den Hals.

Als beide in dieser Nacht miteinander schliefen, spürte Ruth die Umarmung als Umschließung. Sie spürte, wie ihre Kraft zurückkehrte. Sie spürte, wie sie sich auf die nächste Woche mit den Austauschkindern aus der Ukraine freute. Sie spürte, wie sie der Konfirmandenfreizeit mit ihrem Mentor entgegenfieberte. Sie spürte auch keine Angst vor dem zweiten Examen. Sie spürte schließlich nur Georg und sich. Ununterschieden. Ganz vermischt. Sie schluckte in dieser Nacht den ganzen Frust und die Molke mit Wollust hinunter.

Alleshalbsoschlimm. Alleshalbsoschlimm. Alleshalbsoschlimm.

Wirklichalleshalbsoschlimm.

Achtes Stoßgebet

*Mein **Gott!** Ich spreche mich nicht schuldig. Ich gehe nicht in Staub und Asche. Ich nicht.* **Ich verlange Gerechtigkeit.**

Alleshalbsoschlimm.Alleshalbsoschlimm.Wirklichalleshalbsoschlimm.

Seit Stunden kontrolliere ich jetzt diesen Monitor & sonne mich in seinem fiebrig flackernden Schein. Komme mir vor, als wäre ich Statist in einer billigen Arzt-Soap. Dieser albern herumhopsende Punkt. Das soll Georgs **Herzschlag** sein? Lächerlich. Das Gerät lügt. Georgs Herz hat die Konsistenz eines uralten Goudas. Durch diese harte und dicke Schale dringt kein Geräusch nach außen. Ich habe einmal, als er über Gliederschmerzen klagte, versucht, seinen Puls zu fühlen. Er hätte eigentlich tot sein müssen. Kein Hertz. Wirklich kein Hertz!

♥♥♥♥♥♥♥♥♥♥♥♥♥♥♥♥♥♥♥♥♥♥♥♥♥♥♥

Wie ich mich vor dem Gespräch mit Georg gefürchtet habe, als ich von Nordhorn nach Lingen zurückfuhr! Als ich eintrat, biss ich die Zähne zusammen und zog den Kopf ein, so wie früher, wenn meine Mutter mit einem Ruck ein altes Pflaster abriss. Aber Georg machte es mir ganz einfach. Seine Geste, mit der er mir die Bachmann-CD überreichte, hatte Charme. Sie war perfekt. Einfach perfekt.

Und ich bin dieser Geste sofort erlegen. **Genau in diesem Augenblick war alles entschieden.** Alles! Wir spielten von da an nur das immer gleiche Stück. Die ewige Wiederkehr. Jedes Jahr der gleiche Spielplan. Jedes Jahr die gleiche Besetzung. Ich hätte besser daran getan, bereits damals zuzuschlagen. Aber meine Gesten waren immer nur betulich. Als ich ihm die Dissertation um die Ohren gehauen habe, wollte ich ihn treffen. Das schon. **Aber natürlich nicht ruinieren.** Dass er die Arbeit abgespeichert hatte, davon war ich ausgegangen. Ja. Georg war der erste Theologe, der über Luhmann promovierte: *Kanalisierte Botschaften. Luhmanns Systemtheorie der Religion und der Massenmedien.* **Magna cum laude.** Immerhin. Für jemanden aus der Blanke. Große Party. Glühende Mutter. **Dr. theol.** Ich war auch stolz. Klar. Aber beim zweiten Examen habe ich ihn um Längen geschlagen. Georg hatte sich gedrückt, wo er nur konnte. Sprach von Niederungen des Alltäglichen. Klar. Kompensation. Wochenlang hatten wir vorher gestritten (gestritten?, so wie ich eben streite), wie es weitergehen sollte. Georg wollte eine Habilitation in Angriff nehmen, aber ein Stipendium war nicht in Sicht. Eine ganze Pastorenstelle packe er nicht, das sei nichts für ihn, gestand er sich selbst großmütig ein. Mein Vater hatte die glorreiche Idee mit der Pressearbeit. Die einzige Stelle, die mit einer halben Pastorenstelle gekoppelt war, wurde in Leer angeboten. Salomonischer Kompromiss: Georg verzichtete auf die Habilitation, und ich musste nach Ostfriesland. **SALOMONISCH.** Ich fürchte, Salomo war ein ganz mieser Tyrann.

Manchmal lasse ich die Bachmann-CD übrigens noch laufen und tauche ab. Maike geht dann raus. Die findet

Bachmann total *uncool*, wie sie sagt. Ich zelebriere mein Bachmann-Revival ganz allein. Revival, schönes Wort. Revival. Reval. Rot Händle. Tot Händel. Echt lustig. Nein, lustig war ich selten. Immer nur fit.

Fit for fun? Eher nicht. Ich war immer hundertfünfzigprozentig und spaßunfähig.

Ergaben Umfragen, dass Kuhmilch belastet sei, verbannte ich sie aus dem Kühlschrank. (Obwohl Maike gerne Kakao trank.) Grüner Tee verhindert Krebs? Ich kaufte eine ganze Schiffsladung.

Lautete das Vorurteil, Pastoren seien faule Säcke, versuchte ich stellvertretend das Vorurteil abzubauen. (In Leer käme niemand auf die Idee, diesen Satz zu äußern. Niemand.)

Hieß es, zwanzig Sit ups täglich straffen die Bauchmuskulatur, machte ich morgens im Schlafzimmer dreißig. (Begleitet von Georgs zynischen Kommentaren.)

Las ich, dass der Widerstand in Gorleben erlahmte, rangierte ich Termine und fuhr selbst hin. (Georg las immer nur das, was ihn bestätigte. Rotwein sei gut für das Herz. Georg müsste also mindestens hundert Jahre alt werden.)

Belegte eine Professorin in den Fortbildungsseminaren zur Familientherapie mit empirischen Daten (aber Professoren können immer alles belegen!), schuld an der Langeweile im Schlafzimmer und den kleinen Fluchten der Männer seien auch die lustmüden Ehefrauen, dann lieh ich in Oldenburg (natürlich nicht in Leer) entsprechende Bücher mit Tipps aus. (Leider fehlen mir offensichtlich einige Gelenke. Meine Patientinnen winkten auch nur ab.)

Ich habe nie gestanden, dass ich müde war. Oder erschossen. Oder deprimiert. Ich war immer fit. Auch hier auf der Intensivstation. Noch nach Stunden. Ich halte einfach den springenden Flummy auf dem Monitor im Auge. Augengymnastik. Das hält fit.

Auf und nieder, immer wieder.

Leerer Offenbarungen

Nun also doch Ostfriesland! Ihr in die Jahre gekommener Brockhaus machte nur wenige Angaben:

> **Leer,** *Kreisstadt im RegBez. Aurich, Niedersachsen, mit (1967) 20 100 Ew., hat Seehafen, Hauptzollamt, AGer., Wasser- und Schiffahrtsamt, Seemannsamt, höhere und Fachschulen, Seefahrtsschule, Heimatmuseum. Industrie: Eisengießerei, Maschinen-, Blechwaren-, Seifenindustrie, Milchverarbeitung u. a.; Schiffswerft.*

Sie erzählten sich eine Nacht lang Ostfriesenwitze, erstellten eine Liste aller erdenklichen Vorurteile, strichen jedes Vorurteil durch und verbrannten dann den Zettel. Packten ihre Sachen, zwängten die wichtigsten in einen rostfleckigen VW-Bus (ein Spediteur sollte morgen nachreisen) und zogen mit feuchten Augen nach Ostfriesland. (Neunzig Minuten bis Nordhorn. Neunzig Minuten bis zu den Omas. Maike hatten sie dort für zwei Wochen einquartiert. Untergestellt?) Sie wirkten wie Ostdeutsche, die nach dem Mauerfall gen Norddeutschland reisten. (Und sich von einem Autohändler [West] eine Rostbeule hatten andrehen lassen.)

Als sie im starken Regen Leer erreichten und durch die Windschutzscheibe stierten, um ein Hinweisschild →

KIRCHE zu entdecken, erinnerten sie an Protagonisten eines billigen Horrorfilms (West). Aber der Küster taugte nicht zum Monster. Er bewegte sich sogar im Regen so aufrecht wie Ruth, als wolle er jede Assoziation mit dem Glöckner von Notre Dame vermeiden. Er schien über das Wetter amüsiert, wirkte athletisch, mit kräftigen Händen. Umgeschulter Schiffsbauer, Kirchenschiff, assoziierte Ruth.

Das Pastorat stand wirklich mitten im Dorf und war frisch renoviert worden. Überall roch es nach dem neuen Anstrich. Nach versiegeltem Parkett. Nach Beize. Allerdings fehlten noch die Innentüren, weil der Hund ihres Vorgängers die ganzen Furniere zerkratzt habe. Nein, sie hätten keinen Hund, tönte Georg, die Renovierungen nach ihrem Auszug kämen also billiger. Das amüsierte den Küster erneut. Eine hellgraue Einbauküche, SieMatic, wie der Küster nebenbei fallen ließ. Nur der Garten sei noch ein Urwald.

Ihre wenigen Möbel wirkten verloren in dem großen Pastorat. Sie hatten die Lieferfristen für Möbel unterschätzt. Ihre Schlafzimmereinrichtung und die Sitzgarnitur würden frühestens in zwei Wochen geliefert. Aber endlich bekam Maike ein riesiges Zimmer. Wenn Maike aus dem Fenster schauen würde, sähe sie in den Garten. (Nicht auf die Kirche. Das war gut für die spätere Pubertätshygiene.) Die erste Nacht schliefen sie auf Luftmatratzen. Offensichtlich hatten sie Lecks übersehen. Sie liefen mehrfach auf Grund.

Ihre dritte gemeinsame Wohnung. Die Magie der Zahl DREI. Heilige Trinität. Vater, Sohn und Heiliger

Geist. Die Zeit des Vaters. Die Zeit des Sohnes. Die Zeit des Geistes. Leer stand für die Zeit des Geistes. Leere Zeit? Leerer Offenbarungen? Spiritualität? Geistleib? Ruth konnte stundenlang in der Geistesgeschichte flanieren, wenn sie keinen Schlaf fand. Neben ihr atmete Georg unruhig. Geistleib? Sie öffnete seinen Schlafsack, weckte ihn und taufte sich mit seinem Schweiß.

Als sie am nächsten Morgen auf der Terrasse standen, glaubten sie den Worten des Küsters. Vor ihnen lag ein kleiner Urwald, der dem Wohnzimmer das Licht raubte.

«Als Erstes benötigen wir eine neue Anlage», schmiedete Ruth Pläne.

«Ganz deiner Meinung. Unsere Anlage ist schon etwas altersschwach. Am liebsten hätte ich eine mit integriertem CD-Player. Unser CD-Player ist bereits Technik von gestern. Es gibt von B&O eine Anlage, die man wie früher den röhrenden Hirsch an die Wand hängen kann. Wirklich gut und schön.» Georg konnte sein Glucksen kaum unter Kontrolle bringen.

«Witzig. Noch kein Geld auf dem Konto, aber schon hat der Herr einen teuren Geschmack. Aber jetzt mal ohne Jux. Die Tannen und Koniferen sind kahl und müssen raus. Die Eiben müssen wir radikal zurückschneiden. Den Rhododendron auch. Eigentlich blüht die Weißdornhecke ganz toll, aber die ist wahrscheinlich schon seit Jahren nicht mehr ausgeschnitten worden. Es sieht alles verkommen aus. Und dann, Georg: Auf der Terrasse möchte ich eine ganze Batterie von Tontöpfen mit Stangen-Buchsbaum aufstellen. Buchsbaum muss man im Winter nicht einlagern und gibt trotzdem südliches Flair. Und dann wünsche ich mir einen Teich, nicht protzig, klein aber fein, mit Schilfstauden, Holzterrasse und Steg. Und eine Bank. Am liebsten eine runde Bank, die um einen Baumstamm reicht. Und überall ganz viel Rittersporn. Das wäre ein Traum, Georg. Eine solche Anlage wäre ein Traum.» Wie sie sich jetzt mit weit ausgestreckten Armen drehte. Ein Bild wie aus einer Kaffeewerbung.

«Wirklich schade, dass ich nicht Gartenarchitektur studiert habe und nur Theologe geworden bin. Leider, leider sind meine Muskeln verkümmert und mein Kreuz kaputt. Die Ärzte haben mir jede Form von körperlicher Arbeit strengstens verboten. Wie gern würde ich dir helfen, der Geist ist willig, aber mein Fleisch ist schwach.» Georg machte eine flehende Geste. Mimte einen greisen Mann. Heimatbühnentauglich.

Schlechte Laune streifte Ruth wie ein Luftzug. Sie war kurz davor, mit Drohungen zu reagieren, glaubte aber nicht an das Ritual der Abschreckung. «Schlappe dreißig und schon Invalide. Traurig, traurig. Aber ich finde bestimmt eine Lösung.»

Als sie nach ihrer Antrittspredigt und dem Begrüßungskaffee im Gemeindehaus gefragt wurde, was sie sich von der Gemeinde «ganz persönlich» wünsche, antwortete Ruth scheinbar spontan: «Eine Gartencampagne.» Sie hätte ihrer Gemeinde keinen größeren Gefallen tun können. Hier waren die Bande zur Natur noch nicht gekappt. Während der nächsten drei Wochenenden kämpfte sich eine verschworene Schar durch den Urwald, rodete und kultivierte ihn, sie pflanzten und beschnitten, baggerten einen Teich aus und setzten Stauden, zimmerten zu guter Letzt eine Plattform und einen Steg und eine – leider – rustikale Bank. An einem Wochenende packte auch Georg mit an. (Leider war er an den zwei darauf folgenden Wochenenden als Beauftragter der Landeskirche für Hörfunk und Fernsehen unterwegs. «Leider.»)

Als Ruth und Georg an einem verregneten Samstagnachmittag durch die Terrassentür nach draußen blickten, sagte Ruth sichtlich zufrieden: «Diese neue Anlage habe ich mir erträumt. Sie ist wirklich wunderschön geworden.»

«Und wann bekomme ich meine neue Anlage?»

«Ich kaufe sie dir von meinem ersten dreizehnten Monatsgehalt. Okay?»

Ruth dachte, jetzt wäre ihr Glück perfekt.

Ja. Nein. Eigentlich ja. Die Mitglieder des Kirchenrats sagten niemals kategorisch Nein. Allerdings auch niemals begeistert Ja. Breitete Ruth ihre neuen Pläne aus, dann trat eine bedächtige Stille ein. Sie fühlte sich wie ein Kind, das einen Urlaub in Italien vorschlägt. Die Welt des Wohnzimmers mit den weiß umflorten Vorhängen, dem dampfenden Kaffee, den Borggreve-Plätzchen, dem Rascheln der Grafschafter Nachrichten, dem Klappern der Stricknadeln. Grundsätzlich ja. Italien klingt wie eine Verheißung. Warum nicht. Aber. Eine Nacht darüber schlafen. Und immer blieb es gemütlich. Die Kirchenratssitzungen hatten etwas von dieser alten Gemütlichkeit. Sie spürte immer bestrickendes Wohlwollen. Man ging – mit einem alten Wort – sehr behutsam miteinander um und nicht dickköpfig. In dieser Hinsicht machte

Ruth ein Entmythologisierungsprogramm der ostfriesischen Kultur durch. In einer anderen Hinsicht nicht: Beinahe alle tranken ständig Bünting-Tee mit Kandis und Sahne.

Als Ruth vorschlug, Räume des Gemeindehauses an Vereine und die Stadt zu vermieten, um den Finanzetat zu verbessern, entbrannte eine ausführliche Diskussion zum Thema Alkoholausschank. Man einigte sich auf Bier. Da aber der Vorsitzende des Kirchenrates, ein Mann wie ein Schrank, mit seiner Kompromissbereitschaft signalisierenden Lieblingsformulierung «nicht päpstlicher als ein Papst» sein wollte, hob er auch die Prohibition für ein «Brantwiens Kopke» und den Pharisäer auf. Als Ruth nachfragte, «mal ganz im Ernst», was denn der Pharisäer für «eine geheimnisvolle Spezialität» sei, lachten alle wie Onkel und Tanten. Und als sie ihren ersten Kaffee mit Schuss in dieser Runde trank, fühlte sie sich wie auf einem Elterngeburtstag, wo man als Kind zum ersten Mal einen Schluck Bier trinken durfte und die Älteren erwarteten, dass man das Gesicht verzog. Und Ruth verzog ihr Gesicht.

Nach einer Erdbebenkatastrophe schlug Ruth vor, nicht nur Geld zu spenden, sondern auch den Kirchturm mit schwarzen Tüchern zu verhüllen als sichtbare Geste des Mitgefühls. Ihr Vorschlag fand Zustimmung, und sie war überrascht, wie stark sich alle engagierten. Das Medienecho war – dank Georg – gewaltig. (Als Christo später den Reichstag verhüllte, hieß es in Leer und Umgebung, die Idee habe er von ihnen abgekupfert.)

Mit ihrem Vorschlag, ein Frauenhaus einzurichten, stieß

Ruth allerdings auf Skepsis. Das Geld. Das Personal. Mal darüber schlafen. Ruth setzte durch, zwei Kellerräume in eine Wohnung umzubauen. Aber während des ersten Jahres erhielt sie nicht eine Anfrage. Dabei war die Scheidungsrate in Leer überdurchschnittlich hoch. «Du kannst ja Werbeanzeigen für dein Frauenhaus schalten», spottete Georg. Nach einem weiteren Jahr wurde die Wohnung häufig als Notquartier an Übersiedler vermittelt. Oder an Kinder des Tschernobyl-Austausches, den Ruth konsequent vorantrieb. (Allerdings war sie unzufrieden, dass immer andere Kinder geschickt wurden. So konnten sich keine Freundschaften entwickeln.) Ein Gemeindemitglied (ein Lehrer?) schlug vor, Familienberatung anzubieten. Ruth war sofort von der Idee überzeugt und machte eine zusätzliche Ausbildung an der Universität in Oldenburg. (Wochenend- und Abendkurse! «Kein Problem. Der Haushalt ist nicht so wichtig.») Ruths Familientherapie wurde im Gemeindebrief ausführlich besprochen. Zunächst nur zögerlich, dann, nach einer Schamfrist, meldeten sich immer mehr Frauen. (Einmal ein Mann.) Oft war Arbeitslosigkeit der Grund für Streitigkeiten und Zerwürfnisse in den Familien. Wenn sie abends im Bett lag, war Ruth noch ganz außer Atem von den vielen Geschichten privater Schiffbrüche.

Sie hätte auch gern jemanden gehabt, der ihr zuhörte.

Was heißt hier offiziell!

Offiziell teilten sich Georg und Ruth die Pastorenstelle. Ruth hatte wegen Maike auf eine halbe Stelle gedrängt. Für Georg bot sich die Möglichkeit, die zweite

Hälfte seiner ganzen Stelle als Medienbeauftragter der Landeskirche auszufüllen. Aber was heißt hier schon offiziell. Ruth arbeitete nicht 50%, sondern 120%, weil Georg in seiner Medienarbeit aufging. (Zunehmend auch figürlich.) Höchstens einmal im Monat predigte Georg in Leer. Und am Heiligabend. Und bei der Konfirmation. Schrieb eine Kolumne *Gott und die Welt* im Gemeindebrief. Organisierte die Skifreizeit. (Für fünf Personen!)

Ruths Terminkalender war ungesund dicht gedrängt. Ein Beispiel.

MONTAG. 8–11 Uhr: Krankenbesuche. 11–12.30 Uhr: Verwaltungsarbeit. 12.30 Uhr: Maike aus der Grundschule abholen, kochen, essen. 15–17 Uhr: Sprechstunde. Ab 19 Uhr: Arbeit am monatlichen Gemeindebrief. 20 Uhr: Familientherapie.

DIENSTAG. 8–11 Uhr: Vorbereitung der Gemeindefreizeit. 11–12.30 Uhr: Verwaltungsarbeit. 12.30 Uhr: Maike kommt bereits um 11 Uhr aus der Schule (Kindermädchen Bescheid sagen), kochen, essen. 15–18 Uhr: Sitzung des Vorstands des evangelischen Kindergartens. Ab 20 Uhr: Gesangsverein. Eventuell Familientherapie.

MITTWOCH. 8–11 Uhr: Krankenbesuche. 11–12.30 Uhr: Verwaltungsarbeit (verstärkt Spenden eintreiben, Gelder für Flüchtlingsunterkünfte). 12.30 Uhr: Maike muss auf Kindergeburtstag. Geschenk einkaufen. Georg kocht, essen. 15–18 Uhr: Vorbereitung + Konfirmationsunterricht I. (Georg verhindert.) Ab 20 Uhr: Kirchenratssitzung.

DONNERSTAG. 8–11 Uhr: Trauergespräch, Hochzeitsgespräch, Taufgespräch. 11–12.30 Uhr: Verwaltungsarbeit. 12.30 Uhr: Mit Maike zum Arzt wegen Halsschmerzen. Ravioli. 15–18 Uhr: Vorbereitung + Konfirmationsunterricht II. (Georg in Hamburg.) Ab 20 Uhr: Arbeitskreis «Synode und Kirchentag».

FREITAG. 8–14 Uhr: Dekanatssitzung. (Georg holt Maike von der Schule.) 15–18 Uhr: Bauausschuss. Ab 20 Uhr: Schwimmen im Hallenbad mit den Landfrauen.

SAMSTAG. Vorbereitung auf die Predigt. Familientherapie.

SONNTAG. Zwei Predigten. Eine in Aurich. (Essen mit einer Frau aus der Beratung.)

Für einen Hund blieb keine Zeit. (Bei gesundem Menschenverstand.)

Hatte Georg nicht Recht?

Für ein zweites Kind blieb auch keine Zeit. (Bei gesundem Menschenverstand).

Hatte Georg nicht wieder Recht?

Nur wenn Ruth einen neuen Terminkalender kaufte, merkte sie, dass sie wie in einem Karussell durch die Jahre flog.

Sie saßen im Glaspavillon des Cafés am Markt. Dort traf Georg sich häufig mit seinen «Medienfuzzis», wie er die Presseleute mit einer Mischung aus Zynismus und Neid nannte. Wie massig Georg wirkte. Diese verwöhnten Gesten, mit denen er die Bedienung tyrannisierte. Diese lächerliche Art Zigarillos zu rauchen. (Würden sie mitwachsen, müsste er schon bald auf Zigarren umstellen.) Kannte sie das teure Button-down-Hemd überhaupt? Das Bügeln der Hemden hatte schon vor Jahren das Kindermädchen übernommen. Manchmal sehnte sich Ruth danach, Georgs Hemden mal wieder selbst zu bügeln. Dann wäre er ihr vertrauter. Seine neuen Maße. Die hartnäckigen Schweißränder. Seine Angewohnheit, die linke Manschette zu verschmutzen. (Warum eigentlich die linke?)

«Ich entdecke in unserer Gemeinde neuerdings überall blühende Familienlandschaften. Ich glaube manchmal, du könntest auch den ganzen Osten auf Vorderfrau bringen. Mit meiner PR natürlich.»

Heute konnte sie den Spott, den er verströmte, nicht ertragen. «Die Interviews wären aber dann mit dir, oder? Wie bei der Kirchturm-Verpackung? Du erinnerst dich?»

«Ach, schau an. Du bist also heimlich mediengeil?»

«Schon eher du. Mediengeil und geil überhaupt.»

«Ist es mal wieder so weit? Ende der Friedenspflicht? Möchtest du mir eine familientherapeutische Urszene machen? Motto: Tanz auf Messers Schneide?»

«Du sollst nicht dauernd Überschriften formulieren, wenn du mit mir redest.»

«Tauch nicht weg! Familientherapeutin spricht mit Fisch.»

«Schon wieder.»

«Also schön. Was passt dir diesmal wieder nicht an mir?»

«Gute Frage, obwohl du sie falsch betont hast. Ich überlege schon seit langem, warum wir uns immer fremder werden, Georg. Manchmal denke ich, es liegt daran, dass du in keiner Weise treu sein kannst. In keiner Weise.»

«Geht das wieder los!»

«Ich meine nicht nur dein Rumvögeln mit den Radio- und Fernsehtanten.»

«Tausendmal. Das hatten wir tausendmal, Ruth. Das wird langweilig. Das langweilt mich.»

«Lass bitte meine Hand los!»

«Ich lass dich nicht, es sei denn …»

«Hör auf zu spotten. Pfoten weg, oder ich schreie hier den Laden zusammen!»

«Warum so dramatisch? Ich höre dir zu und bin ganz Ohr.»

«Ich meine das sehr viel grundsätzlicher. Du bist nicht nur mir gegenüber untreu, sondern überhaupt. Du kennst den Begriff Treue gar nicht. Du weißt gar nicht, wie man das Wort schreibt. Du bist deinen alten Überzeugungen und Ideen untreu …»

«Stopp. Ich wähle immer noch grün.»

«Du bist ja inzwischen auch beinahe so fett wie Joschka Fischer.»

«Ich könnte anfangen zu joggen.»

«Du bist nicht Forrest Gump.»

«Aber der Film war toll. Endlich hatten wir mal wieder Zeit, um gemeinsam ins Kino zu gehen.»

«Lenk nicht ab und hör bitte auf, meine Hand zu kneten. Wann hast du dich zum letzten Mal für eine deiner alten Ideen wirklich lang gemacht?»

«Du erinnerst mich an meine Großmutter. Nur weiter so.»

«Georg, bitte. Ich hatte damals gedacht, dass du die Medien dazu benutzen würdest, unsere Ideen durchzudrücken. Aber du redest heute eher wie ein Unternehmensberater, der – *echt lustig* – das Kirchenschiff flottmachen will.»

«Ein Unternehmensberater verdient aber mehr Geld als ich.»

«Typisch. Das ist wieder ganz typisch. Das wärst du auch gerne geworden, oder? Immer die teuersten Anzüge. Unter van Laack darfs kein Hemd für den Herrn sein. Neuerdings auch handgenähte Schuhe. Man muss ja mithalten können mit der Medienmeute. Klar. *Aber Ruth, das Bild des Pastors hat sich gewandelt. Säusel.* Säusel. *Einen Pastor in C&A-Klamotten nehmen die nicht ernst.* Säusel. Säusel. *Und es muss irgendwann natürlich auch der Fernseher von B&O sein. Der hat ein so perfektes Bild und eine so elegante Fernbedienung.* Säusel. Säusel.»

«Deine Freundin Anne ist auch keine Billigkäuferin.»

«Aber die ist ihren Idealen treu geblieben. Die hat sich beurlauben lassen und sitzt heute für die Grünen im Landtag.»

«Bestimmt bequemer, als sich als Pastorin den Arsch aufzureißen. Außerdem sieht sie auch nicht mehr ganz so naturbelassen wie du aus. Die ist erwachsen geworden.»

«Danke für das Kompliment. So siehst du das also. Manchmal verblüfft mich deine hemmungslose Ehrlichkeit. Aber ich darf dich kurz daran erinnern, dass du es bist, der die Gemeindearbeit vernachlässigt und der mich damit zwingt, sich den Arsch aufzureißen!»

«Quatsch. Niemand hat dich gezwungen, diese Familientherapien aufzuziehen. Das ist dein Privatvergnügen. Verstehe mich nicht falsch! Moment. Moment. Wenn du es gerne machst, dann bitte. Aber dann nörgele nicht an mir herum. Ich arbeite schließlich auch erheblich mehr, als ich müsste.»

«Ach, Georg! Wir sind doch unter einem ganz anderen Ideal hier angetreten. Wenn du in Gorleben einen Salzstock in die Luft gesprengt hättest, das hätte ich irgendwie noch kapiert. Das würde irgendwie noch Sinn machen. Aber du bist nicht einmal dir treu geblieben. Du lebst nur noch für diesen Medienmist.»

«Das kannst du kaum beurteilen. Inhalte interessieren niemanden mehr. Presse und Medien haben mich immer fasziniert, Ruth, immer. Einmal habe ich mich tölpelhaft benommen und einem Pressetypen gutgläubig eine Information gesteckt, die der prompt versilbert hat. Damals habe ich mir geschworen, mich nie wieder vorführen zu lassen. Nie wieder. Heute filtere ich die Meldungen, Ruth. Ich!»

«Bravo! Ich bin mächtig beeindruckt.»

«Du kannst so viele Kirchtürme verhüllen, wie du willst. Wenn die Geste nicht massenwirksam transportiert wird, verpufft sie. ‹Kanalisierte Botschaften›, du erinnerst dich?»

«Danke für das Stichwort.»

«Und hast du mir nicht die Habilitation vermiest? Sag nichts. Ich weiß, was jetzt kommt. Aus deiner Promotion ist auch nichts geworden. Okay. Aber ich beschwere mich im Unterschied zu dir auch nicht pausenlos.»

«Es ist hoffnungslos. Es ist hoffnungslos. Du hast Recht, ich weiß gar nicht, womit ich anfangen soll, wenn ich alle Enttäuschungen auflisten will. Musik zum Beispiel. Du kannst heute nicht mal mehr Luftgitarre spielen.»

«Ich finde, ich sehe noch immer aus wie Elvis.»

«Genauso aufgedunsen. Das stimmt. Ach, lassen wir das. Ich könnte dich untreue Tomate manchmal wirklich erwürgen.»

«Das täte dir fünf Minuten später Leid. Glaub mir! Soll ich uns eine Flasche Sekt bestellen?»

«Reizender Vorschlag. Ich muss nach Hause. Maike wartet. Wenn du jetzt bitte meine Hand endlich freigeben würdest? Danke.»

«Wie du willst. Ich komme dir so schnell wie möglich nach. Sag Maike, dass ich morgen mit ihr ins Hallenbad gehe. Offensichtlich neige ich deiner Meinung nach zum Verfetten!»

«Gratuliere. Endlich sind wir einer Meinung.»

Maikes weinrote Dr. Martens-Schuhe. Ihr Jansport-Rucksack. («Keine Ledertasche! Mama! Das ist peinlich.») Ihre Klamotten von Peek und Cloppenburg. Die Gefühle, die der Eintritt in die Orientierungsstufe bei Maike auslösten, waren offensichtlich noch die gleichen wie damals bei ihr, als sie im Gymnasium eingeschult worden war. Maike vermied jeden Augenkontakt. Man sah ihr die Anstrengung an, diese Qual, nicht alleine dort stehen zu dürfen. Die Geste, mit der sie sich die Haare aus dem Gesicht strich, diese Zauberformel, die wie ein Abschiedswinken wirkte. Der Wunsch, aus einem Ei geschlüpft zu sein oder von einem Fisch abzustammen. Ihre Mutter war ihr peinlich. Einfach nur noch peinlich. Ruth rechnete, wie lange es gedauert hatte, bis sie peinlich geworden war. Sie war jetzt sechsunddreißig. Eine einfache Rechnung. Sechsunddreißig minus zehn machte sechsundzwanzig Jahre. Und wie lange blieb man peinlich? Hatte Peinlichkeit eine Halbwertzeit wie verstrahlte Lebensmittel? Und hatte Stolz eine Haltbarkeit wie eine Konserve oder wie Schweinefleisch? Ließ sich Stolz konservieren wie H-Milch?

Sie musterte ihre Mutter neben sich. Ihre Mutter war ihr nicht mehr peinlich. Nein. Peinlich nicht. Wie lange hatte diese Phase gedauert? Als ihre Mutter Ruth beim Umzug nach Münster geholfen hatte, war sie ihr noch peinlich gewesen. Dann allmählich war dieses Unbehagen verschwommen und verdunstet. War sie inzwischen wieder stolz auf ihre Mutter? Doch. Manchmal. Weil sie sich durchgesetzt hatte und Nordhorn nicht verlassen wollte. «Ich liebe den scheußlichen Ostwind. Ich liebe den Himmel über meinem Garten. Ich liebe dieses viel zu große Haus.»

Seit mehr als sechs Jahren lebten Ruth, Georg (Georg, nun ja) und Maike in Leer. Maike würde die Schule nicht bis zum Ende durchlaufen können. Wenn sie noch neun Jahre hier blieben, dann machten das sechzehn Jahre, und das wäre für die erste Gemeinde ein zu langer Zeitraum. «Engagement verschleißt wie ein Autoreifen», hatte ihr Mentor gesagt. Und Ruth glaubte zu spüren, wie ihr Profil langsam dünner wurde. Der Kirchenrat aus Uelsen hatte angefragt, ob ein Wechsel nach Uelsen möglich sei, aber solange ihr Vater noch in Nordhorn arbeitete, kam das nicht in Frage. Und sie fühlte sich wohl in Leer. Und sie liebte diesen scheußlichen Nordwind. Sie liebte diesen kompakten Himmel über ihrem Garten. Und sie liebte dieses große Haus, in das sie erst langsam hineinwuchsen.

Warum war ihr Vater ihr nie oder nur sehr kurz peinlich gewesen? Warum war sie noch immer auf ihren Vater stolz? Vielleicht, weil er sich immer treu geblieben war. Gollwitzer war tot, aber ihr Vater war Gollwitzer über den Tod hinaus treu geblieben. Ihr Vater scharwenzelte noch immer um Ingrid herum und gab ihr das Gefühl, das Wunderbarste und Kostbarste auf Erden zu sein, obwohl sie oft miesepetrig und unzufrieden war und auch nachts ihrem Mann bestimmt nicht jeden Wunsch erfüllte. Ihre Mutter hatte nichts von einem Poesiealbum. Als Jugendliche hörte sie durch eine nur angelehnte Schlafzimmertür, wie ihre Mutter resigniert zu ihrem Vater sagte: «Also gut. Aber nur zehn Minuten, Arend. Ich bin müde.» Und trotzdem war ihre Mutter für ihren Vater das Kostbarste auf Erden.

Georgs Mutter fehlte an diesem wichtigen Tag, sie lag mit einem Oberschenkelhalsbruch im Krankenhaus. Ruth war mit ihr nie richtig warm geworden. Aber lag es nicht auch daran, dass Georg seine Mutter vor ihr und ihren Freunden abschirmte? Während der Heidelberger Jahre durfte sie nur zweimal zu Besuch kommen. Manchmal hatte Ruth den Eindruck, als wäre Georg das Auftreten seiner Mutter peinlich. Als würde er sich kaum verhohlen schämen, als röche sie Tosca-schlecht, zöge sich billig und spießig an, verpfusche Blanke-typisch den Dativ in bedeutungslosen Sätzen. (Wenn überhaupt, dann besuchte Georg seine Mutter am liebsten allein.) Ruth sah, wenn sie an diese Frau dachte, immer das eine Bild vor Augen, wie sie sich auf dem engen Sofa in Heidelberg krampfhaft und ängstlich an dem Kuchenteller festhielt, als wäre sie ein Flüchtling und dieser Teller ihr heiligster Gegenstand, den sie unter Einsatz ihres Lebens gerettet hätte.

Britta fehlte auch. Mit schlechtem Gewissen, wie sie am Telefon gestand. Aber sie müsse mit der zwölften Klasse auf Studienfahrt nach Prag, in Begleitung eines Traumkollegen, «dieser Henning, du weißt schon», aber Ruth hatte längst den Überblick verloren. Maike hatte nur «Schade» gesagt. Maike mochte ihre Patentante. Britta war die einzige Person, die sie nicht peinlich fand.

Bereits im zurückliegenden Urlaub hatte Ruth gespürt, wie sie und Georg ihrer Tochter offensichtlich unbemerkt peinlich geworden waren. Weil ihre Tochter ihren alten Urlaubsort Grado an der Adria als «stinklangweilig, immer das Gleiche» abqualifizierte und weil Anne gebühreneinheitenintensiv davon schwärmte, dass die Azoren die einzige südliche Region sein, wo kein Machismo herrsche, und, was Ruth entschieden wichtiger war, Hortensienbüsche so hoch wüchsen wie Einfamilienhäuser, hatten sie sich für die Azoren entschieden. (Der Flughafen hieß Johannes Paul II und war ganz frisch vom Papst eingeküßt worden. «Wer kann jeden Flughafen am Geschmack erkennen? Der Papst.» «Deine Witze waren auch schon besser, Papa.») Auch Georg hatte die Insel São Miguel einen Traum genannt. Für Maike war sie eher ein Albtraum. Es gab kaum deutsche Touristen auf der Insel, nur Franzosen, Amerikaner und Portugiesen. Maike kannte nur englische Liedtexte. Versuchte Georg zu übersetzen, wenn sie mit Gleichaltrigen vorbeischaute, war ihr das peinlich. Weil Ruth – «Machismo hin oder her, die ist noch nicht einmal elf» – abends mehrmals die Diskothek mit dem müden Charme der Sechziger aufsuchte, redete Maike drei Tage nicht mit ihnen. Bestechungen durch opulente Nachtische zogen nicht. Und dass Georg trotz Bauch in der Badehose am Strand rumlief, fand sie «oberpeinlich. Schau dir die Portugiesen an, die sind fit.» An diesem Abend war Georg auffällig still gewesen und hatte kein Bier angerührt.

Wie aus dem Nichts tauchte Georg neben ihr auf. Leicht verspätet, wie immer. Sie standen grußlos nebeneinander und hörten dem Schuldirektor zu, der die Orientierungsstufe als Segen für die neue Schülergeneration pries. Wer die Orientierungsstufe ohne Schaden überstanden und eine «Empfehlung» für das Gymnasium erhalte, der sei auf dem besten Weg, die allgemeine Hochschulreife zu erlangen.

Hochschulreife. Reife.

Ruth behandelte ihre Peinlichkeitsakne nicht, denn sie glaubte ganz fest an die Selbstheilungskräfte der Natur. Maike verhielt sich unauffällig, revoltierte nur leise. Schulisch blieb sie stabil. Schaffte jetzt spielend den Übertritt aufs Gymnasium. Dass sie sich ein Nabelpiercing hatte machen lassen, entdeckte Ruth eher zufällig. Für eine Szene war es da schon zu spät. Maike verbrachte ihre Freitagabende regelmäßig in der Diskothek Karussell, kam aber immer pünktlich um zehn Uhr nach Hause. Sie kümmerte sich klaglos um ihr Reitpferd. Hatte vor einem halben Jahr vom Tennis zum Squash gewechselt. Nichts Auffälliges also. (Nur einmal eine erregte Diskussion über eine geplante Fahrt zur Love-Parade. Georg war Ruth in den Rücken gefallen und hatte zugestimmt. «Gott ist ein DJ.» «Witzig.») Ruth sehnte sich nach einer Mutter-Tochter-Idylle, deshalb schmerzte es sie, als sie spürte, dass das vorpubertäre Gefühl der Peinlichkeit in Indifferenz umzuschlagen drohte. Sie redeten zwar häufig miteinander, aber immer nur Belangloses. Ruth hatte sich immer geschworen, Mutterrolle und Therapeutenrolle strikt zu trennen, aber sie wusste sich schließlich nicht mehr anders zu helfen, als eine Frage zu stellen, die an die Eröffnungsfragen in Therapiesituationen erinnerte: «Ich habe den Eindruck, dass dir irgendetwas bei uns nicht richtig gefällt. Kannst du mal versuchen zu erzählen, was dir nicht gefällt?»

Maike schaute kurz hoch. Ruth hatte Angst, Maike würde jetzt sagen: «Bin ich jetzt etwa auch eine deiner Patientinnen?»

Aber Maike antwortete ruhig und gelassen und selbstsicher. «Es ist bei uns nie richtig gemütlich.»

«Was meinst du mit gemütlich?» Obwohl der Tonfall trainiert war, hörte man deutlich heraus, dass Ruth mit dieser Antwort nicht gerechnet hatte.

«Bei uns herrscht immer Hektik und Stress. Es ist ja ganz schön, wenn man sich nicht langweilt. Aber bei uns ist es enger als in der überfüllten Disko.»

«Nun übertreib aber bitte nicht.»

«Willst du nun wissen, wie es mir geht, oder nicht? Sonst frag doch erst gar nicht!»

«Entschuldige. Rede bitte weiter.» Ruth senkte den Blick.

«Bei uns ist immer ätzend viel los. Vier Wochen im Jahr sind zwei Kinder aus Tschernobyl hier, die prompt an mir hängen bleiben. Du redest dir wahrscheinlich auch noch ein, das sei ein prima Schwesternersatz oder so. Schwachsinn. Wenn du noch zwei weitere Kinder hättest haben wollen, dann hättest du sie in die Welt setzen können. Ich habe dich nicht daran gehindert. Und dann schleust du noch ein bis zwei Umsiedlerfamilien durchs Haus, bis die Stadt sich erbarmt und ihnen eine Unterkunft zuweist. Morgens beim Frühstück tauchen plötzlich Rundfunk- und Fernsehleute von Papa auf, die ich nicht kenne und die mich mustern, als wäre ich aus dem Zoo ausgebrochen. Und samstags oder sonntags sind deine kaputten Familienfälle zum Essen oder zum Kaffee eingeladen.»

«Das musst du verstehen. Es spricht sich sehr viel leichter, wenn man vorher eine angenehme Atmosphäre geschaffen hat.» Wie hilflos Ruth ihre Tochter jetzt anschaute.

«Schwachsinn! Im Gemeindehaus gibt es eine nagelneue Küche. Koch doch mit denen dort. Ich habe jedenfalls keine Lust, für die Atmosphäre zuständig zu sein.»

«Du bist ungerecht.» Ruth zog einen schmalen Mund.

«Diese Masche kenne ich schon. Das sind deine Geschichten, nicht meine. Ich wünschte mir nur, dass wenigstens ab und zu mal ein Wochenende Ruhe herrscht. Dass man es sich stressfrei gemütlich machen kann. Mehr nicht.»

«Aber wenn Papa und ich Zeit haben, hast du immer etwas vor.»

«Ach nee! Wenn die Herrschaften ausnahmsweise Zeit haben, soll ich alles stehen und liegen lassen? Du tickst nicht ganz sauber.»

«Maike, bitte.»

«Ist doch wahr. Mein Taschengeld kann ich mir nur durch diese bescheuerte Gartenarbeit aufbessern, obwohl niemand Zeit hat, sich zweimal im Jahr dort zu sonnen. Den Garten kannst du jedenfalls ab heute alleine pflegen. Ich habe mir einen Babysitter-Job gesucht. Das macht mir mehr Spaß.»

«Und was erwartest du von uns?» Das war normalerweise die Eisbrecherfrage.

«Dass ihr ein halbes Jahr lang samstags und sonntags niemanden aus eurem Job hier reinlasst. Kein Mutter-Theresa-Getue. Kein Bewerbungsessen für Gastkolumnen. Ich kapiere sowieso nicht, warum du Papa erlaubst, dass diese komische Jasmin hier dauernd pennt. Du musst wirklich total blind sein. Oder hat der Narrenfreiheit bei dir? Wenn ihr nur wegen mir zusammenbleibt, kann ich nur sagen: Nein danke!»

Ruth fiel keine Antwort ein. Nur ein Versprechen: «Ich rede bald mit deinem Vater.»

Hatte sie schon resigniert? War sie sich selbst untreu geworden?

Jasmin also. Ein zynischer Gluckser. Dass ihr Mann mit einer Frau schlief, die einen Blumennamen trug, kam ihr besonders zynisch vor. Und dann auch noch Jasmin. Gabi,

Edith, Gerda, Uschi, Dagmar, Eva, Petra, Daniela (ein extrem hässlicher Name, «ätzend» würde Maike sagen), Christina, Helen, Renate, Jennifer, oder auch Sissy, aber warum gerade Jasmin? Sie liebte Jasmin und hängte oft getrocknete Jasminsträußchen in die Kleiderschränke. Hatte der Duft vielleicht Georg verführt? Hatte sein verrottetes Seelenkleid Bingo gerufen? Jasmin – Kleiderschrank – zu Hause – Vögeln – Bingo? Hätte ein Rosensträußchen die gleiche Wirkung gehabt? Rosa (Rose, Anne-Rose) – Kleiderschrank – zu Hause – Vögeln – Bingo? Oder Heide – Rosenthal – Mission – Kleiderschrank – zu Hause – Vögeln – Bingo?

Ruth versuchte sich zu erinnern, wie diese Jasmin aussah. Wie eine Litfaßsäulen-Schönheit. Etwas billig. Könnte Reklame für Strapse von PALMERS machen. (Georg hatte ihr letztes Jahr von einer Reise aus einem PALMERS-Shop Strümpfe mitgebracht. «Das errätst du nie!» Stimmte. Aber sie hasste diese Dinger. Die Strümpfe rutschten und waren kälter als Strumpfhosen. Man kam sich halb nackt vor. Natürlich bequatschte Georg sie so lange, bis sie ihn nachts mit diesen Strümpfen «überraschte». Georg war schneller gekommen als üblich. Das war durchaus ein Vorteil.) Diese Jasmin wäre auch das ideale Ersatz-Model für H&M. Sah aus wie ein Kleiderschrank mit Szene-Fummel. Höchstens tauglich für eine Saison. Wie eine Plastik-Boa aus der letzten Saison! Wie ein vergilbtes Poster! Jasmin, das war doch diese, du weißt schon, N 3, oder war die von dem Privatsender, irgendwas mit «Waterkant» …

Sie spürte, wie sie bereits in Gedanken wieder die

Überlegene, die Leidensfähige mimte. Aber diesmal wollte sie eine andere Rolle! Es war und blieb unverzeihlich, dass Georg ihr zumutete, dass sie mit seinen Kebs-Weibern (sie dachte Kebs-Weiber, hübsch, sie dachte wirklich Kebs-Weiber) morgens in ihrem Haus frühstücken sollte. Sie musste bald mit Georg reden.

Bald.

Woher nahm Georg diese unglaubliche Selbstsicherheit, wenn er für das Fernsehen interviewt wurde? Als würde er in Sekundenschnelle in seinem aufgedunsenen Körper und seinem verschlissenen Gesicht die Splitter seiner Anmut aufstöbern und zusammenpuzzeln. Er unterdrückte dann sein nervöses Trockenhusten. Manchmal warf er gespielt den Kopf zurück, als wolle er gurgeln. Er präsentierte seine tadellos gerichteten Zähne (Georg wirkte noch immer glücklich, dass ein befreundeter Dentist endlich seinen Überbiss korrigiert hatte). Seine Stimme war von einem wachen Interesse geprägt, das, wie Ruth spürte, auch die Interviewerin einschloss. Nur Ruth registrierte, wie er sie durch eine minimale Drehung der Schulter umgarnte, kurz nur flackerten seine Augen unruhig wie der automatische Sendersuchknopf am Autoradio, dann war Georg ganz auf Sendung, dann tanzte sein Verstand wie ein glatt geschliffener Kiesel über die Wasseroberfläche. Gegen Ende des Interviews schlug er einen immer persönlicheren Ton an.

Ruth stand noch immer im Wohnzimmer, hatte zunächst ungeduldig an der neuen Fernbedienung herumgefummelt, bis sie endlich den Sender N3 fand. Sie war mehrmals durch die hinteren Kanäle gezappt, weil sie nicht auf die Idee gekommen war, Georg habe N3 auf den ersten Sendeplatz programmiert. Idiotensicher. Sie achtete nicht darauf, was Georg sagte. Sie lauschte nur dem Tonfall seiner Stimme und dem Alphabet der Gesten. Er wirkte überzeugend. Das Interview taugte als Lehrkassette für Medienauftritte. So wie Georg musste man es machen. So die Augenbrauen hochziehen. Sich leicht vorbeugen, wenn man um Einverständnis buhlte. Mit der Hand einen Vorwurf vom Tisch wischen. Auch bei winterlicher Kälte stets im perfekt sitzenden Anzug mit dezenten Krawatten auftreten. (Gewienerte Schuhe bei Großaufnahmen!) Sehen Sie sich diese Augen an, meine Damen und Herren. Diese Sicherheit und Entschlossenheit im Blick. Wenn Sie könnten, dann würden Sie sich seine Aura borgen! Stimmt's? Stimmt.

Ruth knetete ihre Haut, als wolle sie sich selbst massieren. Als wolle sie ihre eigene Gegenwart ertasten. Sie spürte den Drang, die Fernbedienung in den Fernseher zu schleudern. Warum tat sie sich das immer wieder an? Warum schaute sie immer wieder hin, wenn Georg im Fernsehen zu sehen war? Sie malte sich aus, was geschehen würde, wenn die Kameraleute abgezogen waren. Wie Georg um diese Frau herumscharwenzelte! Wie diese schlanke, jetzt mikrophonbefreite Hand (war es die Hand von Jasmin?) sich Georg näherte, um alles, wirklich alles aus ihm rauszuquetschen.

Warum ließ Ruth sich nicht länger von Georg verführen? Warum verglühte seine Aura in ihrer Nähe? Sie spürte nur noch eine Weltraumkälte zwischen ihnen. Er war wie eine Marssonde, deren Funksignale sie nicht mehr auffangen konnte.

Sie drückte auf den roten Punkt. Das Gerät drehte sich von ihr weg und stellte sich automatisch auf seine Ausgangsposition. (Sogar das Gerät zeigte ihr die kalte Schulter.)

Ruth rief nach Maike. «Maike, hast du Lust, mit mir ins Kino zu gehen?»

Maike gab keine Antwort. Sie war beinahe froh, weil sie ihr Versprechen noch immer nicht eingelöst hatte. Morgen würde sie endlich mit Georg reden. Das war sie sich und Maike schuldig.

Er saß im Schein des flimmerfreien 100 Hertz-Fernsehers, als Ruth vom Konfirmationsunterricht zurückkam. Diesmal durfte sie nicht kneifen.

Georg stand auf und bot ihr ein Glas Wein an. Ganz der höfliche Ehemann. Sie nahm aus einer Glasschüssel einen runden, salzigen Cracker, kaute, als würde sie die Wörter suchen, nahm einen Schluck Rotwein.

«Georg, ich muss mit dir reden. Ich hatte neulich ein ausführliches Gespräch mit Maike», sagte sie, ohne ihn anzusehen.

«Was Ernstes?»

«Ja. Maike hat sich beschwert, dass wir an den Wochenenden zu wenig Zeit für sie haben. Es ginge hier zu wie in der Disko. Das waren ihre Worte. Nicht meine. Sie wünscht sich mehr *Gemütlichkeit*. Sie bittet uns, einige Monate an den Wochenenden niemanden zum Essen oder zum Kaffee einzuladen.»

«Die ist nicht mit deinem Helfersyndrom geschlagen. Ganz normal, dass Kinder ihr Leben anders führen wollen als ihre Eltern. Die Kinder der 68er wurden Popper. Unsere Kinder wählen CDU und spenden für die Dritte Welt, pardon, die so genannte Dritte Welt. Wahrscheinlich findet Maike in zehn Jahren Eichenmöbel mit gedrechselten Füßen gemütlich.» Georg machte eine Geste, die signalisieren sollte: Das ist der Lauf der Dinge. Da ist man machtlos.

«Es geht nicht nur um mich. Sie hasst es auch, wenn du deine Medienmeute hier anschleppst und unterstellst.» Ruth stand auf, ging zum Fenster und schaute in ihren Garten. Der Garten wucherte wie ein Krebsgeschwür.

«Ach, das überrascht mich aber wirklich. Ich dachte, Maike wäre froh, wenn sie mal andere Menschen zu Gesicht bekommt. Nicht immer nur deine magenkranken Tanten. Sie hat mir gegenüber auch nichts angedeutet. Gar nichts.»

«Ich kann mir denken, dass dich das kränkt.»

«Wenn sie es wirklich gesagt hat, dann kläre ich das mit ihr. Ich hatte mir gedacht, dass es für sie ganz praktisch wäre, diese Leute kennen zu lernen, um vielleicht später ein Praktikum bei einem Sender zu machen. Das wollen doch heute alle in ihrem Alter.»

«Aber vielleicht nicht Maike.»

«Das kann sich noch entwickeln.»

«Maike will momentan alles umkrempeln. Einfach alles. Sie weigert sich auch, mir im Garten zu helfen. Und ich schaffe das nicht allein. Die ersten Blätter fallen bereits. Wir müssen dringend die Bäume ausschneiden.»

«Aber es wird doch in der Gemeinde einen Rentner oder Polen geben, der das für ein paar Mark macht.» Eine wegwerfende Handbewegung. Alles Kinkerlitzchen, sollte das heißen.

«Möglich. Aber ich hätte gerne weiterhin mit Maike zusammen den Garten gepflegt.»

«Du unterschätzt, wie erwachsen sie schon ist. Wir sind Ende dreißig!» Georg stand jetzt neben ihr. Gleich würde er den Arm um sie legen. Gleich.

«Du unterschätzt sie offensichtlich auch. Denn es war Maike, die mir sagte, dass du mit dieser Jasmin ein Verhältnis hast.»

Georg nahm einen Schluck Wein, nuschelte nur: «So, so.»

«Du leugnest es also gar nicht?»

«Ich habe da eine kleine Schwäche, wie du nach fünfundzwanzig Jahren allmählich wissen solltest.»

«Soll ich jetzt mitleidig lachen?» Sie schaute weiter stur aus dem Fenster, schnappte nach Luft, presste hervor: «Georg, ich verbiete dir, Frauen hier anzuschleppen, mit denen du ins Bett gehst.»

«Kommt jetzt wieder die Treue-Vorlesung?» Georg schaute gespielt theatralisch an die Zimmerdecke. «Ruth, ich glaube, du bist die Einzige, die daran noch glaubt.» Dieses Lächeln, als würde er für Bünting-Tee Reklame machen.

«Ich sage nur: Anne. Die lässt sich auch nicht verbiegen.»

«Ach, Ruth. Du bist naiv. Aber lassen wir das, diese Geschichten sind alle längst verjährt.» Er machte eine kleine Pause. Ruth fragte nicht nach. «Nochmals zu Jasmin. Jasmin macht hier für den N3 eine vierzehntägige Reportage. Ich habe ihr gesagt, dass sie selbstverständlich hier wohnen kann. Ich rede auch mit Maike, wenn du möchtest. Um vierzehn Tage können wir das Projekt ‹Neue Gemütlichkeit› durchaus verschieben.»

Ruth schüttelte energisch den Kopf. «Nein. Das ist nicht dein Ernst. Ich habe deutlich gesagt, dass ich das nicht will. Hörst du: *Ich will das nicht.*»

«Hör auf, hier rumzuschreien. Lass uns sachlich bleiben. Ich verstehe deine gespielte Aggression nicht. Du lässt Aussiedler hier wochenlang hausen, wirklich hausen, führst deinen Familienruinen das ‹Traute-Heim-Glück-allein›-Rührstück vor und verbietest mir, eine gute Bekannte hier übernachten zu lassen. Ich schlafe doch nicht mit ihr vor deinen Augen in unserem Ehebett. So viel Stil kannst du mir durchaus zutrauen.»

«Ich fasse es nicht. Ich fasse es nicht. Ich bringe das einfach nicht zusammen.»

«Aber bitte. Du darfst gerne für zwei Wochen in deine Frauenhaus-Wohnung ziehen, wenn sie frei ist.»

Ruth schüttelte noch immer den Kopf: «Sie oder ich!»

Georg machte eine kurze Pause, überlegte offensichtlich, wie weit er gehen konnte: «Ich will Jasmin nicht schlechter behandeln als du deine Aussiedler. Also: du!»

Ruth spürte einen stechenden Kopfschmerz wie einen grellen Blitz von einem Fotokopierer, sie machte einen Schritt zurück, strauchelte, stützte sich am Tisch ab, bemerkte, wie sich Georg über sie beugte, tastete nach der Fernbedienung und sah sich selbst zu, wie sie plötzlich mit aller Macht zuschlug. Georg taumelte, stürzte gegen den Fernseher und blieb dann bewusstlos liegen. Aus dem Fernseher ertönte der Trailer für die Tagesschau. Als sie Jo Brauner wahrnahm, drückte sie mechanisch auf den Aus-Knopf der Fernbedienung, die sie noch immer in der Hand hielt. Der Fernseher schaltete sich sofort aus. Die Fernbedienung war offensichtlich noch heil.

Neuntes Stoßgebet

Der B&O-Verkäufer hatte beim Verkauf des Fernsehers damit geprahlt, wie robust ihre designprämierte Fernbedienung sei. Man könne ein Auto über die Fernbedienung rollen lassen, und sie bleibe weiterhin voll funktionstüchtig. Ich habe sie getestet. *Ich bin die leibhaftige* **Stiftung Warentest**. Note: sehr gut. Spitze. Unschlagbar. **B&O** ist Spitze. **Siemens. Philips. Loewe. Grundig.** Alles billiger Plastik-Müll. Das würde Georg amüsieren. Da bin ich mir sicher. Aber er hört mir nicht zu.

Vielleicht wäre das entscheidende Gespräch anders verlaufen, wenn ich nicht, am Fenster stehend, in den verwilderten Garten geblickt hätte. Fenster. **Windows 95.** Benutzeroberfläche. Da bin ich ausgerastet. Einfach abgestürzt.

Offensichtlich konnte ich vorwiegend nur die bösen Bilder retten und abspeichern. Oder hat mein Gedächtnis noch irgendwo schöne Erinnerungen an Georg abgelegt, die ich notfalls auf die Zellenwände projizieren kann, wenn er nicht wieder aufwacht?

Ich habe alle Zeit der Welt, um meine Ablagen zu prüfen.

Wie Georg seine schief getretenen Sohlen kopfschüttelnd musterte, sie mit einer galanten Bewegung in die Ecke warf, herumfuhr, auf seine Socken zeigte und mich entwaffnend anbettelte: «*Bitte, bitte, du schöne Frau, ich brauche Schuhe für den Winter!*» (Damals lebten wir noch in Heidelberg. Maike war noch nicht auf der Welt. Georg kultivierte seinen Schuh-Tick.)

Wie er sich über den mit Haaren verstopften Siphon so ekelte, dass er sich in das zweite Waschbecken übergeben musste und hinterher lachend alles auf das nahe Atomkraftwerk schob! (Ich war damals ziemlich gestresst wegen des zweiten Examens.)

Wie er einen Weihnachtsbaum mit drei Tauen sicherte, als wollte er ein Zelt im Wohnzimmer aufbauen. (Er hatte auf dem Markt in Leer «Maike zuliebe» einen riesigen Weihnachtsbaum gekauft!)

Wie er beim Aufbauen eines Ikea-Schrankes stumm verzweifelte. (Maikes achter oder neunter Geburtstag.)

Wie er Maike nach einem Waldspaziergang die Ameisen, die noch an den Gummistiefeln klebten, unter dem Mikroskop vergrößert vorführte. (Maike hatte hinterher vor Aufregung genauso rote Ohren wie Georg.)

Ich wüsste natürlich gerne, welche Bilder Georg erinnert. Wahrscheinlich bin ich auf den Bildern immer nackt. Wie oft habe ich von Georg den bescheuerten Satz hören müssen: «*Vögeln ist die beste Medizin gegen die Angst vorm Tod.*» Als ob ich seine Apotheke wäre!

Georg war kein Kuscheltyp. Leider. Manchmal fühlte ich mich in seiner Gegenwart so verlassen wie ein Strandkorb im Schnee. Er konnte keine Nähe ertragen. Vielleicht sind wir deshalb immer voreinander geflohen.

Wir führten weiß Gott keine **Spießerehe**. (Ich glaube, ich habe während unserer gemeinsamen Zeit nicht ein einziges Mal Erdnüsse oder Chips eingekauft. Wenn einer Cracker kaufte, dann Maike!) An Langeweile ist unsere Beziehung nicht gescheitert. Vielleicht wäre Langeweile manchmal sogar entlastend gewesen. Wir waren immer ruhelos mit unseren Aktionen und Plänen beschäftigt. Aber nur sehr selten mit unseren ganz privaten Gefühlen. Wenn Georg mich tief verletzte, dann stürzte ich mich kopfüber in die nächste Aktion.

Georg meinte, unser Aktionismus nähre sich aus Minderwertigkeitsgefühlen gegenüber den 68ern. Weil wir mehr als zehn Jahre zu spät gekommen seien, wären wir – und er meinte vor allem mich – **Aktiv-Streber** geworden. «Dein Vater war zu alt für die Revolution, du zu jung. Wenn das kein Familienschicksal ist!» Vielleicht lag Georg mit seiner Meinung gar nicht falsch.

Mein Vater. Wie oft habe ich mir gewünscht, man könne die Verletzungen, die Georg mir zufügte, behandeln, so wie früher mein Vater einmal einen Holzspeil, der beim Spielen tief in die Handfläche gedrungen war, mit der Pinzette zog; sofort ließ der Schmerz nach. Aber es gab nirgendwo diese Pinzette. Und ich konnte mich nicht selbst therapieren. Natürlich habe ich immer die Risse in unserer Beziehung gesehen, aber wie bei einem Haarriss in der Lieblingstasse, der langsam braun wird, glaubt man nicht daran, dass die Tasse wirklich kaputt geht. Und dann gibt sie eines Tages doch den Geist auf.

Ja. Vielleicht habe ich Georg überfordert. Vielleicht waren meine Erwartungen an die Liebe zu hoch. Ich habe sogar einmal eine Predigt missbraucht, um Georg zu verletzen. Als ich hörte, dass er – das geschah eher selten – einen Gottesdienst von mir besuchen wollte, habe ich als Textstelle einen Hiobvers gewählt: **«Ich habe einen Bund**

gemacht mit meinen Augen, daß ich nicht achtete auf eine Jungfrau.» Er hat tagelang mit mir kein Wort gewechselt. Zu Recht. Vielleicht sind wir Theologen immer besonders **ungnädig** zueinander. Mag sein. (Gnade war ein Wort, das Georg gerne vermied. Wenn überhaupt, dann sprach er zynisch von der Gnade der späten Geburt.)

Ich habe nie wirklich verstanden, wie Georg seinen Beruf ausfüllte. Ich hatte meinen Naturfrömmigkeitstrip. Meinen Weisheitstrip. Meinen Familientherapietrip. Georg hatte seinen Medientrip. Aber welche Botschaften er transportieren wollte, kam nicht rüber. Es blieb auch in den Predigten, vor denen er sich gerne drückte, meistens sehr abstrakt. Ein – zufällig auch in Ostfriesland geborener – Philosoph definierte die Religion als Kontingenzbewältigungspraxis, ein zungenbrecherisches Wortungetüm, das Georg in einigen Vorträgen genüsslich auskostete. Aber wie die Kontingenzbewältigung *konkret* zu leisten war, verriet Georg nicht.

Ich glaube, er war nie wirklich verzweifelt. Für ihn funktionierte das Leben wie Malen nach Zahlen. (Und er konnte sich offensichtlich nicht vorstellen, dass ich verzweifelt war.) Ich habe ihn immer danach fragen wollen. Ich wünsche mir, ich könnte ihn jetzt danach fragen. Jetzt hätte ich endlich die Kraft dazu. Aber Georg hält weiterhin die Augen geschlossen.

Ach, vielleicht war ich doch nicht ganz unschuldig.

***Mein Gott,** gib mir eine zweite Chance! Ich würde, auch wegen Maike, noch einmal alles versuchen. Versprochen.*

GEORG schlägt die Augen auf.

Plötzlich und unerwartet. Schaut mich an. Lächelt. Zwinkert mir zu. Beginnt zu flüstern. Ich beuge mich über ihn.

«Wusstest du, dass die meisten Unfälle während der Hausarbeit passieren?»

Ich nicke mechanisch.

«Jetzt teilen wir ein tiefes Geheimnis. Du kannst dich ganz auf mich verlassen. Endlich schmieden wir einen echten Bund fürs Leben. Schlag ein, Ruth.»

Die Zitate aus der Vorlesung auf Seite 109f. gehen zurück auf Wolfgang Huber: Theologische Positionen zum Friedens- und Sicherheitsverständnis. Ihre Veränderung seit den Heidelberger Thesen und der Losung «Friedensdienst mit und ohne Waffen», Vorgänge 61, 1983, S. 57–73. Die Zitate der exerpierten Aufsätze und Bücher entstammen den angegebenen Texten. Die Diskussion zur Naturlyrik greift zurück auf den einschlägigen Aufsatz von Alexander von Bormann, Wozu das Theater der Blüten und Blätter? Zur dichterischen Naturauffassung heute, in: Zeitzeichen 1, Wie grün darf die Zukunft sein? Naturbewußtsein in der Umweltkrise, hrsg. von Hermann Timm, Gütersloh 1987, 44–58.